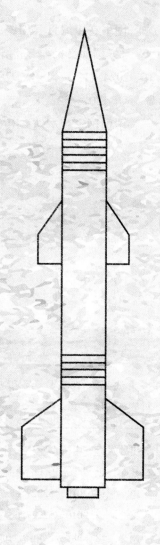

《三国演义》与墨菲定律

喻镇荣◎著

中国财富出版社有限公司

图书在版编目（CIP）数据

《三国演义》与墨菲定律／喻镇荣著 . -- 北京：中国财富出版社有限公司，2024.11. -- ISBN 978-7-5047-8278-6

Ⅰ.I207.413

中国国家版本馆 CIP 数据核字第 20240YU353 号

策划编辑	郑晓雯 郝婧婕	**责任编辑**	郝婧婕	**版权编辑**	李 洋
责任印制	梁 凡	**责任校对**	张营营	**责任发行**	杨恩磊

出版发行 中国财富出版社有限公司

社　　址 北京市丰台区南四环西路 188 号 5 区 20 楼　　**邮政编码**　100070

电　　话 010 - 52227588 转 2098（发行部）　　　010 - 52227588 转 321（总编室）
　　　　　010 - 52227566（24 小时读者服务）　　010 - 52227588 转 305（质检部）

网　　址 http://www.cfpress.com.cn　**排　　版** 宝蕾元

经　　销 新华书店　　　　　　　　　　　**印　　刷** 宝蕾元仁浩（天津）印刷有限公司

书　　号 ISBN 978 - 7 - 5047 - 8278 - 6/I·0382

开　　本 710mm×1000mm　1/16　　　　　**版　　次** 2025 年 1 月第 1 版

印　　张 16.25　　　　　　　　　　　　　**印　　次** 2025 年 1 月第 1 次印刷

字　　数 232 千字　　　　　　　　　　　**定　　价** 56.00 元

序 一

　　镇荣的新作《〈三国演义〉与墨菲定律》即将出版，嘱我为之作序。写序，唐朝文学家韩愈别具一格，除了讲文学、叙友情、慰离别，还述主张、议时事、咏怀抱，情思纵横，内容丰赡。我也想借此序，透过镇荣奋发而为的足迹，一探我国《三国演义》应用学发展态势的大致的印痕。

一

　　二十世纪八九十年代，参加中国《三国演义》学术研讨会的大多数是国内外高等院校和社会科学院研究所的人员，地方和企业方面的学者只有寥寥数人，我与喻镇荣先生就是那时相识的。

　　2002年年初他送给我一本《"三国"百科谈》，冯立鳌先生为这本书作序，说："喻镇荣先生长期在企业工作，他带着企业管理上的许多实际问题研读《三国》，运用已经得到效验的历史智慧来比照和审视现实管理中的许多方式方法，生发了为数不少的管理心得。"这是冯先生对喻镇荣研读《三国演义》的定位。镇荣一边工作，维持生计；一边静心坚持写作，远离各种诱惑和浮躁，不得不令我刮目相看。

　　镇荣是江西广播电视大学中文系首届学生，这批富有社会工作经验的年轻人在广播电视大学如饥似渴地学习，获得系统的大学本科文化知识，但由于广播电视大学缺少丰足的图书资料和过硬的师资支撑，很多不完美都得靠自己长期的进取来补足。几十年来他的做法从未改变：一是把一些知名学者和专家作为自己的良师益友，他多次同我谈到雷祯孝先生的为人、才学对他的影响极大，几十年来他一直同雷先生保持交往，受益匪浅。二是购买学术著作，弥补自身知识结构的不足。比如他的书稿《〈三国演义〉与墨菲定律》涉及很多心理学理论，墨菲定律和帕金森定律、彼得原理并称为"二十世纪西方文化三大发现"，尽管被当代人所熟知，但运用起来，并将运用情况付诸文字，谈何容易。为攻克相关理论，镇荣说："我发现每年都有几本同名而不同实的《墨菲定律》出版，开始又买又看，陆陆续续买了二三十本《墨菲定律》的书籍。"三是数年坚持"听书"。他会听网上播放的文学名著、中国历史、中国哲学……长期坚持下来，极大地丰富了知识储备。可见，只有不断地提升自己，才能获得社会的青睐、人脉的外延。

二

2018 年 8 月镇荣寄来他的新作《古为今用论三国》，雷祯孝先生为其作序，说得很中肯："本书是作者把《三国演义》与自身经历和经验结合而写的，折射了作者一生中大好年华时期的轨迹和思想火花。因而本书的文章往往有感而发、自出机杼、个性鲜明，与常见的国学应用著作迥然不同。"而我读其书，所想的是，《三国演义》应用学在二十世纪八九十年代异军突起，如火如荼，短短十年，论者和出版物不下百十种。然而随着相关出版物品种的下降，无疑《古为今用论三国》是其中的翘楚之作。

其后这几年，我与镇荣在交往中已不再囿于个人的研究，而是将视野投向国内更大的空间，筹备《三国演义》应用学会，思考如何有组织、有计划地在全国更深入地开展应用学会的相关活动。2019 年 11 月 18 日《三国演义》应用学会在广东佛山成立，镇荣被推举为第一届《三国演义》应用学会会长。很遗憾，接下来的三年因疫情活动受限。

2023 年 11 月 29 日《三国演义》应用学会在广东清远召开了第二次全国

会议。我在祝词中指出，"喻镇荣会长给这次会议拟定的主题词'拓宽视野，形成阵容'概括得非常好。"

国内的《三国演义》应用学起步是在改革开放初期，受日本《三国演义》应用研究的影响，也红红火火地开展起来，主要着眼点是用人思想、经营谋略、处事思维等方面。由于研究范围比较窄，与新时代的政治、经济、科技都难以深度融合，近些年逐渐冷落下来。党和国家一再提倡弘扬传统文化，而《三国演义》恰恰是传统文化中的亮点。至今三国古城池、古墓葬、古战场、古祠庙等遍布各地，而且许多颇具规模，很有气场。例如，成都的武侯祠、勉县的武侯墓、五丈原古战场、运城的关帝庙、洛阳的关林、南阳的武侯祠、襄阳的诸葛亮故居、镇江铁瓮城等。仅古墓葬，三国专家周文业先生就收集了 300 多人 500 多座墓葬。再如，三国的壁画、碑刻、简牍、瓷器、钱币、兵器、服饰……这些三国文化遗存涉及政治、经济、考古、历史诸多领域，有着广阔的前景。总之，三国文化遗产非常丰富，是有益于文化扩展和升华的丰厚资源。这一切都是打开的新窗口，需要我们"拓宽视野"。只有宽视野，才有宽路子。

三

2020 年 9 月《罗学》（罗贯中研究）第七辑刊载了郭进的人物通讯《呕心沥血三十载　初心不改探三国》，记录了喻镇荣研究《三国演义》的成果及其写作过程。他说：如今，对于《三国演义》的研究已颇有心得和小有成就与名气的喻镇荣，在未来人生中将会做何打算？尽管曾经的"千年昌江万米游"的体魄已经不再，但他进取的雄心依然"老骥伏枥，志在千里"。他认为，按照"荷花定律"，经过多年来的不断学习、总结和提高，厚积薄发，如今的成果会超过过去 30 年的成果。他信心满满地表示，过去是找不到题目写，现在却有大量的题目等着写，只要有时间就可以写。

今天重读这篇文章，深深地感慨：

写序难，难在写人。人这一生，都在有意或无意地用经历雕塑自己的人生。在你爬坡时有人帮助你，是缘分，但更多的是靠自己的能力和格局。真正决定我们人生高度的，是面对历练时的个人反应。孔子说得好："君子求诸己，小人求诸人。"

郑铁生

2024 年 6 月 15 日

郑铁生，天津外国语大学二级教授，享受国务院政府特殊津贴。社会兼职：中国《三国演义》学会常务副会长兼秘书长。

序　二

　　《三国演义》一书凝聚了中国古代人民宝贵的经验和智慧，堪称一部"智囊大全"，古往今来，各行各业各阶层的人都曾从中获得丰富的智慧启迪。

　　早在二十世纪八十年代，日本企业家中的有识之士就兴起了一股研究三国的风气，也有不少关于三国研究的著作问世，如守屋洋的《〈三国志〉的人物学》、狩野直祯的《〈三国志〉的智慧》等。日本企业家研究三国，并不是为了欣赏它的思想和艺术，而是想从中学习商战之道。他们认为"商场如战场"，三国中的许多精彩故事，蕴含着大量可资借鉴的经验和智慧，诸如如何审时度势、制定正确的战略决策，如何发掘、网罗、栽培、任用各种人才，如何收集、处理、分析、利用各种情报，如何声东击西、出奇设伏、出其不意地击败对手，如何在形势突变时巧妙地进行应急处理、化险为夷，等等。

　　中国国内的部分学者，也从二十世纪八十年代后期开始，分别从管理学、人才学、商业经济学、谋略学等角度，发掘《三国演义》的应用价值，如夏书章《从"三国"故事谈现代管理》，黄新亚《理想与现实的碰撞——从〈三国演义〉看中国古代人才观》，郭济兴、王建树、李世俊《三国演义与经营谋略》，李飞、周克西《〈三国演义〉与经营管理》，谭洛非《〈三国演义〉·谋略·领导艺术》，胡世厚、卫绍生《人才与谋略——〈三国演义〉启示录》，霍雨佳《三国演义与现代商战》，周俊《〈三国演义〉与人才竞争》，张立伟《折冲尊俎——三国外交与现代公关》，胡冰《三国人才学与现代领导艺术》，李炳彦、孙兢《说三国　话权谋》等。

可见，无论是国外还是国内，《三国演义》的应用研究都已蔚然成风。不过，就目前已有的研究成果来看，较少有人专门从心理学的角度来诠释《三国演义》所包含的丰富智慧。实际上，从心理学的角度研究《三国演义》，不仅是可行的，也是必要的。因为《三国演义》所写的历史人物都是有血有肉、有心理活动和个人情感的，而由这些历史人物互动导演的历史事件，不外乎是他们的心理活动与思想认识外化为社会实践的产物，如果不剖析这些历史人物的心理活动与思想情感，就难以理解历史事件背后的内涵和意义。换言之，只有了解历史人物的心理特点与思想动因，才能更好地理解历史事件，从中汲取历史的经验和教训。以往人们研究《三国演义》，虽然或多或少也会涉及历史人物的心理分析，但总的来说，零零星星，不成体系。所以，当喻镇荣先生对我说，他想从心理学的角度探讨《三国演义》时，我觉得这的确不失为一个值得深入的理论视角，也应该可以得出一些富有新意的见解，从而为《三国演义》的应用研究打开新局面。

果不其然，当他把自己撰写的 50 余篇文章发给我后，我一看到书名为《〈三国演义〉与墨菲定律》，就不免产生了强烈的好奇心和阅读欲。我只用了两天时间，就把这 50 余篇文章读完了。让我大吃一惊的是，《三国演义》中的许多人物故事里竟然隐含了现代心理学研究揭示的诸多定律，诸如墨菲定律、蘑菇定律、木桶定律、沉锚效应、淬火效应、旁观者效应、特里法则、约拿情结、刺猬法则、酒与污水效应、鲇鱼效应、马太效应、海潮效应、奥卡姆剃刀定律、马蝇效应等，简直令人目不暇接，叹为观止！

不难发现，喻先生不仅非常熟稔《三国演义》，还在心理学方面下了很大的功夫。据他所说，仅不同作者撰写的不同版本的《墨菲定律》，他就购读了二三十本，另外还读了其他一些心理学名著。因此，他在利用心理学原理解读《三国演义》时，能够做到得心应手，从容裕如。他将全书划分为三章，由剖析曹操、孙权、刘备、诸葛亮、司马懿、袁绍等主要人物的性格心理入手，阐释其取胜的主要秘诀，总结其成功的经验智慧，揭示其失败的主要教训。

由于喻先生擅长从心理学角度来观照《三国演义》，因而往往能对小说中的一些重要人物故事做出别具慧心、别开生面的诠释，带给人耳目一新的感觉。例如，他指出曹操在赤壁之战中失败，与他犯了错误后文过饰非，违反了心理学中的"特里法则"有很大关系；而孙权能在赤壁之战前摆脱从众心理，力排众议，决定联刘抗曹，则与鲁肃等为其确定了"沉锚效应"有关；诸葛亮则根据孙权、周瑜等人的真实心理，巧妙地利用"冷热水效应"，最终维护了孙、刘联盟。又如，他分析刘备之所以成功，既是因为刘备善于利用"名人效应"，拿自己的正统出身做广告，来吸聚人才、扩充实力、扩大政治影响，也与他以人为镜，在"照镜子效应"中获得启迪后求贤若渴有关。而刘备去东吴招亲，让对方"赔了夫人又折兵"，也是因为他采用诸葛亮的锦囊妙计，利用了乔国老和吴国太，才化解了周瑜的妙计，其所作所为恰合心理学的"鲇鱼效应"。再如，曹操善于用人的一个秘诀是他善于给部下贴标签，以"标签效应"充分激发部下建功立业的雄心壮志。其他如司马懿之所以能够成功，是因为他能忍辱负重、不骄不躁、不屈不挠、伺机而动，合乎"蘑菇定律"；张飞入川，能势如破竹，屡建奇功，是因其义释严颜，使严颜感其恩义而投降，合乎"钥匙理论"；钟会伐蜀，将许仪斩首示众，合乎"破窗效应"；而刘璋之败，则因其所为既违背了"奥卡姆剃刀定律"，将简单问题复杂化，又破坏了"刺猬法则"，导致刘备取而代之；而袁绍虽然谋士众多，却成事不足、败事有余，因"酒与污水效应"发挥了坏作用；至于曹爽大权在握却招来灭族之祸，是因其有"约拿情结"，既患得患失，又畏首畏尾……诸如此类的解读，真可谓精彩纷呈，颇能启人心智！

值得称道的是，喻先生在利用心理学原理解读三国人物和故事时，还善于结合当今商业经营与管理中的一些案例，进行触类旁通、古为今用的合理阐释与适度发挥，这也使他的解读很接地气，也很有现实参考意义。可见，他既能坐而论道，又善于活学活用，而这与他多年来弄潮于陶瓷业，结交了不少商业精英，善于观察、总结企业经营成败的经验和教训，精通商战之道等有很大关系。

读了喻先生的书，我很佩服他善于读书，能把书读活，能围绕《三国演义》将古今中外的相关理论融会贯通，并把书本知识转化为认识，把认识转化为智慧，把智慧转化为能力，把能力与实践相结合，进而在实践中有所创新与发展。概括地说，就是读有所得，得而能用，用而生巧。这一点不是"两耳不闻窗外事，一心只读圣贤书"的"书呆子"所能做到的。因此，我很期待喻先生今后能再接再厉，运用新的理论、新的视角、新的方法，将《三国演义》的应用研究发扬光大，再为《三国演义》的研究做出新的贡献。

纪德君

纪德君，广州大学人文学院二级教授，博士生导师，中国《三国演义》学会副会长。

自　序

2001 年我在陕西人民出版社出版了我的第一本著作《"三国"百科谈》以后，有朋友问我："今后你会研究什么呢？"我回答说："我想从心理学的角度继续研究《三国演义》。《三国演义》中的草船借箭、空城计等精彩故事，应该可以用心理学来解读，也应该会很有意思。"

当时我对心理学还没有入门，对其缺少最起码的了解，也没有读过这方面的书籍。学习能力，特别是寻找专业书籍的能力也是糟糕的。我并非没有做过努力，却年复一年地对心理学一窍不通。5 年过去了，10 年过去了，15 年过去了，虽然我还在继续研究《三国演义》并有所收获，也没有忘记我的方向和诺言，但对用心理学来解读《三国演义》仍一无所获、一筹莫展。

15 年以后，我觉得自己已不可能用心理学来解读《三国演义》了，我没这个功底，心理学也没那么容易入门和掌握。

就在这个时候，微信出现了，微信在传递资讯、传播知识等方面真是厥功至伟！可以说，我们很快就都离不开微信了，至于你爱看什么、你相信什么，那是另外一回事。我在手机上就时不时地会看到墨菲定律，开始没有深入研究，一知半解就算了，后来我发布了一篇关于解读三国的文章《不吉利言行当检点》，发现读者在文末评论说："墨菲定律"。而我对于这个评论并不认同。我至今仍认为我文章的内容似乎与墨菲定律有关但原理并不是一回事，但这条评论促使我对墨菲定律有了更多的关注，结果在手机上不断看到关于墨菲定律的介绍和评价，有些评价甚至把墨菲定律抬到了一个令人觉得不可思议的高度，比如"二十世纪西方文化三大发现之一"等，而我却对墨菲定律的内容没有太多的感觉和认同，甚至觉得它不太靠谱。但面对众多的、不容小觑的高度评价，我不得不重视墨菲定律的价值和作用。我决定认真评判一下墨菲定律的科学性和意义。我评判的方法是把墨菲定律的内容和《三国演义》的案例结合起来进行印证探讨。比如，"你越担心什么事情发生，什么事情就越会发生。"我曾经对此论十分反感，甚至认为这是胡说八道，于是我就来考证考证。《三国演义》中的著名人物，比如刘备、曹操、诸葛亮最担心的事情是什么呢？我确立这样的课题，可能在潜意识里是想否定墨菲定律。

但我探讨的结果当然不可能否定伟大的墨菲定律，而恰恰是否定了无知的自己。我不仅发现了墨菲定律一点都没有错，而且比过去那些所谓的"放之四海而皆准"的真理还要"真"。我突然开了窍，用佛教的说法是开悟了，我突然发现心理学并不神秘。心理学的那些法则、效应、原理等真的很实用，果然也很容易用来解读《三国演义》。于是我网购了《墨菲定律》和《心理学的诡计》等著作，突然都读得懂了，都能活学活用了。然后我又发现每年都有几本同名而不同实的《墨菲定律》出版，于是我开始又买又看，陆陆续续买了二三十本《墨菲定律》及其他心理学著作，直至热情逐渐消退；但我毕竟曾异常兴奋、浮想联翩、夜不能寐，我发现我有写不完的三国话题了，我可以写专著了，内容一定精彩而富有创见。我在过去30年的时间里面仅仅写了75篇关于《三国演义》的文章，平均下来一年只有2.5篇文章，而我一直在努力啊！但就是找不到话题来写，也就无法写出更多的文章！现在我一年写75篇也还有话题可写，岂能不激动呀！

在激动之余我也有了其他相关想法，比如怕其他高手也发现了这个学术"蓝海"并抢先占领了它，因此想投机取巧用新的快捷写作方式来取代传统笨拙的手写方式，比如用能将语音转换成文字的软件等。其间我也得到过我广播电视大学的同学郭进的帮助，但最终的结果是夜晚想起来千条路，白天爬起来走原路，弄来弄去还是要用最原始、最笨拙的方式来完成自以为了不起的作品。这样做速度很慢，加之工作忙或者偷懒写作断断续续，结果弄了五六年才拼凑成这个样子，不得不承认自己原本就是个滥竽充数的角色。

我这几年读的《墨菲定律》和其他心理学著作，基本上都是由数篇相对独立的文章构成，每篇一两千字，彼此之间内容不一定有关联，多数是一个原理（效应、法则等）配上若干案例解读，或者无原理统率，只有作者观点以及风格、体例统一的案例。这些著作虽然基本上比较严肃，但至少不妨碍登上大雅之堂。而我钟爱杂文，这自然使得我的文字解读保持了"不守正道"、不务正业、不伦不类，不能登上大雅之堂的特点，所以虽然总体上也是一条原理加上若干三国案例加以阐述，但不仅有"愤青"的味道，体例上也往往飘忽不定。有些时候，一条原理下来，不仅有三国案例作"正面"诠释，以合"正统"；还另外成文，在三国之外另行诠释，比如剖析博傻理论时，不仅有《曹操是从"炒股"开始创业发家的》文章，还写了《博傻理论与司马南的成功实践》一文，一篇比一篇更有杂文味，也比市面上的《墨菲定律》更加离谱，更加不"正统"。而偏离三国的心理学杂文不宜发表却是我的至爱，难以录入此书，不知道有没有机会和更多的读者见面？

除此之外，这两年《三国演义》相关学会又活跃起来了，不时有征集论文的消息发布。我便把现成而又有关联的三国和心理学相结合的文章串联起来，敷衍成篇，比如涉及刘备、曹操、诸葛亮、孙权、司马懿、邓艾等人的文章，就按人物分别集中起来，加头添尾，排排队、归归类，稍加黏合，就敷衍成一篇"学术论文"了，再按论文要求来个摘要和关键词，便混入会议冒充"专家"了。这样的文章离规范的学术论文还有差距，我十分尊敬的谭良啸老师就曾希望我的文章更规范些，但我改不过来。而会议大约也希望收到更多的成果，也可能认为我这种滥竽充数的论文毕竟也有一点价值，于是往往也高抬贵手，予以放行。此番成书，本来或许应将这些论文解体回到当初的成文状态，即每篇独立，各有标题，体例上会更整齐些，各篇文章字数也更接近一些。但我发现不规范、不整齐也有好处，这并不是我故意捣乱，而是有利于系统性研究人物和专题，因此便决计不顾时尚、不守成规、杂交成书。

在我行我素的体例当中，大文章自然由若干小标题引领的小文章串联成文，比如关于刘备的《深谙人性，深得人心》一文就是如此。而有些战将和谋士只用一篇小文章来写，比如《瀑布效应与黄忠自蹈死地》，而这种文章又关乎刘备的心理活动，所以我又将其排到《深谙人性，深得人心》的最后，使读者不仅对黄忠而且对刘备的心理活动有更多理解。

本书的排列顺序也是让我颇为费神的一个问题，不同排法各有利弊，权衡再三决定按《三国演义》的故事脉络分类排列。这种排法也有弊端，但只能"两害相权取其轻"了，而且不能排得很清楚，比如前面几篇短文章就有"插队"的嫌疑。但文体上符合大潮兴起的特征，只好将就了。这种排列顺序是为了帮助读者更深入地理解《三国演义》。

最后一个问题是，我曾经认为我可以写几百篇《三国演义》与心理学的文章，可以写成几本书了，比如分成上、中、下三册。但现在才凑成一本书！再写下去不知弄到什么时候才能完成；抛开不写又有些可惜，也有不负责任的嫌疑。我的权宜之计是把这些文章的名称排列出来，今后尽可能去完成。至于如果有人看到并产生了兴趣，代我完成，我真的不知道该怎么办，不知道是该喜还是该悲，该谢还是该怨，该纵还是该吝。应该是五味杂陈吧！但我希望抛砖引玉，万一今后有人写出了《〈水浒传〉与墨菲定律》《〈红楼梦〉与墨菲定律》乃至《〈儒林外史〉与墨菲定律》《〈悲惨世界〉与墨菲定律》呢！其实这都是值得去写的，甚至比我手头上现存的几十本同名不同内容的《墨菲定律》更值得一看。

喻镇荣

2024 年 3 月 20 日

目 录
CONTENTS

第二章
经验可贵

第三章
沉痛教训

附　录

第一章

○

枭雄心迹

墨菲定律与刘备、诸葛亮、曹操之死

墨菲定律与彼得原理、帕金森定律并称为"二十世纪西方文化三大发现"。墨菲定律属于心理学范畴，上了《韦氏大词典》，诺贝尔奖没有设心理学奖，但科学家马修斯因为发现了与墨菲定律有关的一个现象，而获得了"搞笑诺贝尔奖"，可见墨菲定律深受重视。在今天的中国，墨菲定律几乎是心理学的代名词，以"墨菲定律"为书名的心理学著作至少有十几种之多。无论理解与否、认同与否，"墨菲定律"这个名词至少广为人知。

墨菲定律如此重要，如此广为人知，但发现墨菲定律的爱德华·墨菲并不是心理学家，而是二十世纪四十年代美国空军基地的一位上尉工程师。墨菲定律至今还是有争议的。初见此理，往往难以认同。它不像几何定理那样可以被逻辑证明，不像解方程那样可以验算，还有不少人对墨菲定律似知非知，知而不解。真正理解、把握墨菲定律不是一件轻松的事情。

我于 2001 年在陕西人民出版社出版《"三国"百科谈》后，朦朦胧胧地感觉到《三国演义》可以当作一本心理学小说，草船借箭、空城计等故事一定有其心理学动因。如果用心理学来研究《三国演义》一定会大有市场。于是，我和一些朋友说过今后要从心理学角度来研究《三国演义》。

可是，当我浏览了一些心理学著作以后，我觉得心理学和我想象中的心理学相去甚远，无法用来解读《三国演义》。

三年过去了，五年过去了，八年过去了，十五年过去了，我对心理学仍然毫无感觉，根本没有入门。我几乎觉得我不可能用心理学来研究《三国演义》了。

最近七八年来，有一个名词不断映入我的眼帘，并且越来越频繁，微信进入我们的生活以后更是如此，这个名词就是"墨菲定律"。而在很长的一段时间里，我对墨菲定律是根本不认同的，甚至觉得它是胡说八道。可是，我的一篇三国文章《不吉利言行当检点》在微信公众号发表以后，有人就评论说：墨菲定律。我对此有点恼火，认为我所说的现象根本与墨菲定律没关系，至今我还坚持这个观点；但是，看到这么多人热捧墨菲定律，甚至把它视作二十世纪西方文化三大发现之一，我就产生了一个想法，要好好验证一下墨菲定律，看看它究竟如何。

这已经是我打算用心理学研究《三国演义》十六年之后的事情了，是我放弃了这个想法以后的事情了。可是这么一研究、一验证，天啊！我的脑洞大开，突然一通百通，结果竟如哥伦布发现了新大陆一样：心理学的各种效应、定律、原理，几乎都可以用《三国演义》的故事作注脚，换言之：《三国演义》的故事都可以从心理学上得到解释。我不仅弄通了墨菲定律，而且可以用心理学解读《三国演义》了。

墨菲定律经过数十年来许许多多不同国籍、不同身份人士的研究已经变得内容非常丰富了，它被衍生成29条细则，简言之可以概括为：如果坏事可能发生，那它就一定会发生，并且会出现最大可能的恶果。用现在流行的一句话来说就是：出来混总是要还的。

我在很长的一段时间里对这个理论是排斥和不满的。更为可恶的是，墨菲定律还有一句名言是："如果你担心某件坏事可能发生，那它就更可能发生。"许多人心目中的墨菲定律倒是这句话，但这不能代表专家观点。墨菲定律的核心还是"出来混总是要还的"。但是，请注意这样一个前提：必须给予它足够的周期，墨菲定律的主题是告诫人们不要心存侥幸，不要马虎了事，不要做坏事。这不仅是出于好心，而且非常科学。

好了，下面请看刘备、诸葛亮、曹操之死与墨菲定律的理论联系，结合这三个故事读懂了其中的心理学原理，你就可以对墨菲定律的 29 条细则一通百通了。请读下文：

一、墨菲定律与刘备之死

"鸟之将死，其鸣也哀；人之将死，其言也善。"弥留之际见心事。

刘备最担心的事情是诸葛亮今后会重用马谡，坏了国家大事。因此在弥留之际，单独问诸葛亮对马谡的看法，诸葛亮说："此人亦当世之英才也。"也就是说："这是个优秀的人才啊！"刘备马上语重心长地告诉诸葛亮："（马谡）言过其实，不可大用，丞相宜深察之。"

托孤之际，刘备屏退马谡，单独交代诸葛亮，不可谓不郑重其事。诸葛亮也点头承诺，效果彰显，刘备似乎可以放心了。

可是，大敌当前，街亭安全是重中之重，事关蜀汉大局时，诸葛亮终究还是安排他心目中的"英才"马谡去守街亭，导致街亭失守，蜀国被动，大势去也！

二、墨菲定律与诸葛亮之死

刘备死后，诸葛亮七擒孟获、六出祁山，南征北伐，总是主动地挑战对手。弱小的蜀汉似乎不用担心魏、吴的进犯，即使他们来了，蜀军能征善战，蜀地易守难攻，有什么好怕的？最多只怕统一中原难以如愿罢了。

但细心的诸葛亮不仅担心敌人进犯，还担心敌军从渺无人迹、无路可行的阴平天险偷渡而过，直入蜀汉腹地，径取成都，蜀国可能被一剑封喉而致灭亡。因此，诸葛亮做好了精心安排，在阴平天险接近蜀汉腹地江油的地方，安排了一支 1000 人的部队，守候偷渡的敌兵，以这以逸待劳的 1000 名士兵对付筋疲力尽的偷渡队伍无疑稳操胜券。

几十年后，邓艾果真带着大军来偷渡阴平了。由于沿途不断安营减员，行了七百多里山路终于临近终点，邓艾大军历尽千难万险，只剩下 2000 名饥兵疲卒了。引兵行时，却吓了一大跳：发现了一座兵营！幸亏兵营没有动静，没有人！原来是蜀汉后主刘禅觉得在这里驻扎部队是劳民伤财，多此一举，于是把这支部队撤了。邓艾的部队有惊无险，出其不意直取江油。兵临城下，"和平解放"成都，蜀汉由是灭亡。

诸葛亮死后，姜维九伐中原，一直积极主动挑战对手，后来邓艾、钟会分别率大军讨伐蜀汉，姜维凭借山高地险，队伍久经战事，有信心保卫蜀汉。敌军偷渡阴平，不仅刘禅不以为然，钟会也觉得天真可笑，确实成功概率接近于零。及至最后关头，邓艾令仅剩的 2000 名士兵将兵器掷将下去，取毡自裹其身，滚下高山峻岭，无毡衫者各用绳索束腰，攀木挂树，鱼贯而进，这才九死一生获得成功。

概率再小，只要大于零，给予足够的周期，它就会发生啊！

墨菲定律被衍生成 29 条细则，其中第 14 条是："东西久久都派不上用场，就可以丢掉；东西一丢掉，往往就必须用它。"这是像说诸葛亮在江油附近天险之上驻扎 1000 名士兵的兵营，一直无用，劳民伤财。但刘禅把这支部队撤掉后，邓艾就带兵打过来了。

三、墨菲定律与曹操之死

曹操手下的谋士（主簿）司马懿克勤克俭，小心谨慎，处事周全，有功无过，他多次向曹操进献妙计，并曾在关羽威震华夏，曹操欲迁都避其锋芒的时候向曹操献计：与孙权联手夹攻关羽。此计最终导致关羽兵败麦城，身首异处。

按常理爱才如命的曹操会重用司马懿、赏识司马懿，但他却对司马懿颇不放心，临死前又做了一个三马同槽的怪梦。第二天早上告诉心腹谋士贾诩说："孤向日曾梦三马同槽，疑是马腾父子为祸。今腾已死，昨宵复梦三马同槽。主何吉凶？"在得到贾诩的安慰后才勉强放下了疑虑。

曹操做梦是缘自内心深处的忧虑，他担心有三个姓马的人吞食曹家，第一次梦醒后他觉得这三个姓马的人应该是马腾、马超、马岱父子叔侄三人，这三人割据一方，兵强将勇，公然反曹。后来曹操除掉了马腾，"三马"只剩下"二马"且已无割据的势力，所以曹操死前再次做了三马同槽的梦后就觉得很奇怪，觉得无法解释。

其实曹操内心深处担忧的是内忧而不是马腾这样的外患。宋太宗赵光义说："国家若无外忧，必有内患。外忧不过边事，皆可预防，惟奸邪无状，若为内患，深可惧也。"凭曹操的雄才大略，马腾父子等不是对手，所以曹操在平叛马超时历尽危险，割须弃袍，夺船避箭，依然胜券在握，信心百倍，岂会在梦中还怕他们？曹操做梦怕的是"奸邪无状"的司马懿。他不仅隐忍力超强，才略过人，而且后代是非同一般的高人。但司马懿、司马师、司马昭三人均无过错，近乎完美，曹操在显意识上无法找到理由和借口处置他们，否则向自己都无法交代，即使做梦也做得拐弯抹角，让人无法解梦。结果放过了司马父子，最终失去了曹魏江山！曹操做的梦是潜意识在作怪。

潜意识属于心理学范畴，是指已经发生但并未达到意识状态的心理活动过程，潜意识又分前意识和无意识两个部分。曹操做的梦属于前意识。与潜意识相对而言的是显意识，显意识是用公众理念进行的心理活动，它可以把自己的心理过程、理由摆到桌面上讨论，而潜意识则放在内心深处难以公开，但潜意识可以转换成显意识。

曹操忧虑司马父子之所以是潜意识未上升到显意识，是由于司马父子做得太到位了，几乎找不到任何问题，而且有功无过，他至多只能说司马懿"鹰视狼顾"，相貌非同一般。凭着曹操的职场经验，他感觉到此人"久必为国家大祸"，所以有三马同槽之梦。

曹操手下人才济济，自己又雄才大略，防范心态森然，照理说司马懿是不太可能夺取曹魏江山操控政权的。但坏事如果可能发生，那它就一定会发生，只要给予它足够的周期。司马懿在曹操手下兢兢业业干了十几年，任劳任怨，隐忍不发，曹操死后他又备受打击和冷落，终于获得了足够的周期，成为曹魏不可或缺的栋梁之材，逐步将曹魏政权取而代之。

刘备、诸葛亮属于显意识的担忧和用心良苦的措施都是枉然，该发生的还是发生了，曹操潜意识的担忧也"梦想成真"了。要想避免厄运，就要彻底铲除它的根苗，这对于做好管理工作很有意义。

四、为什么你担心某件事情发生，那么它就更有可能发生

众多讨论墨菲定律的文章和著作都没有重视对此展开讨论。这是令人遗憾的，下文仅抛砖引玉。

这其实是一种心理感觉，担心某件事情可能发生并不会增加某件事情发生的概率。但是，在担心产生之后，它会增加人们的心理负担，使其长时间地承受一种或大或小的心理折磨。当这件事情发生之后，人们会想：果然还是发生了！早就知道会出现这种结局的人们会觉得无奈无助。而假如事先没有担心的事情发生后，人们会积极寻找原因、寻找对策，心理承受的时间比较短暂，痛苦周期比较短，因而感觉并不明显。

而当先贤担心的事情，比如刘备对马谡的担心、诸葛亮对阴平险道的担心，这些事发生之后，人们会更加佩服、缅怀先贤，给自己一种越是担心可能发生的事情就越会发生的感觉。

从墨菲定律衍生出来的 29 条细则还有如下内容：

第 21 条：欠账总是要还的。

第 23 条：该来的总是要来的。

第 25 条：你越是害怕的事物，就越会出现在你的生活中。

第 29 条：人出来混总是要还的。

怎么样，是不是和前面 3 个案例可以对得上号？

结　论

对墨菲定律和彼得原理、帕金森定律做比较研究后发现，墨菲定律不仅

是二十世纪西方文化三大发现之一，甚至是这三大发现之首，这也是一些心理学著作同时把这三大发现纳入一书而以墨菲定律作为书名的原因，这三大发现都被纳入心理学又都与管理息息相关，而墨菲定律具有更积极的意义，它告诫人类必须严防出错。

2020 年 4 月 7 日

2020 年 10 月 26 日改

曹操是从"炒股"开始创业发家的

——博傻理论与曹操炒股发迹

曹操头上有很多桂冠：政治家、军事家、文学家、治世之能臣等，也有人说他是乱世之奸雄。

这些都是事实，但离凡夫俗子太远，可望而不可即，许多老百姓只不过想多赚点钱，把日子过得好一些。

炒股能赚钱，但通过炒股获得成功的人并不多，只有少数炒股高手能够成功。

曹操就是一位"炒股"高手，值得我们学习研究。炒股有一条重要原理、经验之谈，叫作"博傻理论"，即我可以做傻瓜，但我不是最傻的傻瓜，我不做最后一个傻瓜，我不做最后一个"接盘侠"。

博傻理论是著名经济学家约翰·梅纳德·凯恩斯（1883—1946）发现的。他认为：在从事带有投机性质的决策时，要将更多的研判放在一起参与博弈的"傻子"身上。他说："成功的投资者不愿将精力用于估计内在价值，而宁愿分析投资大众将来如何作为，分析他们在乐观时期如何将自己的希望建成空中楼阁。"成功的投资者会估计出什么样的投资形势最容易被大众建成空中楼阁，然后在大众之前先行买入股票，从而占得市场先机。

他举了一个例子：从100张照片中选择你认为最漂亮的脸蛋，选中有奖。当然，最终是由最高票数来决定哪张脸蛋最漂亮。你应该怎样投票呢？

正确的做法不是选你认为最漂亮的那张脸蛋，而是猜多数人会选谁就投她一票。这就是说，投机行为应建立在对大众心理的猜测之上。美国普林斯顿经济学教授马尔基尔，把凯恩斯的这一观点归纳为博傻理论。

博傻理论告诉人们要根据世人的价值取向、评估标准买进卖出，而不能根据应有价值、实际价位去买卖股票、古董、艺术品或其他收藏品。

曹操虽没见过股票买卖，但他悟性极高，对博傻理论无师自通，身逢乱世又不安于现状，自然要把自己的身价事业炒作起来。

东汉末年，因为十常侍等宦官控制皇室，外有黄巾作乱，董卓又乘机控制朝廷，废杀汉少帝，立陈留王为帝即汉献帝，"奸淫宫女，夜宿龙床"，抢掠民财民女，滥杀千余百姓，京城大乱，许多有识之士明白：汉室将亡。

汉室将亡，用现代股民的眼光来说就是姓刘的做庄做不下去了，大汉王朝"公司"要垮了。因此，它的股票将逐渐贬值乃至一文不值了。

这样的股票还能不能买进然后卖出去赚一笔呢？

掌握了博傻理论就不怕买进来，不愁卖出去了。曹操乘机大胆地赌上性命和财产，买进了大汉王朝的"股票"。

王允等一班官员欲图重振大汉王朝"公司"，要重振汉王朝就要除去董卓，让"股市"恢复正常。于是，曹操就当众表态主动去刺杀董卓，借了司徒王允的七宝刀一口，觐见董卓欲杀之。

曹操把他的本钱都赌在这里了，计划成功，一本万利，身价倍增，如果不成功，"股票"就会被套住乃至股价下跌，还可能血本无归。

你以为曹操是要救大汉王朝"公司"吗？不是的，你看他后面的表现就知道了，他只是要控制大汉王朝"公司"，实现身价百倍增长，"挟天子以令诸侯"就是我们"借壳上市"的古代版。

股市风云莫测，变幻无穷，曹操虽然谋划周全，但刺杀计划仍没成功，以致败露，曹操刚买的"股票"马上被套住了，股价又急速下跌！曹操落荒而逃，危在旦夕。

曹操向谯郡奔逃而去，途经中牟县，被守关军士捕获，又被县令陈宫识破乃是在逃犯曹操，按常规曹操完了，这个"股"也炒不下去了。没想到半夜三更，危急关头，县令陈宫竟突破常规，收购曹操的"烂股票"，和曹操一起出逃，曹操手中的"股票"又活跃起来，几经周折，逃到陈留，找到了钱多人傻的土豪孝廉卫弘。他高价买入曹操的"股票"，曹操有了本钱，干脆注册成立了一个"股份公司"；乐进、李典、夏侯惇、夏侯渊、曹仁、曹洪等一班"大咖"，率领数千"股民"纷纷加入曹操的"股份公司"，"公司"声势大振。曹操又善于炒作，向全国"股民"发布公告，声讨董卓，迅速将"公司"与十八家有实力的"股份公司"组成了一个"股份集团公司"。四世三公、门多故吏，汉朝名相之裔的袁绍担任"股份集团公司"的"董事长"，曹操作为"集团公司"的"组织部长"兼"宣传部长"身价倍增，有形资产和无形资产都得到了巨大增长，为日后发展成为最大的"股份公司"的"老板"打好了基础。

这十八路诸侯，都是"股民"，真心搭救大汉王朝"公司"的人不多，孙坚、袁绍、袁术后来表现明显，曹操不仅是"股民"，后来还疯狂残杀大汉王朝的忠臣，并将大汉王朝"公司"弄得名存实亡，直至消亡。

2022 年 3 月 16 日

赤壁之战曹军惨败的心理学原理

赤壁之战是中国历史上以少胜多、以弱胜强的一场著名战役。赤壁之战以后，东汉从诸侯纷争的局面走向三国鼎立的时代。《三国演义》共 120 个回目，前后共有 18 个回目是围绕赤壁之战来展开的。从第 39 回《荆州城公子三求计　博望坡军师初用兵》揭开了赤壁之战的序幕，至第 57 回《柴桑口卧龙吊丧　耒阳县凤雏理事》止，赤壁之战及其直接影响才基本结束。而后的鲁肃讨荆州、吕蒙取荆州，甚至刘备白帝城托孤都与赤壁之战有绕不开的关系。无论如何，赤壁之战都是《三国演义》、三国古代史中最重要的事件之一。

大战之前，战争双方的曹操集团和孙、刘联盟力量对比悬殊，曹军在政治上、军事上、声势上都占有压倒性优势，以致孙、刘联盟的主要一方孙吴集团主降派成了主流，吴主孙权也摇摆不定，被投降派包围。主战派一度几乎仅鲁肃一人，势单力薄，只能找机会和孙权说下悄悄话而已。

为什么占有压倒性优势的曹操大军出乎意料地在赤壁惨败？对此，学术界早有定论，本文以《三国演义》为依据，以心理学原理为工具，试图重新探讨导致曹操大军失败的原因，希望对企业家、军事家，乃至普通人的人生有所裨益、有所借鉴，欢迎读者批评讨论。

一、特里法则与赤壁惨败

特里法则是心理学的重要原理，它讲的是美国田纳西州银行前总经理特里提出的管理名言。内容是：承认错误是获得力量的最伟大源泉，承认错误的人将得到错误以外的东西。

特里法则对于管理、对于人生都有重要的意义，是不容忽视的思想法宝。

赤壁之战是中国历史上一场重要的战役，在这场战役中孙、刘联军以弱胜强，以少胜多，将占有压倒性优势的曹操大军一举击溃。

我们可以从中讨论得出很多的经验教训，这些经验教训是有说服力的，是有价值和意义的，学术界也早有不少定论了。

如果我们从特里法则的视角来讨论曹操赤壁惨败的经验教训，不仅意义更加重大，而且更客观、更深刻。它不仅可以有力地改变无数人的人生，甚至可以改变我们的命运。

曹操之所以在赤壁惨败，是因为他在发现自己犯了错误以后，文过饰非，理直气壮地巧言掩饰错误，没有承认自己的错误！

号称有83万大军的曹操面对弱小的孙、刘联军也有若干棘手的问题，其中一个重要的问题就是他的北方人马不习水战。这个问题自刘表之子刘琮率荆州人马投降曹操得以缓解。聪明的曹操委派荆州水军原将领蔡瑁、张允担任水军都督和副都督，训练水军。这样一来，不仅"长江之险，已与我共之矣"，而且其水军也从数量上到质量上都已占据优势，胜券在握！

重任在肩，英姿勃发的周瑜巧用离间计借刀杀人，使曹操在冲动之下错斩了水军都督蔡瑁、张允。当蔡瑁、张允的人头被献到面前的时候，"操虽心知中计，却不肯认错，乃谓众将曰：'二人怠慢军法，吾故斩之。'众皆嗟呀不已"。

曹操明知自己错了，又不肯认错，还找借口掩饰错误，并且理直气壮——听明白没有？"怠慢军法，吾故斩之"，如果谁敢说三道四，乱吾军心，我的宝刀可不是吃素的！所以这些出生入死的将官，也只敢"嗟呀不已"，不敢提出疑问，发表看法。

曹操用了不熟水战的自己人毛玠、于禁担任水军都督，接替蔡瑁、张允

"海军司令员"和"政委"的位置。赤壁惨败的命运由此注定，消息传到江东，周瑜大喜，说："吾所患者，此二人耳。今既剿除，吾无忧矣。"鲁肃说："都督用兵如此，何愁曹贼不破乎！"

说透彻了吧？赤壁之战的惨败由此注定，曹操败就败在自己做错了却不肯认错，如果你还有疑虑，看看诸葛亮是如何对鲁肃说的吧："这条计只好弄蒋干。曹操虽被一时瞒过，必然便省悟，只是不肯认错耳。今蔡、张二人既死，江东无患矣，如何不贺喜！吾闻曹操换毛玠、于禁为水军都督，则这两个手里，好歹送了水军性命。"

曹操如果认错，一定会安抚蔡瑁、张允的家属，重用蔡瑁、张允部下中的精明强干之人担任水军都督，不用毛玠、于禁，荆州水军或将带动北方军马荡平江东。"承认错误的人将得到错误以外的东西"，可惜曹操这次不肯认错！

这下好了，曹操不肯认错，重用外行人，诸葛亮就狮子大开口，过来"借"十万支箭了，曹操连收条都没有就"借"了出去。"近水知鱼性，近山识鸟音"的荆州将帅未必没有一个知道此箭不能借、不必借的人。

周郎破曹靠的是火攻，这是绝对的军事机密。所以，周瑜和诸葛亮讨论对策的时候，只在掌心里写了一个"火"字。

可是看破这个秘密的有多少人呢？至少我们知道的就有黄盖、阚泽、庞统，还有曹操的谋士徐庶。但是这些人都在糊弄曹操，特别是庞统的连环计，就是要让周瑜一把火将曹军烧个干净。荆州人马就没有一个看出破绽的吗？

可是曹操自高自大，知错不认，因而没有人敢出来说话，要倒霉就大家一起倒吧。

结果我们都知道了。应该顺便提出来的是曹操运气还不算太差，在华容道上碰到一个重情重义的"老部下"关羽，放了他一马，要不然曹操就没戏了。

顽强不屈的曹操虽一路大败却几次大笑，给部下打气。可是当他逃到南郡逃离了危险，在饮酒压惊的时候却放声大哭起来，为什么？这一回是他承认错误了，曹操仰天大恸，捶胸大哭说："吾哭郭奉孝耳！若奉孝在，决不使吾有此大失也！"

这不仅是承认了自己有重大过失，而且是在告诉部下：下次我有错误，你们要提醒我。

承认错误是获得力量的伟大源泉，它能够使人获得错误以外的东西。

如果曹操发现自己中了离间计，错斩了蔡瑁、张允就当众检讨，安抚其家属，重用其亲信，做出承诺，他失去的就只是蔡瑁、张允而已，但他没有承认错误，结果失去了83万大军，成为他一生中最大的过失。

曹操是可爱的，他往往是能主动承认错误的，为什么这一回却没有承认？这是题外的话，我们另行探讨。

二、思维定势与赤壁惨败

显然，这个题目与上一个有重复之嫌，但我不想改题目。因为前文是讨论知错认错的重要意义，本文讨论的重点是原因——可爱如曹操为什么也会知错不认？希望能够从不同的角度帮助有心人士知错认错。

我们先说一下思维定势的概念。

思维定势也可以叫作"心理定势"，指的是心理上的定向趋势，也称"惯性思维"。它是一种逻辑定势。定势是隐性的，会形成潜意识，在不知不觉中影响人们的行为，它往往是一种偏见，并且可能让人形成行为习惯，有利有弊。利是可以快速果断地处理问题，弊是在情感积累和外部环境的新刺激下可能做出过激行为。思维定势内容丰富，这里主要谈和本文有关的内容。

曹操发现中计犯了大错后不肯认错就是思维定势起了重要作用。蔡瑁、张允率荆州人马投降曹操后"辞色甚是谄佞"，曹操则重用蔡瑁、张允为水军都督、副都督。谋士荀攸对曹操说："蔡瑁、张允乃谄佞之徒，主公何遂加以如此显爵，更教都督水军乎？"曹操笑说："吾岂不识人！止因吾所领北地之众，不习水战，故且权用此二人。待成事之后，别有理会。"

曹操最后两句大有深意，曹操事成之后将如何"理会"呢？结论其实是很明显的，就是在平灭了孙、刘力量以后，将蔡瑁、张允"咔嚓"了事。

何以知之？

从曹操对待荆州新主蔡夫人、刘琮母子的态度即可知之，曹操对蔡瑁、张允承诺："刘景升既死，其子降顺，吾当表奏天子，使永为荆州之主。"言犹在耳，但当蔡、琮母子捧印绶兵符投降曹操后，曹操即令刘琮为"青州刺史，便教起程"，当日便令于禁率轻骑将刘琮母子一行杀了个干净。

东川之主张鲁的部下杨松卖主求荣，为曹操打败张鲁夺取东川立下大功。曹操入川后，大赏士卒，"惟有杨松卖主求荣，即命斩之于市曹示众"。

杨松的命运，本来也是蔡瑁、张允的命运，第 57 回中为了一个女人而告密救了曹操、害了姐夫黄奎一家性命的苗泽也在曹操大难过后被斩于市。

曹操不按常理出牌，"恩"将仇报、仇作恩报的例子不少，他是抓原则、抓根本的人，其实很有规律可循。斩杀蔡瑁、张允只是迟早的事，而重用其只是权宜之计，是表象。

因为曹操有这种强烈的思维定势，所以在周瑜制造的假象的刺激下，潜意识迅速被激发：将思维定势、心理定势、逻辑定势付诸实施，立斩蔡瑁、张允！

当蔡瑁、张允的人头被送到面前，聪明的曹操立即醒悟过来：上了大当！但是曹操这一回不肯认错，而是找借口文过饰非。说句公道话：曹操还是一位比较勇于认错的领导。在《三国演义》第 33 回，曹操北征乌桓大胜而归后，却发现这次军事行动有侥幸因素，他就主动检讨，并鼓励部下今后要勇于提出反对意见。赤壁大败后，他大哭郭嘉，也是间接地承认了自己的过失。这一次不肯认错，虽有大敌当前要维护自己威望的原因，更深层的原因却是他认为杀蔡瑁、张允根本上并没有错，这也是按既定方针办，错的是节点，不该在这个时候杀了两人。曹操成见在先，所以不肯认错。由于不肯认错，后果越来越严重，最终导致赤壁之战惨败。

由此可见，思维定势、心理定势、逻辑定势、行为习惯均值得警惕，它们可能对我们造成重大影响！

三、约翰逊效应与曹操的昏招和惨败

约翰逊效应是指如果缺乏应有的心理素质，即使平时表现再好，在竞技场上也会失败。约翰逊效应得名于一个名叫约翰逊的运动员，他平时表现良好，在比赛场上却连连失利。在参加驾驶员考试、高考等重要的考试或竞赛时，一些平素表现良好的人却发挥不好、连连失利，导致失败，人们把这种现象称为"约翰逊效应"。这不难理解。还有一些心理学家放大、放宽考察范围，把一些关系重大的战役、项目、选举等纳入考察范围，来探究约翰逊效应的影响，这也是有其道理的。

身经百战、用兵如神的曹操也在赤壁之战期间体验过约翰逊效应。曹操不仅能文能武、用兵如神，心理素质也不错。特别是在面对危机时，心理素质尤佳，比如濮阳遇吕布、华容道三笑等。但他在占据上风、事关大局时，内心深处会产生微妙的变化：内心焦虑、缺少自信，进而产生浮躁心理，影响决策。比如，他率大军南下，荆州兵马望风而降，极大地弥补了北方兵马不习水战的短板，与周瑜对江相峙，占据了明显的优势。然而，由于曹操内心深处自信心不足，他的"疑心病"又犯了，结果在周瑜的引诱之下一时冲动，误杀了自己当下最重要的人才——水军将领蔡瑁、张允。当蔡瑁、张允的人头一同献到他面前时，他立即明白中了周瑜的借刀杀人之计，这时候他又昏招迭出，为了掩饰自己的错误，他错误地安排既不会游泳也不会划船的北方将领毛玠、于禁担任水军都督，使得荆州水军与他貌合神离，失去了足以与东吴水军抗衡的优势，以短对长，最终惨败。

曹操在错斩蔡瑁、张允后犯了一系列错误，推卸责任，掩盖错误，又慷慨地"借"了十多万支箭给诸葛亮，听信庞统的话把战船连在一起，以致周

瑜将其烧个精光！这哪里像个用兵如神的军事家？简直是用兵如猪！

曹操的这些错误和他心里烦躁是分不开的，也是由他内心深处的不安导致的。归根结底，还是心理素质有问题，这也说明心理素质出现问题不仅是普通人会有的情况，优秀人物也会如此，有些人在困境中内心很强大，在顺境中却会产生问题。曹操的内心压力，早在博望坡战斗后就产生了，诸葛亮本来就名高天下，以管乐自居，出手果然不凡，以区区三千兵马，先用火攻，杀得夏侯惇的十万大军"尸横遍野，血流成河"。接着在新野城中再用火攻，烧得曹仁、曹洪十万大军四散奔逃，当曹仁、曹洪手下的残兵败将好不容易跑到白河饮水解渴时，又被关羽的士兵放水冲杀，"曹军人马俱溺于水中，死者极多"，没死的好不容易跑到博陵渡口，又被张飞率兵一阵冲杀再遭惨败。

诸葛亮以极不对称的实力，杀得占据压倒性优势的曹军一败涂地、丢盔卸甲，这几场战斗使得曹操心烦意乱，给了他非常不好的心理暗示，他隐隐约约地感到：一个强大的竞争对手出现了，即使兵多将广，他也可能惨败而归！而这还是他所熟悉和擅长的陆战，到了波涛汹涌的长江，这种心理暗示更强了，他的内心深处越来越浮躁，越来越不自信。

《三国演义》第45回的回目是："三江口曹操折兵　群英会蒋干中计"，在这一回里，风流倜傥、谈笑自若的周瑜面对不可一世的曹操差遣而至的来使奉上的劝降书"更不开看，将书扯碎，掷于地下，喝斩来使"。虽有鲁肃劝解，仍然一意孤行"斩使以示威"，随即主动向曹军发起进攻："万弩齐发，曹军不能抵当"，"曹军中箭着炮者，不计其数"。随后周瑜又坐船窥探曹军营寨，致使自命不凡的曹操不得不问计于他的各位将领："昨日输了一阵，挫动锐气，今又被他深窥吾寨。吾当作何计破之？"章法乱了，心也乱了。曹操内心深处知道：当今世界以弱胜强、以少胜多的不仅有他曹孟德，还有周瑜、诸葛亮，而周瑜、诸葛亮胜过他！当他错斩蔡瑁、张允之后，他仿佛听到了周瑜的哈哈大笑声，当他"借"出十几万支箭以后，他仿佛看到了诸葛亮对他的轻蔑一笑，他的内心越来越惶恐、焦虑。

所以赤壁之战前夕，曹操饮酒赋诗，扬州刺史刘馥仅因说了一句曹操口出"不吉之言"，竟被醉鬼曹操"手起一槊，刺死刘馥。众皆惊骇"。第二天，曹操酒醒，"懊恨不已。馥子刘熙，告请父尸归葬。操泣曰：'吾昨因醉误伤汝父，悔之无及。可以三公厚礼葬之。'"

从这里可以看到，曹操心烦意乱、内心脆弱，最担心不吉祥的事情发生，所以醉后杀人，醒来"悔之无及"。顺便说一下，为什么曹操错斩蔡瑁、张允而不认错，醉杀刘馥却痛哭流涕、悔之无及，以至以"三公厚礼葬之"呢？斩杀蔡瑁、张允不过是迟早之事，除此之外，还因为是中了周瑜的离间计，曹操害怕被耻笑；而错杀刘馥是酒醉后而为，有酒醉做借口，这种行为便是一种过失，并非败于对手。这也符合曹操的性格。

四、木桶定律与曹军赤壁大败

木桶定律非常著名，它大多时候被心理学家用于个人研究，用以发现个人知识结构的不足、能力或性格的缺陷，既提倡补足短板，又提倡扬长避短，使短板不再成为制约因素，从而出奇制胜。

木桶定律也称为"短板理论"，无论个人还是组织遇到其短板，问题暴露时，往往都会被"一票否决"，面对短板要么克服它，要么避开它。对于个人而言，解决短板问题，首先要对自己的短板有清醒的认识。个人有缺点甚至严重不足是正常的，"没有完美的个人，只有完美的团队"说的就是这种情况。老子说"夫唯病病，是以不病"，说的就是只要能把缺点当成缺点，把问题当作问题，你就没有缺点、没有问题了。因为你可以绕开它，或由团队来弥补你的不足。

对于组织来说，有些短板和不足往往非得补足不可，否则，即使组织有明显的优势，也会在竞争中失败。

曹操率领83万大军下江南，一时间气势汹汹、浩浩荡荡。江南人士惊恐不安，意欲投降，主战派将领周瑜却一眼看出了曹军的四大短板和不足："且操今此来，多犯兵家之忌：北土未平，马腾、韩遂为其后患，而操久于南征，一忌也；北军不熟水战，操舍鞍马，仗舟楫，与东吴争衡，二忌也；又时值隆冬盛寒，马无藁草，三忌也；驱中国士卒，远涉江湖，不服水土，多生疾病，四忌也"，并下结论说："操兵犯此数忌，虽多必败。"而曹操也知道自己的某些短板及其可能带来的严重后果，因此，虽然不喜欢蔡瑁、张允，但仍重用二人，由其操练北方军士，以提高军队水上作战能力，补足短板，后来却误中周瑜借刀杀人之计，斩了蔡瑁、张允，又不肯认错。这块短板再也补不齐了，因此，周瑜胜券在握，最后"谈笑间，樯橹灰飞烟灭"，创造了历史上著名的以少胜多的一个案例。

赤壁之战的过程和结局深刻印证了木桶定律的科学性，使人们对待组织中的短板，不敢掉以轻心，值得学习研究。

结　论

有人说过：战争不仅是人力和人力的对比、物力和物力的对比，更是人心和人心的对比。这不无道理，但也有所不足。

我们从上文可以看出：军事统帅的心理素质、心理状态对于战役有重要作用，甚至是至关重要的作用，偶然性的因素可能改变战役局面，甚至改变历史命运。曹操因一时冲动错斩蔡瑁、张允，又因心理定势、死要面子致使荆州降军与之离心离德、出工不出力，从而招致连续挫败，使得曹操心里烦躁不安；而周瑜、诸葛亮知己知彼，以己之长击彼之短，主动灵活、指挥若定、以少胜多、以弱胜强就成为意料之外又情理之中的事情了。曹操大军下江南的结局出乎意料，也就合情合理了。

2020 年 11 月 3 日

安慰剂效应与曹操的无中生有

所谓"安慰剂",是指既无药效又无毒副作用的物质构成的、形似药的制剂。安慰剂多由葡萄糖、淀粉等物质构成。安慰剂对那些渴求治疗、对医务人员充分信任的病人能产生良好的积极作用,出现希望达到的药效,这种反应就称为"安慰剂效应"。

安慰剂效应还被广泛应用到一些大型社交场合,为心理素质欠佳、怯场、初出茅庐者打气壮胆,使之信心倍增、超常发挥、光彩夺目,从而获得宝贵的临场体验。

曹孟德是著名诗人、军事家,他没有做过医生,却善于运用安慰剂效应,往往使得军心大振,部下转怨为敬。

《三国演义》第17回写曹操亲率17万大军进攻袁术所在的寿春,袁术听从部下建议,令部将坚守不出,待曹军粮尽生变,再行出战。曹操围困寿春月余后,军粮将尽,只得找孙策借粮十万斛,又很快将被17万大军消耗尽,"不敷支散。管粮官任峻部下仓官王垕入禀操曰:'兵多粮少,当如之何?'操曰:'可将小斛散之,权且救一时之急。'垕曰:'兵士倘怨,如何?'操曰:'吾自有策。'垕依命,以小斛分散。操暗使人各寨探听,无不嗟怨,皆言丞相欺众。操乃密召王垕入曰:'吾欲问汝借一物,以压众心,汝必勿吝。'垕曰:'丞相欲用何物?'操曰:'欲借汝头以示众耳。'垕大惊曰:'某实无罪!'操曰:'吾亦知汝无罪,但不杀汝,军必变矣。汝死后,汝妻子吾自养之,汝勿虑也。'垕再欲言时,操早呼刀斧手推出门外,一刀斩讫,悬头高竿，出榜晓示曰：'王垕故行小斛，盗窃官粮，谨按军法。'于是众怨始解。次日，操传令各营将领：'如三日内不并力破城，皆斩！'操亲自至城下，督诸军搬土运石，填壕塞堑。城上矢石如雨，有两员裨将畏避而回，操掣剑亲斩于城下，遂自下马接土填坑。于是大小将士无不向前，军威大振。城上抵敌不住。曹兵争先上城，斩关落锁，大队拥入。"

本文不从道德层面来评价奸雄曹孟德，仅从"术"的角度、从安慰剂效应的角度来讨论军事统帅曹操。我们不得不说曹操确实善于权谋。如果不是他无中生有、"借"头打气，进攻寿春的计划难免失败，17万大军将粮尽溃败，遭到袁术的御林军进攻，形势被动。在十分被动、日益危险、军心不稳的情况下，曹操主动把险情推向深入，密令粮官王垕克扣军粮，使得前线将士均吃不饱肚子，结果果然出现了王垕担忧的局面："无不嗟怨，皆言丞相欺众"。军心将乱，此时曹操突然把王垕当作替罪羊，把克扣军粮的罪名算在王垕头上，斩王垕而饱士卒，振军心而攻寿春，亲临战场，一鼓而克。这个案例也是饱含着安慰剂效应智慧的，曹操把军心当病人之心，牢牢把握，巧妙引导了这个群体的心理变化。军粮库存属于军事机密，知此机密者很少。粮官王垕知道问题严重及时向曹操汇报，曹操已无法增加粮食供应，但他主动使这场危机显现出端倪，使士兵抱怨、猜疑、恐慌，然后又让大家吃饱，制造假象，似乎粮食不是问题，而是王垕心术不正，只要大家端正心态、奋勇杀敌，我们就会大获全胜。结果他恩威并施，使士气大振，一举攻占寿春。

这个安慰剂效应中还包含了另一个心理学效应，即冷热水效应。曹操欲热先冷，主动诱导军心下浮，然后急转直上，达到高潮，将安慰剂效应发挥得淋漓尽致。这个案例虽然不是医生治病，却类似于临场打气、临阵发挥，使我们在应用解读安慰剂效应时有更广泛的适用空间。

还是在《三国演义》第17回，曹操辞别许都汉献帝兴兵讨伐张绣时有这样的故事。

行军之次，见一路麦已熟，民因兵至，逃避在外，不敢刈麦。操使人远近遍谕村人父老，及各处守境官吏曰："吾奉天子明诏，出兵讨逆，与民除害。方今麦熟之时，不得已而起兵，大小将校，凡过麦田，但有践踏者，并皆斩首。军法甚严，尔民勿得惊疑。"百姓闻谕，无不欢喜称颂，望尘遮道而拜。官军经过麦田，皆下马以手扶麦，递相传送而过，并不敢践踏。操乘马正行，忽田中惊起一鸠，那马眼生，窜入麦中，践坏了一大块麦田。操随呼行军主簿，拟议自己践麦之罪。主簿曰："丞相岂可议罪？"操曰："吾自制法，吾自犯之，何以服众？"即掣所佩之剑欲自刎，众急救住。郭嘉曰："古者《春秋》之义：法不加于尊。丞相总统大军，岂可自戕？"操沉吟良久，乃曰："既《春秋》有'法不加于尊'之义，吾姑免死。"乃以剑割自己之发，掷于地曰："割发权代首。"使人以发传示三军曰："丞相践麦，本当斩首号令，今割发以代。"于是三军悚然，无不懔遵军令。后人有诗论之曰：十万貔貅十万心，一人号令众难禁。拔刀割发权为首，方见曹瞒诈术深。

这就是著名的"割发代首"的故事。这个故事的前面部分虽然是曹操对当地百姓的安抚，但这并不属于安慰剂效应的延伸。故事的后半部分曹操割发代首安抚士兵的部分或许也可以用安慰剂效应来解读。曹操"凡过麦田，但有践踏者，并皆斩首"的命令下达后，理所当然会受到老百姓的欢迎，所以老百姓"无不欢喜称颂，望尘遮道而拜"。这对于行军的将士来说却是件麻烦事，改骑行为步行，不仅体能消耗增加，行军速度减缓，还难免发生问题——曹操的马就受惊踏坏了一块麦田——幸亏问题发生在曹操头上了，如果是发生在其他人身上，难免一死。所以士卒对此命令内心是有抵触的。"但有践踏者，并皆斩首"，确实有过分讨好百姓，收买人心之嫌。曹操的坐骑践踏了麦田，不管是有意还是无意，他都违反了军令。如果不自裁，就会军心不服、军法不公。所以曹操要自裁，后经劝阻割发代首。头发在古代是很重要的东西，所以使得三军悚然、将士心服。曹操割发代首是突发事件，与有意识安抚病人不同，但曹操随机应变，安抚了军心，因而应该也属于安慰剂效应的延伸，在此仅冒昧地提出来与读者商榷，欢迎读者提出不同意见共同讨论。

望梅止渴的故事更明显属于安慰剂效应，那"无中生有"的青梅就是既无药效也无毒副作用的"物质"，但对于那些渴求治疗，又迷信"曹神医"的行军将士来说，自然生津止渴解乏。这种安慰剂效应，也可用心理学中的心理暗示效应来解读。心理暗示是用含蓄、间接的方法对人的心理状态产生迅速影响的过程，它用一种提示，让人在不知不觉中受到影响，甚至解决问题，行军途中曹兵的饥渴问题就是在曹操的暗示之下得以缓解的。

2023 年 12 月 18 日

马斯洛的需求层次理论与曹操错失西川

一、曹操不尊重人才，自取其辱

曹操是政治家、军事家、文学家，统一北方，荡平群雄，颇有建树，因而有很多理由值得人们尊敬。何况他挟天子以令诸侯，心狠手辣，别人要是敢对他不恭敬，他随时可能要了别人的命。可偏偏就有那么两个不怕死的人，分别在公共场合对曹操百般辱骂，极尽讽刺挖苦之能事，让人觉得酣畅淋漓，痛快叫绝。

这两个不怕死的家伙一个叫祢衡，一个叫张松，先说一下祢衡骂曹操。

曹操挟天子以令诸侯，拥有了明显的政治优势，张绣在贾诩的劝说下归附曹操，曹操高兴之余又作书劝刘表归降，但需要一个名士前往。荀攸荐孔融去，孔融认为祢衡胜自己十倍，于是郑重举荐祢衡去劝归刘表，祢衡到曹操大堂后，"操不命坐。祢衡仰天叹曰：'天地虽阔，何无一人也！'操曰：'吾手下有数十人，皆当世英雄，何谓无人？'……"结果曹操这群文臣武将被祢衡骂得一文不值。

打狗还要看主人，祢衡把曹操的文臣武将骂得狗血淋头，又把自己抬上天，以至于张辽要斩他。但曹操从政治利益的角度出发不愿担当害贤的罪名，故意辱没祢衡，让祢衡担任鼓吏，岂知又招致更大的侮辱。

来日，操于省厅上大宴宾客，令鼓吏挝鼓。旧吏云："挝鼓必换新衣。"衡穿旧衣而入。遂击鼓为《渔阳三挝》，音节殊妙，渊渊有金石声。坐客听之，莫不慷慨流涕。左右喝曰："何不更衣！"衡当面脱下旧破衣服，裸体而立，浑身尽露。坐客皆掩面。衡乃徐徐着裤，颜色不变。操叱曰："庙堂之上，何太无礼？"衡曰："欺君罔上乃谓无礼。吾露父母之形，以显清白之体耳！"操曰："汝为清白，谁为污浊？"衡曰："汝不识贤愚，是眼浊也；不读诗书，是口浊也；不纳忠言，是耳浊也；不通古今，是身浊也；不容诸侯，是腹浊也；常怀篡逆，是心浊也！吾乃天下名士，用为鼓吏，是犹阳货轻仲尼，臧仓毁孟子耳！欲成王霸之业，而如此轻人耶？"

上演了击鼓骂曹的大戏。

后来曹操强令祢衡出使荆州，"令二人扶挟而行"，又遭祢衡一顿哭骂，致使"众欲杀之"，可见其言语之狠毒。

祢衡对曹操的痛骂、臭骂、哭骂，应该是曹操一生中最大的耻辱。从丢尽颜面的角度来说，比陈琳的檄文影响更大，因为陈琳的檄文只是一篇政治文章而已，大家可以理解、接受，而祢衡似乎是无理取闹。

与祢衡相似的是张松，他用讽刺挖苦的方法，几乎是摆事实、讲道理地从另一个角度把曹操骂得无地自容，曹操恨不得杀了他。

张松本是西川之主刘璋的一位谋士，乃益州别驾。他知道刘璋生性懦弱，不能任贤举能，早晚将被吞并，有意投靠曹操，暗画西川地理图本藏之，又骗刘璋说去许昌劝曹操进攻东川张鲁，迫使张鲁不敢进犯西川，而其真实意图却是要把西川纳入曹操治下，以做晋见之礼。

但是张松到了许昌后，曹操又在自我膨胀。张松无法通过正常渠道拜见曹操，等了3天，通过贿赂，方才见到曹操。礼仪之后，与张松预想的不同，曹操劈头就是一通责问，张松被迫反击。"操问曰：'汝主刘璋连年不进贡，何也？'松曰：'为路途艰难，贼寇窃发，不能通进。'操叱曰：'吾扫清中原,有何盗贼?'松曰:'南有孙权,北有张鲁,西有刘备,至少者亦带甲十余万,岂得为太平耶?'"

张松言之有理,立之有据,曹操无言以对,怒入后堂。这情境,两人至少谈不下去了,幸亏曹操的主簿杨修主动和张松做了一番深入交流。杨修发现张松才学过人,博闻强记,过目不忘,"真天下奇才也",乃向曹操力荐,曹操仍然居高难下,依然要仗势压人,于是,第二天与张松同至西教场。

> 操点虎卫雄兵五万,布于教场中。果然盔甲鲜明,衣袍灿烂;金鼓震天,戈矛耀日;四方八面,各分队伍;旌旗飐彩,人马腾空。松斜目视之。良久,操唤松指而示曰:"汝川中曾见此英雄人物否?"松曰:"吾蜀中不曾见此兵革,但以仁义治人。"操变色视之。松全无惧意,杨修频以目视松。操谓松曰:"吾视天下鼠辈犹草芥耳。大军到处,战无不胜,攻无不取,顺吾者生,逆吾者死。汝知之乎?"松曰:"丞相驱兵到处,战必胜,攻必取,松亦素知。昔日濮阳攻吕布之时,宛城战张绣之日;赤壁遇周郎,华容逢关羽;割须弃袍于潼关,夺船避箭于渭水:此皆无敌于天下也!"操大怒曰:"竖儒怎敢揭吾短处!"喝令左右推出斩之。杨修谏曰:"松虽可斩,奈从蜀道而来入贡,若斩之,恐失远人之意。"操怒气未息。荀彧亦谏,操方免其死,令乱棒打出。

陈琳骂曹操,曹操获胜后犹能排除干扰,主动赦免陈琳,并安排其工作;祢衡骂曹操,曹操亦能忍气吞声,不担害贤之名,只玩借刀杀人的把戏;而张松骂曹操,曹操却要杀张松,幸亏杨修、荀彧劝谏,"方免其死",但仍"乱棒打出"。可见,三人一个比一个骂得厉害。祢衡、张松是骂曹操骂得尤为厉害的人,不仅比陈琳骂得厉害,也比受尽酷刑最后撞阶而死的太医吉平骂得厉害。

曹操是三国里挨骂最多、最重的人,他多次挨骂都是因为政治原因,而这两次挨得最狠的骂,却是因为违背了心理学家马斯洛的需求层次理论,是完全可以避免的。最后，曹操不仅被骂得狗血淋头，还失掉了巨大的政治利益。如果他善待远道而来的张松，不仅不会挨骂，还很可能夺取西川，致使刘备无立足之地，只能和孙权死争，天下格局将大为不同。

二、马斯洛的需求层次理论

亚伯拉罕·马斯洛是二十世纪美国著名的社会心理学家、比较心理学家，是人本主义心理学的主要发起人，他提出的需求层次理论影响巨大。他于1943 年提出人的需要从低到高依次为生理需求、安全的需求、社交的需求、尊重的需求和自我实现的需求。到 1954 年他又将五大需求发展到七大需求，增加了认知的需求和审美的需求，如表 1-1 所示。

表 1-1　马斯洛的需求层次理论

1. 生理需求	
2. 安全的需求	低层次需求
3. 社交的需求（归属于爱的需求）	
4. 尊重的需求（自尊、他尊、权力欲）	
5. 认知的需求（理解需求）	高层次需求
6. 审美的需求	
7. 自我实现的需求（高峰体验）	

在正常情况下，人的低层次需求是可以满足的，对于政治人物来说就更不成问题了。政治人物的需求一般是高层次需求，他们会为了这种需求努力奋斗，甚至以命相搏。在高层次需求中，尊重的需求是基本需求，自我实现的需求是高峰体验，如果尊重的需求没有得到满足，甚至尊严遭到践踏，人可能会铤而走险，奋起反击；而在风平浪静的时候，人才可能追求自我实现。认知的需求、审美的需求都没有尊重的需求和自我实现的需求那么重要。

三、经验与教训

祢衡作为天下名士，让孔融也自叹不如，是非常需要得到自尊满足的，但曹操安排他出使荆州，劝降刘表，不仅没有安排隆重的礼节，而且当祢衡到达庭堂，居然不安排祢衡入座，更莫说茶水招待了，因而招致祢衡的不满，两人越闹越僵。曹操频频被祢衡打脸，乃至令其为鼓史、强令他出使荆州都是曹操失礼在先，祢衡逐层深入反击，曹操越败越惨！

曹操爱才如命，为什么会对祢衡如此失礼呢？这是因为曹操刚刚意外地得到张绣这股力量，又因此得到大谋士贾诩，心态膨胀，因而要去招安荆州刘表。而贾诩说：刘表好结纳名流，应安排一位名士去劝说方才可能成功。荀攸推荐孔子的后代，有让梨美谈的孔融前去，孔融则推荐比自己强十倍的祢衡前去，这就慢慢产生了问题。

贾诩谏言要派名士去招降刘表，而不是要有真才实学、能办实事的人才去出使荆州，这并没有错，而务实能干的曹操内心深处并不喜欢这种人物。荀攸推荐孔融出使荆州，曹操和孔融并非同道中人，只是暂时统一战线罢了。当孔融郑重其事地全力举荐祢衡去出使，曹操内心深处已然反感了。曹操对这次出使并非志在必得，各位谋士也只是觉得有一定的可行性试试而已。由于曹操对此并不十分重视，"败兵先战而后求胜"，祢衡的出使还未成行就已经"泡汤"了。

这里曹操得到了以下教训：①在得到意外收获的时候要特别注意不要自我膨胀，注意勿失礼节；②政治家、实干家不要和名流较劲；③要干好一件大事应该倾尽全力，不要因为小事、礼节而误了大事。

从本文的主题心理学理论来看就是一定要注意满足他人尊重的需求，如果以让名流的尊严受到损伤来满足自己的虚荣心，一定得不偿失，自取其辱；而要委人以重任，更必须充分满足对方自尊的需求，方可使其倾尽全力，夺取成功，比如孙权筑坛拜将，重用陆逊。

　　张松虽然其貌不扬，名气也没有祢衡大，但是他也才高八斗、博闻强记，而且他胸怀天下，有强烈的自我实现的需求。曹操在击败马超之后自我膨胀，居高自恃，无礼待客，自取其辱；而且在不知不觉之间，把送上门的好事给搅黄了，与巨大的成功擦肩而过，失去了改变天下格局的大好机会。

　　这件事进一步告诉我们：政治家、企业家不能被胜利冲昏了头脑，一定要时刻谨记尊重人才，尊重他人。不能为了无谓的虚荣心和所谓的自我尊严而去损伤他人的尊严，自高自大只是一种自我感觉而已，于事无补。曹操在官渡对许攸"跣足出迎""先拜于地"，这才是真的厉害！他充分满足了人才的尊重的需求和自我实现的需求，因而也成就了曹操自己的自我实现的需求。

　　曹操后来打败张鲁占领了东川，又与占领了西川的刘备集团拼死相争，惨败而归，还在定军山"伤折一股"，牺牲了大将、连襟夏侯渊。两川尽归刘备。如果当初曹操礼贤下士，善待主动找上门来的张松，就不会有此惨败了。可见，尊重他人的需求是多么重要！

2020 年 4 月 10 日

酸葡萄效应与得陇望蜀

酸葡萄效应是指当个人的行为未达到所追求的目标时，为了减少或免除因挫败而产生的焦虑，保持自尊，往往会给自己的不合理行为找到一种合理的解释，使自己能够接受现实。

那个狐狸吃不到葡萄就说葡萄酸的寓言故事显然是酸葡萄效应的由来。

酸葡萄效应适用于各个阶层，应用面非常广泛。它不仅适用于万人唾笑的阿Q，也适用于政治家、军事家、文学家曹孟德，还适用于上上下下、千千万万的其他各色人等。酸葡萄效应不仅保全了人的脸面，还保护了人脆弱的内心，它不仅可以给人解围，还可以给人理由去逃避危险，去逃离那种无可奈何的局面。

得陇望蜀的故事就是如此，《三国演义》第67回说：

> 曹操已得东川，主簿司马懿进曰："刘备以诈力取刘璋，蜀人尚未归心。今主公已得汉中，益州震动。可速进兵攻之，势必瓦解。智者贵于乘时，时不可失也。"曹操叹曰："'人苦不知足，既得陇，复望蜀'耶？"刘晔曰："司马仲达之言是也。若少迟缓，诸葛亮明于治国而为相，关、张等勇冠三军而为将，蜀民既定，据守关隘，不可犯矣。"操曰："士卒远涉劳苦，且宜存恤。"遂按兵不动。

司马懿的计策基本上都能得到曹操的重视和纳用，这一次的建议也有比较充分的理由，谋士刘晔也十分赞同，但"老骥伏枥，志在千里；烈士暮年，壮心不已"，一生进取不休的曹操却似乎知足常乐，一反常态地坚决拒绝了司马懿乘胜进击西川的建议。

曹操真的是知足常乐、体恤士卒吗？

非也！曹操比那个寓言里的狐狸更知道高低深浅，他知道自己扑上去也摘不到葡萄，那还不如不扑上去。这样不仅少了折腾，也比说葡萄是酸的更有面子。一向老谋深算的司马懿，这一回并没有比敢作敢为爱折腾的曹孟德了解情况，知道深浅。

曹操的顾虑由来已久，从前因后果都可以看出曹操的知足、体恤只不过是保全脸面的借口。

先看前因。在《三国演义》第 56 回，曹操已摆脱了赤壁大败的阴影，养精蓄锐，以求报仇雪恨，在铜雀台办了一场隆重的"企业文化活动"，武将射箭比武、文官进诗献章，其乐融融，团队士气高涨。此时有人过来，"忽报：'东吴使华歆表奏刘备为荆州牧，孙权以妹嫁刘备，汉上九郡大半已属备矣。'操闻之，手脚慌乱，投笔于地。程昱曰：'丞相在万军之中，矢石交攻之际，未尝动心。今闻刘备得了荆州，何故如此失惊？'操曰：'刘备，人中之龙也，生平未尝得水。今得荆州，是困龙入大海矣。孤安得不动心哉！'"

曹操历经千难万险，可谓九死一生，出尽洋相。然而，屡败屡战，从不气馁，更不慌乱，此时正在士气高昂之际，但曹操一听说刘备得了荆襄九郡不禁"手脚慌乱，投笔于地"，与"在万军之中，矢石交攻之际，未尝动心"的主帅判若两人，与笑视四世三公、兵多将广的袁绍时的豪气冲天有天壤之别。这是因为曹操深知刘备是英雄，不可轻视，若有基业，更需慎重，所以一向自信的曹操拒绝了司马懿的建议。事实上，刚得西川的政治家刘备，虽有立足未稳之患，但他处置得当，善于收买人心，不仅迅速稳定了政局，而且招纳人才，迅速增强了团队力量。曹操回许都平灭耿纪、韦晃之乱，稳定后方，东西川战事不断。然而，无论是张郃对张飞的恶战、黄汉升对夏侯渊的奇战,还是刘备对曹操的决战,曹操都没有占到半点便宜,最终丧夏侯、丢东川,还被魏延射中人中,狼狈至极,十分被动。在此紧要关头,又闻刘备自立汉中王,曹操怒不可遏,意欲举国力相拼,幸亏司马懿再献良谋,联吴攻荆州关羽。曹操依计而行,方才转危为安。这段故事说明刘备夺荆州、占西川之后,曹操已独自难以对付刘备,必须借助孙权的力量才有得胜的把握,如果当初仅仅依靠得陇的势头冒险灭蜀是危险的。曹操并非不想借势攻取西川,也不是没有看到当时的有利条件,而是从大局考虑,认为此时攻取西川弊大于利、险大于安,因此才装出知足常乐的样子,不去攻打西川。这就是曹操为了减少或免除因挫折而产生的焦虑,保持自尊,给自己反常的行为找到一种合理的解释,使自己能够接受现实,而曹操的行为是不符合社会价值标准的。所以,司马懿、刘晔与曹操意见相左。

或许曹操是得了深度"恐刘"焦虑症,才患得患失、畏首畏尾,以致错失良机。无论如何,曹操比司马懿、刘晔更想摘"葡萄"吃。

2023 年 12 月 18 日

成败得失与二八定律

《三国演义》第 30 回讲到官渡之战时，曹操率领人马夜袭乌巢，火烧袁绍粮仓，袁绍的运粮官眭元进、赵睿运粮刚回大寨，发现屯上起火，急忙率兵救援。曹操人马前后受敌。探子飞报曹操军情紧急，建议分兵应敌，但曹操却大声喝道："诸将只顾奋力向前，待贼至背后，方可回战！"于是众将无不争先掩杀。"一霎时，火焰四起，烟迷太空。眭、赵二将驱兵来救，操勒马回战。二将抵敌不住，皆被曹军所杀，粮草尽行烧绝。淳于琼被擒见操，操命割去其耳鼻手指，缚于马上，放回绍营以辱之。"

曹操的战术，符合二八定律的精神。二八定律是一种经验法则：任何一种东西、一样事物中，最重要的只占其中一小部分，约 20%，而其余的 80% 尽管是多数，却是次要的。

对于曹操来说，他率兵夜袭淳于琼部，淳于琼的兵马毫无准备，曹操人马以一当十，甚至以一当百；又火烧袁绍的大粮仓，这是一次一本万利且十分重要的军事任务。这项任务完成好了，曹操的军事行动就基本大功告成了，至少完成了 80%，也会使得眭元进、赵睿的救兵士气瓦解、毫无战心，如果曹操分出一半人马去迎战袁绍的救兵，势必会使曹操实施主攻方向的力量大为减弱，战斗一旦进入胶着状态，曹兵反而会陷入腹背受敌的不利境地，袁绍的后续救兵又将到来，对曹操形成前后夹击的态势。曹操分兵迎敌后，两头都难以占据明显优势，即使勉强压制住眭元进、赵睿的援兵，意义也不大，而搞定了淳于琼部的袁绍人马，再集中力量对付眭元进、赵睿的援兵，胜算就大多了。退一步说：只要烧掉了袁绍的粮仓，再安全撤退，曹操的军事行动就成功了80%，其他部分甚至可以忽略不计。

曹操的急智在于抓住了这场战役的重点，也就抓住了这场战役的80%。这场战役从微观的角度、正面的角度诠释了二八定律的科学性。而关羽破坏诸葛亮"北拒曹操，东和孙权"的战略大计则从宏观、从反面说明了二八定律的重要性，关羽不懂二八定律。当诸葛亮把大权交给关羽时问道：如果曹操率兵进攻怎么办？关羽说：以力拒之。诸葛亮又问：如果孙权同时率兵来取荆州怎么办？关羽说：分兵拒之。诸葛亮马上说：若如此，荆州危矣。于是郑重给了关羽八个大字：北拒曹操，东和孙权。显然，诸葛亮是把曹操作为重要的敌人来对付的，曹操是80%，孙权只是20%，对于孙权，只要好言安抚，给予尊重就行了，而对于曹操必须全力以对，刀兵相见。但关羽不懂二八定律，他自以为了不起，结果不仅丢了荆州，还掉了脑袋。

二八定律启发我们，要抓住20%的重要客户，他们决定了80%的订单；管理要依靠20%的人才，他们承担了公司80%的主要工作；读书要读好20%的内容，其中聚集了80%的精华。我们的时间分配、精力分配、资源分配、情感分配都要注意处理好二八比例关系，这样才可以达到事半功倍的效果。

2023 年 5 月 16 日

孙权是如何择善而从，摆脱从众心理的

孙权不像他兄长孙策那样身先士卒、开疆拓土、冲锋陷阵，也不像曹操那样有雄才大略、多谋善断，又不似刘备那样颠沛流离、坚韧不拔，远得人心、近得民望。似乎文才武略都比较普通，不其出众。善于识人的孙策却在临终的时候将江东大事托付给他，说："若举江东之众，决机于两阵之间，与天下争衡，卿不如我；举贤任能，使各尽力以保江东，我不如卿。卿宜念父兄创业之艰难，善自图之！"

孙策去世后，孙权果然不负所望，在"坐断东南战未休"的纷争局面之下，北胜曹操，西赢刘备，不仅固守了江东，还夺取了荆襄九郡，扩大了版图，创造了东吴的辉煌盛世。当刘备、曹操这些劲敌相继去世之后，孙权依然老当益壮，活跃在政治舞台。"在位二十四年，寿七十一岁"，比刘备多活8年，比曹操多活5年。后人有诗曰：

紫髯碧眼号英雄，能使臣僚肯尽忠。

二十四年兴大业，龙盘虎踞在江东。

创业容易守业难，要做到"能使臣僚肯尽忠"不是一件容易的事情，袁绍、刘表、刘璋、张鲁等皆因部下不尽忠而误事亡国。

孙权的可贵之处首先在于他能够发扬民主，甚至在大敌当前之际，他依然能充分发扬民主。

关于发扬民主，最典型的事情有两件：第一件是曹操率83万大军下江南，意欲荡平江东，实现统一。孙权任由部下发表意见，即使是汉奸卖国贼也可以畅所欲言、毫无顾忌。一时间，以首席元老大臣张昭为首的投降派占据了压倒性优势，孙权不打不压，只是用心倾听琢磨。

与此同时，他还努力倾听受到压抑的微弱声音，他在投降派处于上风时离席上厕所。鲁肃随之而去，孙权意识到鲁肃有话要说，于无人处拉着鲁肃的手说："你想说什么呢？"最终把鲁肃的肺腑之言都掏了出来，挖掘了思想的"第一桶金"，表达了抗曹意愿。

孙权对于兵少将微而又亡我之心不死、一直虎视眈眈的刘备集团的意见也没有简单地一概排斥，而是诚心向诸葛亮请教，且能在诸葛亮"言语冲撞"，引他发怒之后，听从鲁肃的意见，置酒相待，隆重约谈诸葛亮，并向其表示"即日商议起兵，共灭曹操"。

可是张昭、顾雍坚决反对诸葛亮祸国殃民、借鸡生蛋的阴谋，因而言辞激烈。其他文臣武将也议论纷纷，"时武将或有要战的，文官都是要降的"。孙权则只说"卿且暂退，容我三思"，又回到家里，在母亲吴国太的点拨下，继续发扬民主，遣使去鄱阳请周瑜来发表意见、建言献策，方才做出决断。

孙权可谓用心倾听了各种不同的声音：敌我友，降战和。

孙权的可贵之处更在于他面对各种不同的声音能够择善而从，摆脱从众心理，做出科学决策。

从众心理是一种常见的具有普遍性的心理现象，也叫"趋众心理"，是一种为适应团体或群众的要求而改变自己的行为和信念的心理。从众者追求心理上的安全感，具有盲目性、被动性，这是信心不足的表现，从众者往往有不负责任的心理。

从众心理可以表现为在临时的特定情境中对占优势的言行方式的采纳，也可以表现为一段时间对占优势的观念与行为方式的长期性的接受。

短期的从众表现，如大家都去做某件事，自己本无必要，甚至不合适去做，但也跟着去凑热闹。长期的从众表现，如大家都说能亩产万斤粮食，自己本来觉得不可能，但也跟着大家说可以亩产万斤粮食了。

孙权的表现是在临时的特定环境中对占优势的言行倾向的否定和排斥。他成功地摆脱了从众心理的影响。

孙权的科学决策首先得益于他的负责任的态度，其次在于其刨根问底、追求完美的精神。从众心理和从众行为往往是在不明真相、不懂真理的情况下产生的，而孙权在大事面前认真倾听不同意见，注重数据、弄懂原理，方才行事。他没有简单地根据自己的愿望和情感去决策，更不随大流、择众而从，孙权决策的过程和结果都是科学的。

孙权第二次在关键时刻摆脱从众心理的束缚是在刘备率75万大军来为关羽报仇的时候。先灭吴，再灭魏，刘备大军一路势如破竹，吴将难以抵挡的情况下，孙权力排众议，再一次否定了张昭、顾雍、步骘等大臣的意见，重用一介书生陆逊并授之尚方宝剑，请陆逊率领东吴兵马迎战刘备大军，结果取得了彝陵之战的胜利。

孙权这一次的决策过程没有迎战曹操时那样复杂艰难，但细究起来也不容易。当时刘备举全国之力、势不可当，吴军连战皆败，曹魏隔岸观火，意欲趁火打劫。孙权的爱将周瑜、鲁肃、吕蒙俱已去世，现有武将韩当、周泰、甘宁、朱然、潘璋、凌统、孙桓等都不是刘备的对手，"江南之人尽皆胆裂，日夜号哭"。孙权压力巨大，按传统观念即思维定势，陆逊是没有资格担当如此重任的，但是孙权就是认定阚泽的合理举荐，力排众议重用了陆逊，转败为胜。

这一次孙权的决策不仅摆脱了从众心理，而且摆脱了思维定势、传统观念，依然是理性为重、以小见大、鉴往知来。孙权能够"举贤任能，使各尽力以保江东"关键在于发扬民主。让部下畅所欲言，不是简单地排斥某种意见甚至怒骂，即使是在第二次国难当头，张昭、顾雍等"铁杆汉奸""老卖国贼"再次发出谬论，祸害国家的时候，孙权依然没有恶语相向，维护了宽松的语言环境。孙权的民主只是手段，不是目的，他不搞少数服从多数的把戏，他发扬民主是为了弄明白道理，道理弄明白了，才能当明主。

在历史上，充分发扬民主历来是难得的，而要成为民主的明主就更加难能可贵了，这也是东吴能够长治久安，成为三国中国运最长久的国家的原因。

2022 年 4 月 18 日

沉锚效应与力排众议

从心理学的角度来看，孙权能够摆脱从众心理，择善而从，确实应该感谢无名英雄式的人物鲁肃，是他为孙权的决策确定了沉锚效应，使孙权一开始就锚定了抗曹大计。

"沉锚效应"是一种心理现象，是指人们做决策前，思维往往会被所得到的第一信息左右，第一信息就像沉入海底的锚一样，会把你的思维固定在某处，使你产生先入为主的认识。

之所以称之为"沉锚"，是因为这个锚点埋于我们意识的深处，很多人甚至意识不到自己已经被埋入了锚点，而以为自己是通过独立思考做出了决策，其实，自己已经不知不觉地被各种先入为主的信息误导了。

有一个非常有名的故事，说的是有一家卖三明治的小店，店里有两个售货员，其中一个售货员永远比另一个售货员的营业额要高。要知道，在购买快餐时，顾客一般都是随机选择售货员的，甚至会选择排队人数较少的那个售货员。所以，不管有多少个售货员，从理论上来说，他们的营业额都不应该有太大的区别。

这种现象引起了老板的注意。于是，有一天，他特意站在柜台边观察，然后发现，每当客户点餐的时候，其中一位售货员会问他："需要加一个煎蛋吗？"客户有说加的，也有说不加的，比例基本是1：1；而另一个售货员会问："请问，需要加一个煎蛋还是两个煎蛋？"这时候，约有70%的顾客会下意识地回答"加一个"或者"加两个"，只有30%的客户要求"不加"。

自然而然地，后一个售货员的营业额比前一个售货员的要高出许多。

这就是一个典型的对"沉锚效应"的应用。后一个售货员成功地在顾客做出决策之前为其沉下了一个"锚"——他要煎蛋。因此，顾客的思考范围就被锚定在了"需要几个煎蛋"上面，只有少数人会想到，他还有第三种选择——不要煎蛋。

了解了锚定效应，我们再来看孙权的第一印象是什么：

> 却说江东孙权，屯兵柴桑郡，闻曹操大军至襄阳，刘琮已降，今又星夜兼道取江陵，乃集众谋士商议御守之策。鲁肃曰："荆州与国邻接，江山险固，士民殷富。吾若据而有之，此帝王之资也。今刘表新亡，刘备新败，肃请奉命往江夏吊丧，因说刘备使抚刘表众将，同心一意，共破曹操。备若喜而从命，则大事可定矣。"权喜，从其言，即遣鲁肃赍礼往江夏吊丧。

结果鲁肃、诸葛亮一拍即合。当张昭等一大班投降派包围孙权，百般劝说的时候，孙权虽然犹豫但心理上已被鲁肃下了"锚"，要把这个"锚"拔出来很不容易，何况张昭等人的主张并不是孙权的最佳选择，虽然简单易行，却很难让孙权心甘情愿。当鲁肃、诸葛亮、周瑜不断地为这个"锚"加固的时候，孙权的决策就形成了。

首先，张昭等投降派虽然人多势众，但鲁肃作为主战派通过在孙权的心理上"沉锚"抢占了先机，这是非常重要的。其次，投降派虽人多势众，但在情理上并不占优势，他们的投降理论经不起具体分析，无非是曹操实力雄厚罢了；但当诸葛亮、周瑜对其力量进行全面具体分析解剖后，曹操的弱点一一呈现在孙权面前，使孙权确认曹操大军不过如此而已，因而决计对战曹操。孙权的可贵之处在于主动拓宽视野，大量收集资讯，集思广益、择善而从，当他系统地拥有了正反两方面的意见及依据的时候，就能做出科学决策了；甚至当他的第一概念错误的时候，也可能依靠全面的资讯走出怪圈，做出正确的判断。作为决策者，不能依赖第一感觉，应该主动防范第一感觉产生的错误。所以说鲁肃虽然立下了赤壁之战的头功，但孙权也堪为决策者的楷模。反观刘禅只听宦官黄皓的一派胡言，而对告急文书置之不理，拒收宝贵的资讯，最终招致亡国之祸。在生活中，一部分人的思想观念还很封闭，对几十年来海量的互联网资讯视而不见、充耳不闻，这也是一种锚定效应。

孙权能够充分发扬民主，也源于他的权力来源。

孙权的基业是兄长孙策给他的，孙策勇猛无敌，善于开疆拓土，又知人善任，部下无不佩服。他对太史慈的收服颇能说明问题。前文讲到他临死前说了一段话将江东大事托付给孙权，不仅表明了他有知人之明、自知之明，而且对孙权有强大的约束力，使之感动莫名，孙权才会竭尽全力"举贤任能，使各尽力以保江东"。若不如此，孙权会觉得自己对不起兄长，对不起授权人，他从内心深处不想伤害孙策的知人之明。这不仅是因为孙策是他的兄长又托付大业，还在于孙策临死前殷切嘱咐诸弟："吾死之后，汝等并辅仲谋（孙权）。宗族中敢有生异心者，众共诛之"，更是对母亲说："弟才胜儿十倍，足当大任。倘内事不决，可问张昭；外事不决，可问周瑜。恨周瑜不在此，不得面嘱之也！"既信任，又殷切，还细心分类，嘱明外事问谁、内事问谁。这就是告诫孙权决策时要走专业化路线，不能搞少数服从多数那一套。这都会使孙权兢兢业业、尽职尽力、人尽其才，以保大业。这也说明，民主的领导应该有一个良好的接任过程，接任时的场景和过程会有效地影响接任者履职。

历史上的孙权也说过："能用众力，则无敌于天下矣；能用众智，则无畏于圣人矣。"孙权正是这样一位圣人，是一位民主的明主。

2022 年 4 月 18 日

迟疑亦可逞英豪

年少万兜鍪，坐断东南战未休。

天下英雄谁敌手？曹刘。

生子当如孙仲谋。

——辛弃疾《南乡子·登京口北固亭有怀》

孙权无疑是历史上的一位英雄，这些名句里面就包含着他强大的竞争对手曹操以及文武双全、侠肝义胆的大词人辛弃疾对他由衷的称赞。

但是，我们读了《三国演义》就会知道：孙权作为主帅，有时候也会犹豫彷徨，迟疑不决，而大家都知道：优柔寡断是将帅之大忌！

曹操率83万大军南下，要统一全国。东吴人心混乱，是战是降，就等着孙权拿主意，可谓刻不容缓。可偏偏孙权患得患失，沉吟不决，诸葛亮也说孙权"事急而不断，祸至无日矣"！

《三国演义》从第42回开始写孙权对曹军的态度：想打又怕打不赢。一直到第44回才真正下定决心，拜周瑜为大都督，率兵破曹。书中用了足足两个回目来描写孙权的矛盾心理与决策过程：经过了鲁肃归谬法的力排众议、诸葛亮舌战群儒和天才激将，又加之诸葛亮的形势分析，虽然孙权表态"吾意已决，更无他疑。即日商议起兵，共灭曹操"，却依然"寝食不安，犹豫不决"。等到吴国太提醒他"外事不决问周瑜"后，又赶快请来周瑜决策，并当众表示"孤与老贼，誓不两立！卿言当伐，甚合孤意"，还拔剑斩奏案一角说："诸官将有再言降操者，与此案同！"即封周瑜为大都督，程普为副都督，鲁肃为赞军校尉。如文武官将有不听号令者，即以此剑诛之。

照理说，到这个时候，孙权总算铁了心要抗曹了吧？其实不然。诸葛亮料定孙权依旧"心怯曹兵之多，怀寡不敌众之意"，劝周瑜为孙权详细具体地分析曹军实力，方才可以行动，结果周瑜单独拜见孙权，果然孙权还在犹豫，担心寡不敌众，直到周瑜再次详细剖析曹军实力并不可怕，我方足以破曹之后，孙权方才解除疑虑，放手让周瑜率兵破曹。

孙权这个决策过程有些长，在形势危急的情况下必须早定大计，以安定人心。而鲁肃又迅速为他建立了统一战线，联刘抗曹，并说明利害：我们（张昭等）都可以投降，无损现实利益；而你不能投降，降则一跌千丈。诸葛亮也申明大义：投降有愧古代义士，亦羞对刘皇叔。后又分析曹军是强弩之末，远来疲惫；北方之人，不习水战；荆州降兵，军心未稳；而关羽、刘琦各有士众万人，孙、刘联合必败曹操，这都非常有说服力。周瑜见到孙权后，又说曹军犯了四个大忌讳：北土未平，后方不稳；不熟水战；隆冬盛寒，马无藁草；士卒远涉江湖不服水土，多生疾病。说服力够强了，还是不能形成定论，直到周瑜再次向孙权分析曹操原班人马不过十五六万人，刘表的降兵也不过七八万人，而且离心离德，"夫以久疲之卒，御狐疑之众，其数虽多，不足畏也"，方才散尽孙权疑虑。

后来的结局大家都知道了，这里不再赘言。

孙权面临的决策是战还是降：战，胜了三分天下有其一，败了丢脑袋，全家性命难保；投降，应该会有一条生路，但是极失身份。因此这个决策过程很难。

可是，《三国演义》的末尾，司马炎决策灭吴，统一全国，就没有这么大的悬疑了。晋兵若伐吴：成功了，统一大业完成；不成功，不会对晋国、对司马炎家族构成生存威胁，基本上无损晋国大局。所以，司马炎下达出兵吴国的命令相对来说就轻松多了，至少比诸葛亮六出祁山、姜维九伐中原轻松得多。然而，司马炎却在机遇面前对于出兵与否迟疑不决、狐疑不定，以致错失良机。但他最终决定出兵，灭了吴国，实现了统一大业，亦不失为豪杰。

晋国灭吴后，赦免吴主孙皓不死，孙皓登殿叩头拜见晋帝，"帝赐坐曰：'朕设此座以待卿久矣'。"可见司马炎一直处心积虑灭吴，实现统一，而他却在都督羊祜准备充分后，在吴国人才痛失、群臣恐怖、主上失德的有利情况下，因为三位近臣的反对，而未能接受羊祜出兵伐吴的奏请。若此时伐吴，其态势之强势有利不言而喻。

羊祜临死时，司马炎知道自己已错失良机，后悔不迭，遂接受羊祜的推荐，拜杜预为镇南大将军都督荆州事，用其伐吴。而吴国更加昏乱。恰在此时益州刺史王濬又上疏请司马炎伐吴，晋主司马炎在上次羊祜上表伐吴时"大喜，便令兴师"，此次又与群臣商议说："王公之论，与羊都督暗合。朕意决矣。"可当侍中王浑上奏说"臣闻孙皓欲北上，军伍已皆整备，声势正盛，难与争锋。更迟一年以待其疲，方可成功"，司马炎又依其奏"乃降诏止兵莫动"，仍未做出科学决断，而是退入后宫，与秘书丞张华下围棋消遣去了。

幸亏下棋时又接到了杜预的奏表，表中深刻地分析了吴、晋两国的形式，力主当机立断，即行伐吴，而张华也"突然而起，推却棋枰"，请晋主抓住良机，出兵伐吴。司马炎于是立即升殿，调兵遣将，出兵伐吴，结果势如破竹，三国归晋，完成了统一大业。

魏、蜀、吴三国纷争不断，司马懿、司马师、司马昭均在魏国的旗帜下度过了一生，虽然三位"司马"打下了基础，但让三国归晋的司马炎毕竟是一位枭雄。而英雄孙权、枭雄司马炎却都在大事面前曾迟疑不决、言之又悔，观之令人感慨！

这两个人面临的抉择，一个是是否要守，形势危急，刻不容缓；另一个是是否要攻，地位主动。其共同点是群臣意见相左，众说纷纭，莫衷一是。两人一守一攻、一弱一强，一个被动一个主动，但两人在决策期间皆慎之又慎，几误大事。最后两人都在迟疑徘徊一段时间后做出了正确的决策，成就了霸业。

孙权继承了孙坚、孙策两代人的基业，自己是"官三代""富三代"了。司马炎也继承了司马懿、司马昭（含司马师）两代人的基业，也是"官三代""富三代"了。但他们小心谨慎、兢兢业业，大事当前会用心倾听各方意见，斟酌再三，才下定决心做出决策。

有些事情过后看来很简单、很明白，但掌舵人身在其间往往看不透、拿不准。越是事关重大就越难以看清。"当局者迷，旁观者清"正适用于这种情况。孙权和司马炎的决策迟疑在后人看来都是多余的、是错误的，甚至是危险的，但换个角度来看又是可以理解的。更重要的是，他们经过争论和迟疑，最终做出了正确的决断，成就了霸业。"成则为王，败则为寇"的古话也适用于这种情况。

《孙子兵法》中说："兵者，国之大事，死生之地，存亡之道，不可不察也。"兵圣孙武对待战争的态度是极为慎重的，不仅不打无把握之仗，而且尽量不打硬仗、恶仗，也尽量不打仗，提倡"不战而屈人之兵"。其对待战争的态度可谓慎之又慎，孙权、司马炎对待战争的态度因而也更加可以理解。

诸葛亮六出祁山，姜维九伐中原，结果均劳民伤财，无功而返，使得蜀国国势日益衰疲。可以避免的战争，无论有多冠冕堂皇的理由和多么崇高的动机都是损人伤己的事情。保境安民、休养生息，不仅可以减少兵民的苦难和牺牲，还可以使国运中兴，迎来转机。诸葛亮和姜维虽然是战术高明的老臣，但也是"好战分子"，其给国民带来的危害，不可小觑。

老子的《道德经》第七十三章中说："勇于敢则杀，勇于不敢则活。"我们结合《三国演义》来理解这句话，就是勇猛到胆大妄为、目空一切就会失败，甚至消亡；勇敢而不逞强好胜、不目空一切、不为所欲为，才能生存，乃至取胜。曹操以往的成功在于知难不难，而赤壁之战以优势兵力惨遭大败，原因就在于曹操目空一切、胆大妄为。战争和市场竞争都是动态多变的，优劣长短都在变化之中，清醒地认识自己和敌手是不败之宝，能不能生存靠自已，能不能取代敌手要看敌手会不会留机会给你，会不会犯错误。你胆大妄为、无所顾忌就会留给对手把你干掉的机会，就像刘备被陆逊火烧连营一样。

文弱小吏蔺相如胆敢在大庭广众之下三番两次呵斥、戏耍比虎狼还要凶狠的秦王，赢得了千秋美名。其实秦王能够忍受蔺相如的呵斥、戏耍，不动声色，甘愿受辱，这是需要很大的智慧和勇气的，是一种高超的境界，是大人大量、大智大勇。因此秦国最终不仅获取了稀世珍宝和氏璧，还扫平六国，实现了统一。秦强赵弱妇孺皆知，秦王仍有所顾忌，有所"不敢"，值得后人学习。

当代的"愤青"，智商与诸葛亮、姜维差之千里，根本不了解战争的残酷和凶险，只怕是被"抗日神剧"毒害了大脑，动不动就主张打仗，甚至抵制正常贸易、砸车伤人，以为当英雄是一件很潇洒、很惬意的事情，以至于一些有识之士调侃说："打是一定要打的，问题是到哪里去打？是到八一电影制片厂去打，还是到横店去打？"这话真是说得经典，不知"愤青"作何感想？

一些企业在创业前期取得了可喜的成绩，有了一定的基业，会遇到新的发展机会或被迫转型，还会遇到各种诱惑，等等。决策者难免会考虑上新项目，迈上一个新台阶。其实，这往往也是"死生之地，不可不察"。有时候需要和孙权、司马炎一样再三斟酌、反复思量，三思而后行。绝不可像"愤青"一样来个"潇洒走一回"。不少企业曾经获得辉煌的成功，可是后来由于乱投资、乱上项目，有不切实际的幻想，结果企业遭受重创，造成资金紧张，企业陷入困境，由盛转衰。

战争是残酷的，因战争而牺牲的英雄未必有"愤青"的气概和浮躁，战争造就的英雄其实未必都是英姿勃发、风流倜傥的，恐怕还会患得患失、反反复复，比如孙权和司马炎。

2017 年 10 月 7 日

深谙人性，深得人心

——刘备的成败与心理学原理

研讨三国，刘备是一个绕不开的人物。曹操在刘备兵少将微而无立足之地的时候，就把他当作天下的大英雄夸赞不已，而置天下诸侯于不顾。刘备如此重要，但人们对他的看法却褒贬不一。

官场上有人说他"远得人心，近得民望"；吕布说他"是儿最无信者"；诸葛亮说他"王室之胄，英才盖世"；陆绩说他"织席贩屦之夫耳"。民间有歌谣夸赞他曰："新野牧，刘皇叔；自到此，民丰足！"民间也有人说"刘备的天下是哭来的"，说得他一点面子都没有。这里有立场和偏见的问题。本文运用心理学原理讨论《三国演义》中若干刘备的故事，希望能帮助读者对《三国演义》有新的理解、新的感悟，对心理学的应用有新的启发，对于人生和职场有所借鉴和启迪。

一、刘备的成功与共生效应

许多三国迷应该知道这句歇后语：刘备的江山——哭出来的。这句话暗含了一个意思：刘备没什么过硬的本事。

是的，刘备的武艺一般，智谋也不出众，做武将、当谋士都难出彩。然而，刘备为什么能当上皇帝呢？

原因有很多，在这里仅用心理学的共生效应来解读。

在自然界，一株植物单独生长，往往长势难旺，甚至会枯萎衰败；而当众多植物一起生长，却能根深叶茂，相互影响、相互促进，这就是所谓的"共生效应"。森林的繁荣茂密，源出于此；而产业的兴旺、工业产区的崛起也离不开共生效应，一些将军县、老板村的产生都是共生效应的结果。

汉高祖刘邦就把自己战胜项羽，夺取天下的功劳归于"汉初三杰"。刘备也深知此中道理，谆谆告诫张飞说："智赖孔明，勇须二弟。"力排众议帮助初出茅庐的诸葛亮指挥若定，以少胜多、以弱胜强，最终大获全胜，打了漂亮的一仗。他先后吸引了赵云、黄忠、魏延、马超等名将，又吸引了庞统、马良、法正等优秀谋士。刘备不仅能重用诸葛亮讨厌的魏延，还能容纳自己深为忌讳的马谡，严于律己，宽以待人，使得团队人才济济、生机勃勃，得以开疆拓土，三分天下有其一。吕布虽英勇无敌，但袭取徐州后割据一方，最终兵败被擒，就犹如植物一株难以生长成活。

春秋时期的贤相晏子说："所谓和者，君甘则臣酸，君淡则臣咸"，就是说君臣之间、领导者和被领导者之间要和而不同、长短互补。杂交优胜是宇宙大规律，人类繁殖、动物繁殖都忌讳近亲相交，喜欢杂交出彩。企业团队、军事组织也需要不同类型的人才组合搭配才更有竞争力。

现代企业家不仅需要人才的追随辅佐，也需要同行和产业共同成长。横向联合，纵向发展；向下扎根，向上成长。孤掌难鸣，共创共享的理念是共生效应的催化剂。

二、名人效应与刘备的政治优势

请先看一下洛克菲勒的女婿和世界银行副总裁的名人效应的心理学故事。

在美国的一个乡村，有个老头和他的儿子相依为命。

一个人找到老头说要将他的儿子带去城里工作，老人愤怒地拒绝了这个人的要求。这个人又说："如果你答应我带他走，我就能让洛克菲勒的女儿成为你的儿媳，你看怎么样？"老头想了又想，终于被"儿子能当洛克菲勒的女婿"这件事情说动了。这个人精心打扮后找到了美国首富、石油大王洛克菲勒，对他说："尊敬的洛克菲勒先生，我想给你的女儿找个对象。"洛克菲勒说："快滚出去吧！"这个人又说："如果我给你女儿找的对象是世界银行的副总裁呢？"于是洛克菲勒就同意了。然后，这个人找到了世界银行总裁，对他说："尊敬的总裁先生，你应该马上任命一个副总裁！"总裁先生摇着头说："不可能，这里这么多副总裁，我为什么还要任命一个副总裁呢，而且必须马上？"这个人说："如果你任命的这个副总裁是洛克菲勒的女婿呢？"总裁立刻答应了。

这个财富故事，反映的是善用名人影响力带来的好处。这就是心理学上的名人效应。心理学家指出，如果你善于运用名人效应，就可以比别人更轻松地得到对方的认可，进而达到自己的目的。

所谓名人效应，指的是当名人出现时所引起的他人注意、扩大影响和强化事物的效应，或者人们模仿名人的一种心理现象，名人效应是一个统称。名人效应已经在我们生活中的方方面面产生了深远影响。比如，生活中商家寻找明星代言能拉动消费，慈善机构组织的活动若有名人参加能带动社会关怀弱者，等等。

刘备的身世至少有缺乏光彩的一面，社会地位太低了。陆绩说："刘豫州虽云中山靖王苗裔，却无可稽考，眼见只是织席贩屦之夫耳，何足与曹操抗衡哉！"这种看法也是有代表性的。

说刘备是"织席贩屦之夫"的人还有曹操等人。十八路诸侯讨伐董卓时，虽然刘备麾下的关羽立了斩杀华雄的奇功，袁术仍因刘备只是一个县令，大声呵斥其手下的张飞。足见刘备身份本来低微，在上流社会没有立足之地，又没有军事实力，官场打拼，虚的实的都不够本钱。

但刘备远得人心，近得民望。从天子到诸侯乃至平民百姓都称之为"皇叔"，可见其政治影响力大，人才凝聚力较强。虽然刘备一败再败，但得到曹操、公孙瓒、刘表、袁绍、吕布、陶谦等诸侯的隆重礼遇，亦是一股不可忽视的政治力量。由此而先虚后实，三分天下有其一，后来竟一次可以调动七十多万大军讨伐东吴。

刘备的高明之处、成功之道就是利用了名人效应，到处宣扬自己是皇室之胄、汉室宗亲、中山靖王之后、汉景帝阁下玄孙等，先是赢得了张飞、关羽的敬重，尊其为大哥；后又赢得了曹操、袁绍的敬重，曹操敬的是刘备大破黄巾军，而袁绍是听了公孙瓒关于刘备的出身介绍，不仅为其安排了座位，还说："吾非敬汝名爵，吾敬汝是帝室之胄耳。"足见名人效应非同小可！刘备见到汉献帝，又不厌其烦地说："臣乃中山靖王之后，孝景皇帝阁下玄孙，刘雄之孙，刘弘之子也。"你听了烦不烦？这么拐弯抹角拉拉扯扯！但汉献帝正想笼络人心、招纳人才，遂认刘备为叔，拜为左将军、宜城亭侯，从此以后刘备就是名正言顺的皇叔了。这是刘备不断地宣传自己的身世，发挥名人效应的结果。其实他的劣势很明显，《三国演义》第 1 回描述刘备出场的时候，虽对他祖辈有介绍，但说到他时，只说他"幼孤，事母至孝，家贫，贩屦织席为业"。在当时这种身份是很卑微的，让人看不起。你祖上风光有什么用？很多领导退休后光景大不同，倍感失落。其实自古以来人都有现实的一面，所以刘备的身世虽然有光鲜的一面，但他更多的是感到卑微。如果没有英雄壮志，很可能自轻自贱，只恨没有一个好爸爸！刘备没有怨天尤人，而是把过时的王牌也当作宝贝供了起来，最终赢得了政治优势。

我们还发现有些人本来一点优势都没有，但他们能够把名人效应发挥到极致，自己也顺势成了人生赢家。比如，有人组织协会、筹划大型行业活动，就对行业老板说：这个活动政府很重视，××市长、××书记都要亲临参加、亲自过问呀！结果企业老板很感兴趣，因而有意参加并提供赞助。策划人又通过各种关系找到政府有关负责人说：行业非常需要这样一个协会组织，需要举办这样一场隆重的活动，××企业的老板和××企业的老板会担任会长、常务副会长；这个组织和活动对当地的经济有很大拉动作用；等等。结果政府领导也为之行动了。策划人又请出大明星来主持活动，投放广告以引人注目，结果企业纷纷赞助支持，领导出席讲话，这个活动就圆满成功了。这有些类似于洛克菲勒的女婿和世界银行副总裁的案例。

由上述案例看来，名人效应模式可以多种多样，且大多都能获得良好效果。

三、照镜子效应与刘备绝处逢生

生活当中有一种照镜子效应。人们在照镜子时，若不仔细看，会以为只是在复制。细细看，才发现什么都是反的，右边成了左边，左边成了右边。镜子中照映出的东西，正好与实际事物左右相反，故称为"照镜子效应"。

心理学也有照镜子效应。照镜子可以帮助人们客观地认清自己的容貌，可以检查自己的衣着打扮是否得体。心理学中的照镜子效应是提醒规劝人们自觉地寻找、接受各种不同的意见和建议，从而认清自己、改变自己、提升自己，这对于领导者来说尤为重要。铜镜、玻璃镜可以帮助人们看清自己的外在形象，而"人镜"特别是高人的意见、建议则不仅可以帮助人们认清自己的真实处境，还可能帮助人们破局重生。

刘备虽为天下英雄，但也历尽艰难、四处碰壁，甚至几度陷入走投无路的境地。在经历过投靠公孙瓒、陶谦、曹操、袁绍等人之后，又被迫投靠刘氏宗亲本家刘表。刘表虽然很给刘备面子，安置其于新野县城。但刘表的夫人蔡氏姐弟设计相害，刘备险被追杀。之后刘备赴襄阳，幸亏坐骑的卢马带着他飞跃而过檀溪，方才逃过大难！大难不死的刘备发现了一面"宝镜"——隐士"水镜先生"。刘备有生以来第一回好好地照了一回"人镜"，终于看清了自己的处境，认清了自己的团队。人最难的是认识自己。领导要真正看清自己的团队真的很不容易。从不认识到认识，从误解到了解，就可以改变方向、改变命运，破局重生。

水镜先生复姓司马，名徽，"松形鹤骨，器宇不凡"，乃是隐居的高人，初见刘备时竟不客气地笑说刘备是"逃难至此",然后便把"宝镜"照了起来,与刘备展开了一场对话。

> "吾久闻明公大名,何故至今犹落魄不偶耶?"玄德曰:"命途多蹇,所以至此。"水镜曰:"不然。盖因将军左右不得其人耳。"玄德曰:"备虽不才,文有孙乾、糜竺、简雍之辈,武有关、张、赵云之流,竭忠辅相,颇赖其力。"水镜曰:"关、张、赵云皆万人敌,惜无善用之之人。若孙乾、糜竺辈,乃白面书生,非经纶济世之才也。"玄德曰:"备亦尝侧身以求山谷之遗贤,奈未遇其人何!"水镜曰:"岂不闻孔子云:'十室之邑,必有忠信。'何谓无人?"玄德曰:"备愚昧不识,愿赐指教。"水镜曰:"公闻荆襄诸郡小儿谣言乎?其谣曰:'八九年间始欲衰,至十三年无孑遗。到头天命有所归,泥中蟠龙向天飞。'此谣始于建安初:建安八年,刘景升丧却前妻,便生家乱,此所谓'始欲衰'也;'无孑遗'者,不久则景升将逝,文武零落无孑遗矣;'天命有归','龙向天飞',盖应在将军也。"玄德闻言惊谢曰:"备安敢当此!"水镜曰:"今天下之奇才,尽在于此,公当往求之。"玄德急问曰:"奇才安在?果系何人?"水镜曰:"伏龙、凤雏,两人得一,可安天下。"

这段对话很有意思。它不仅告诉了我们"人镜"的价值、特点、作用,也告诉了我们是否要照镜子,如何照镜子,照镜子看清楚自己后又该怎么办。

水镜先生一见刘备就毫不客气地问:"你为什么如此落魄潦倒呢?"这是一个令人尴尬的问题。刘备大概是为了掩饰自己的窘迫,也确实不知道自己的真实处境,只能简单地回复说:"命运如此。"刘备的回复反映了认识自己、认识团队不是一件容易的事。刘备的团队可以用"四肢发达、头脑简单"来形容。关羽、张飞、赵云勇不可当,令敌人闻风丧胆,但团队中缺少善于使用他们的人才。文弱武强,阴阳失调,刘备却浑然不知,把忠心耿耿、历尽艰险,一心追随他的白面书生孙乾、糜竺、简雍当作与关羽、张飞、赵云般配的智囊大才。结果这些人既没有大局观，也缺少灵活的战术，所以团队日益艰难、举步维艰。此番幸亏水镜先生点醒刘备：此等人皆"非经纶济世之才也"，当速求奇才，方可大展宏图。而这奇才，就是伏龙、凤雏，"两人得一，可安天下"。

刘备对自己团队的评价，就是把正面当成了反面，左边当成了右边，而水镜先生这面"人镜"正好与之相反，把刘备器重的文官孙乾等人视为白面书生，建议刘备速求智谋型奇才，以成阴阳协调般配，以文驭武，实现突破式发展的局面。

唐太宗李世民在镜子问题上有过经典的论述，他说："以铜为镜，可以正衣冠；以古为镜，可以知兴替；以人为镜，可以明得失。"他本人就是善于以古为镜、以人为镜的明君，善于听取各种不同的意见、建议，所以创造了贞观之治。战国时期齐国相国邹忌对此也深有所感，并说服齐威王广纳批评建议，使得齐国迅速革除积弊，走向强盛。刘备采纳了水镜先生的提议，不辞劳苦、放下架子三顾茅庐，求得诸葛诸葛亮下山辅佐，实现绝处逢生，终而一飞冲天、成就大业。

四、鲇鱼效应与刘备"老牛吃嫩草"

"刘备招亲——弄假成真。"这句歇后语讲的就是刘备中晚年与孙权的妹妹成婚的故事。刘备半生颠沛流离，中年丧妻，他刚得荆州等地，与之生死患难的甘夫人就不幸去世了。正在痛苦烦恼之时，好事就送上门了。东吴吕范上门说媒，劝刘备娶孙权亲妹孙尚香为妻。孙尚香不仅美丽贤惠，而且"极其刚勇，侍婢数百，居常带刀，房中军器摆列遍满，虽男子不及"。刘备听到这个消息也惭愧惶恐地说："吾年已半百，鬓发斑白，吴侯之妹，正当妙龄，恐非配偶。"除了年龄以外，刘备的实力也远不如孙权，按常识来看，这一对夫妻无论如何都不般配。

在刘备应承之前，包括东吴人士在内的所有人都认为这是不可能的事情。

事实上，孙尚香对这门亲事毫不知情，这只不过是周瑜乃至孙权以刘、孙亲事为名，欲拘禁刘备，占据荆州所施的美人计。周瑜说得很明白："教人去荆州为媒，说刘备来入赘。赚到南徐，妻子不能勾得，幽囚在狱中，却使人去讨荆州换刘备。等他交割了荆州城池，我别有主意。"

周瑜的谋划似乎很周详，鲁肃、孙权也觉得此计不错，刘备到了东吴，犹如羊入虎口，该当乖乖就范。

岂知诸葛亮艺高人胆大，竟然虎口拔牙、将计就计，真的安排刘备过江把孙尚香娶了过来，以致闹出笑话："周郎妙计安天下，赔了夫人又折兵。"

诸葛亮的妙计之所以能成功，首先在于他利用了当时的大好形势：赤壁之战，孙、刘联盟大破曹军，孙、刘两家转危为安，喜气洋洋。江南百姓想必都在传颂"孙、刘团结如一人，试看天下谁能敌！"百姓还在迷信用鲜血结成的牢不可破的伟大友谊，岂知两家早已展开残酷的内斗。周瑜正要把刘备生擒活捉以索还荆州、扩大地盘呢，所以当诸葛亮欲假戏真做，安排赵云和500名军士到达南徐后披红挂彩、招摇过市，到市场上采购办喜事的物品，一时间满城风雨。周瑜的秘密成了尽人皆知的即将到来的喜事。

诸葛亮的第二步是安排刘备尊重"政协主席"乔国老，对乔国老牵羊担酒，极尽厚礼，赢得了好的第一印象，发挥了首因效应，深得"乔主席"欢心。于是乔国老亲自向"国母"吴国太祝贺，毫不知情的吴国太大吃一惊：孙权欲把妹妹嫁给刘备居然不先告诉老娘，以致满城老百姓都知道了，我还不知道。于是唤来孙权，一顿臭骂，母子俩一见面，"国母"就站在了孙权的对立面，周瑜的计谋开始走向破产。

当孙权向母亲告知并没有打算将妹妹嫁给刘备，只不过是用嫁妹妹做诱饵，来拘刘备、夺荆州，吴国太因受蒙骗又爱惜女儿名声不禁对周瑜破口大骂："汝做六郡八十一州大都督，直恁无条计策去取荆州，却将我女儿为名，使美人计！杀了刘备，我女便是望门寡，明日再怎的说亲？须误了我女儿一世！你们好做作！"国母的逆反心理立刻被激发出来了。所以当"乔主席"提议"不如真个招他为婿，免得出丑"后，即使孙权反对，国母也要亲自面试做主，决定这门婚事，由不得孙权、周瑜了。

"面试"的结果大家都知道了，"国太见了玄德，大喜，谓乔国老曰：'真吾婿也！'国老曰：'玄德有龙凤之姿，天日之表，更兼仁德布于天下，国太得此佳婿，真可庆也！'"一场"老牛吃嫩草"的好事成了定局。

诸葛亮之所以能稳操胜券，运筹于帷幄之中，决胜于千里之外，是在于他巧妙地运用了心理学中的鲇鱼效应。

挪威人喜欢吃沙丁鱼，尤其是活鱼，市场上活沙丁鱼的价格要比死沙丁鱼的高出许多，所以渔民总是千方百计地想让沙丁鱼活着回到渔港。虽然经过种种努力，可绝大部分沙丁鱼还是在中途因窒息而死。

但有一条渔船总能让大部分沙丁鱼活着到达渔港。船长严格保守着秘密，直到船长去世，谜底才揭开，原来是船长在装满沙丁鱼的鱼槽里放进了一条会吃沙丁鱼的鲇鱼。鲇鱼进入鱼槽后，由于环境陌生，便四处游动，沙丁鱼见了十分紧张，于是左冲右突，四处躲避，加速游动。这样一来，一条条沙丁鱼就欢蹦乱跳地回到了渔港。

这就是著名的"鲇鱼效应"，即采取一种手段或措施，刺激一些似乎本无关联的企业活跃起来，然后将其投入市场中积极参与竞争，从而激活市场中的同行企业。其实质是一种负激励，这也是激活员工队伍的奥秘。

鲇鱼效应非常著名，它往往被应用于组织内部，为组织注入新鲜力量，激发其活力，增加老员工的压力和危机感，使其克服惰性，从而保存企业的竞争力和员工的工作热情。国家或企业之间的竞争也可以运用鲇鱼效应达到出其不意的效果。从表面上看来，把鲇鱼效应和刘备过江招亲结合在一起来看有些牵强，但实质上两者是一脉相承的。这里的"鲇鱼"就是吴国太和乔国老。没有这两条"鲇鱼"，刘备就会成为沙丁鱼，死于周瑜的妙局之中。诸葛亮巧妙地借助乔国老和吴国太，轻易地破了周瑜的妙局，使他赔了夫人又折兵，丢尽了颜面。诸葛亮的成功，说明人们在遇到强大的竞争压力时，应该善于利用第三方力量，使其成为"鲇鱼"，从而打破旧局面，开创新局面。诸葛亮的"草人"都有"面子"在吝啬成性的曹丞相那里借来十万支箭，还不用打借条。这就说明只要会用人，人人都有用。

五、费斯汀格法则与"汉朝气数休矣"

刘备夺取了两川之地后，实现了《隆中对》的初步目标——三分天下有其一，势头蒸蒸日上。但是，关羽破坏了"北拒曹操，东和孙权"的大政方针，导致兵败被杀，丢失荆襄九郡，刘备集团遭遇打击和挫折。

直至此时，刘备集团还未伤元气，五虎上将还有四将健在，大部分地盘和部队主力都掌握在刘备手中，其实力不可小觑，所以刘备才能登坛称帝。

但是，刘备忘不了桃园结义的誓言："不求同年同月同日生，只愿同年同月同日死。"刘备说："朕不为弟报仇，虽有万里江山，何足为贵?"不听赵云、诸葛亮、秦宓等人的劝阻，起兵75万，伐吴报仇。

刘备出师后，张飞、黄忠先后丧生，使刘备伤感不已，"五虎大将，已亡三人。朕尚不能复仇，深可痛哉!"感情愈加冲动。刘备亲率大军于旱路进军，一时哀兵必胜，"杀的那吴军尸横遍野，血流成河"。吴将甘宁、潘璋、马忠先后被杀，反将糜芳、傅士仁、范疆、张达亦被千刀万剐，报了关羽、张飞被害之仇。孙吴又主动表示"欲还荆州，送回夫人，永结盟好，共图灭魏"，谋士马良也劝刘备息恨讲和，顺势下台阶，落个名利双收。

但此时的刘备已被仇恨冲昏了头脑，失去了理智，没有政治家应有的理智，非要"先灭吴，再伐魏"。结果转胜为败，被陆逊火烧连营七百里，刘备损兵折将，一败涂地，穷奔白帝城。幸亏诸葛亮早布八阵图挡住了追杀而来的吴兵，刘备方才得以逃命。此后，刘备白帝城托孤。蜀汉实力大为衰落，诸葛亮叹之为"汉朝气数休矣"!

关羽的兵败，只是小败，断其一指;刘备的兵败，则是大败，断其一臂。

蜀汉至此势单力薄，孤掌难鸣！

刘备失败的原因，从心理学的角度来讲是违背了费斯汀格法则。

社会心理学家费斯汀格（Festinger）有一个很出名的判断，被人们称为"费斯汀格法则"：生活中的 10% 是由发生在你身上的事情组成，而另外的 90% 是由你对所发生的事情如何反应决定的。换言之，生活中有 10% 的事情是我们无法掌控的，而另外的 90% 却是我们能够掌控的。

对于刘备来说，关羽兵败被杀，丢失荆州源于那无法掌控的 10%，而伐吴复仇，由胜转败，国势大衰则源于"你对所发生的事情如何反应"，是完全可以控制的。可惜刘备没有控制住情绪，他复仇心切，以致丧失理智，铸成大错，蜀汉大势去矣。刘备这一次造成的损失是那另外的 90%。

刘备率大军伐吴惨败说明一个政治家在心情不好、遭遇不妙的时候冷静理智、控制情绪是非常重要的。其实，即使是平民百姓、凡夫俗子也是如此，只是造成后果的绝对值不同而已。平民百姓在受到无法控制的打击或遭受重大损失之后，若不控制情绪，赌气蛮干，可能造成一系列的更大的挫折。这种打击和失败可能比原来不可控的打击失败还要严重。虽然价值不能和政要人员的相比，但承受的程度都是相似的。

刘备为什么这次如此孤注一掷而不听劝阻呢？

刘备的前半生寄人篱下、颠沛流离，过得非常压抑，常常装作胸无大志的样子，小心翼翼地对付周边环境，占领两川后，达到事业高峰，腰杆子硬了，精神状态出现反弹，而且他对关羽的感情确实非同一般。

关羽被杀、荆州被占，刘备不仅心痛，而且会觉得失了颜面，再加上孙夫人被拐走，也是一种另类的夺妻之恨。新仇旧恨涌上心头，使刘备情绪胜过了理智，一意孤行，"遗恨失吞吴"。

无论是费斯汀格法则还是刘备伐吴都告诫我们切莫意气行事，尤其是在受到打击、挫折的时候，在事关重大的时候更是如此。

六、"沉没成本"与火烧连营之败

如果说关羽丢荆州、走麦城是蜀汉政权走下坡路的开始，那刘备在猇亭被陆逊火烧连营七百里，退走白帝城，则是伤了蜀汉元气，不仅赔了刘备的性命，也输掉了他75万大军的大本钱！

刘备不顾赵云、诸葛亮的苦苦劝阻和学士秦宓的冒死进谏，执意伐吴，要为二弟关羽报仇。三弟张飞也和他一样报仇心切，结果还未出征，张飞即因逼人太甚被范疆、张达杀死。刘备不仅没有醒悟，反而陷入了更深的激动情绪之中，拒绝了东吴特使诸葛亮之兄诸葛瑾的重礼求和：①送归孙夫人；②缚还杀害张飞的降将范疆、张达；③归还荆州等郡，并"永结盟好，共灭曹丕，以正篡逆之罪"。应该说孙权、诸葛瑾给刘备的求和礼是相当优厚的，诸葛瑾的表达也十分到位，很符合刘备一生的政治追求。作为一个明智的政治家、军事家，刘备应该接受东吴的求和主张，但刘备陷入仇恨情绪中不能自拔，勃然大怒道："杀吾弟之仇，不共戴天！欲朕罢兵，除死方休！不看丞相之面，先斩汝首！今且放汝回去，说与孙权：洗颈就戮！"诸葛瑾见先主不听，只得自回江南。

刘备犯错误的原因也是违背了经济学中的"沉没成本"的概念，被情绪支配，被不甘心引入歧途。

"沉没成本"的概念现在被广泛应用于心理学研究。沉没成本指已经付出且不可回收的成本。沉没成本常用来和可变成本做比较，可变成本可以被改变，而沉没成本不能被改变。在微观经济学理论中，做决策时仅需要考虑可变成本。如果同时考虑沉没成本，那结论就不是纯粹基于事物的价值得出的。该概念后来在心理学领域得到了广泛应用。陷入沉没成本谬误中的人是失去理智的，这会导致更大的损失，牺牲更多的成本。这样的人是用"过去进行时"而不是"未来进行时"去思考问题、做出决策；输不起、放不下、向后看，无法放下包袱向前看。刘备在伐吴的问题上就有这些问题，而赵云、诸葛亮、秦宓、诸葛瑾等都透彻地说明了利害关系：关羽不可能死而复生！但刘备就是听不进去。这说明，要客观、理性地对待沉没成本不是一件容易的事。

《三国演义》中也有很好地处理沉没成本的故事。刘备率兵伐吴后，连战皆捷，孙权势急之下听从阚泽之言起用书生陆逊为大都督，抵挡刘备大军。陆逊上任后，东吴将领"众皆不服"，名将周泰当众对陆逊说："目今安东将军孙桓，乃主上之侄，现困于彝陵城中，内无粮草，外无救兵。请都督早施良策，救出孙桓，以安主上之心。"陆逊曰："吾素知孙安东深得军心，必能坚守，不必救之。待吾破蜀后，彼自出矣。"众人都暗笑而退。

陆逊的这种做法就是合理地对待"沉没成本"的表现。孙桓已在彝陵城中被蜀兵包围。蜀军势大，主攻方向是陆逊大军。陆逊此时力量有限，分兵去救孙桓，可能会把老本都输光，正中刘备下怀；而陆逊保存实力，坚守城寨，才有机会大破蜀军，最终保全孙桓或为其报仇。结果，陆逊火烧刘备大军以后，真的把孙桓解救出来了。

喜欢感情用事的人要特别注意理性地对待沉没成本。刘备以皇室自居，一直想光复汉室，将汉家天下发扬光大。曹丕废了汉献帝之后，自立为大魏皇帝，追谥曹操为太祖武皇帝，汉朝灭亡。诸葛亮与许靖、谯周等商议：天下不可一日无君，欲立汉中王刘备为帝。这在政治上是正确的。汉献帝不可复生，即使没死也不可能重新为帝。如果刘备不称帝就是便宜了曹丕，这汉献帝已成为沉没成本了，道理显而易见；但刘备先是大惊，后是大怒，称此为"效逆贼所为"！于是拂袖而起，入于后宫。诸葛亮苦劝数次，刘备坚决不从，直至被诸葛亮软硬兼施、苦口婆心、设计相逼，方才勉强上位。这也提示我们旧观念太重的人难以抛弃沉没成本。

七、瀑布效应与黄忠自蹈死地

黄忠是蜀汉阵营的五虎上将之一，仅此一项，黄忠就足以进入三国战场一流将领的阵营了。他不仅射箭百发百中，可以百步穿杨，一把宝刀也舞得连武圣关羽都占不了半点便宜。黄忠还有勇有谋、有情有义，定军山斩曹操的爱将夏侯渊，战功卓著。刘备伐吴，便带上了这位征川先锋大将，而让赵云为后应，魏延守汉中，黄忠出征伐吴后，背着刘备，主动上阵讨敌，虽有战功，却因求战心切，孤军深入，中了吴军的埋伏，中箭负伤，虽关兴、张苞二将率兵救援回营，终因年老血衰、箭疮痛裂，伤重而亡。

黄忠有勇有谋、善于设伏，为何这次反而中了吴军的埋伏，以致负伤而亡呢？黄忠此次感情冲动、贪功求战，只因说者无心，听者有意，是刘备失言引起的。

刘备率军伐吴后，关羽之子关兴、张飞之子张苞发扬父辈勇武无敌之威，接连斩将立功，使得刘备喜出望外，发出赞叹说："昔日从朕诸将，皆老迈无用矣，复有二侄如此英雄，朕何虑孙权乎！"一生进取、不甘落后的黄忠听闻此言，便私率亲信五六人，到前线彝陵营中奋然迎军杀敌，当日虽胜，次日却贪战中伏，及至负伤身亡。

黄忠的行为在心理学上叫"瀑布效应"。

瀑布效应是指按自己的正常节奏行进的溪流，在流经峡谷时，因外界的变化产生巨大的势能，一冲而下，一发而不可收，浪花飞溅，势不可当。峡谷本无意刺激溪流，使之成为咆哮的瀑布，但溪流在逼迫之下再也不能按自己的节奏行进了。在生活和工作中往往也有类似现象，说者无心，听者有意，A 的话语本不针对 B，甚至与 B 没有直接关联，却让 B 怒不可遏、耿耿于怀，这就是所谓的"瀑布效应"。

刘备的话本是压抑和兴奋的结果，是表扬关、张二将，却无意中隐含了对老将老而不中用的感叹。一生奋发上进、自谓宝刀不老的黄忠无法接受刘备的感叹，再次奋然出击，结果中了敌人的圈套，损了一世英名，使蜀军受到损失，刘备更加感伤！

刘备是有后见之明的，当他说了一番表扬关、张，感慨老将的话以后，有近臣打小报告说："老将黄忠，引五六人投东吴去了。"刘备笑曰："黄汉升非反叛之人也。因朕失口误言老者无用，彼必不服老，故奋力去相持矣。"又赶紧召关兴、张苞二将说："黄汉升此去必然有失。"令二将紧急增援黄忠，并要求"略有微功，便可令回，勿使有失"。结果黄忠情绪太大，贪功求战，负伤后幸得关兴、张苞二将及时救援，否则黄忠可能被擒受辱。刘备亡羊补牢值得我们学习借鉴，他告诉我们：信息发布者发出信息造成麻烦后，应及时补救，避免造成不应有的损失。当然，信息接收者在理解瀑布效应的原理后，应该在刺激面前三思而后行。

从上述故事可以看出，刘备是深谙人性、深得人心的，因而三分天下有其一。但刘备的成功与心理学原理的关联远不止于此，比如他能使关羽、张飞心如铁石、矢志不移地追随就有心理学的承诺效应，一相识便有承诺："不求同年同月同日生，只愿同年同月同日死。"而赵云的忠心耿耿，亦得益于"先帝在日，常称子龙之德"（诸葛亮语），还在于刘备的赞辞："子龙一身都是胆也。"这都是刘备深谙人性、深得人心的源泉。此外，刘备百折不挠、矢志不移的品质也是他成功的重要因素，使"坐拥荆襄九郡"的汉室宗亲刘表也不得不服。刘备的共生意识、名人意识是其成功的根本，心理学的安泰效应与共生意识相通，强调合理依赖。而刘备过江招亲的成功虽源于诸葛亮的天才策划，却也离不开刘备讨人喜欢、善得人心，使乔国老、吴国太等人的"胳膊肘往外拐"，纷纷帮助竞争对手刘备。至于他意气用事、出兵伐吴，则说明了高人也会犯错误，也需要修炼提升，需要学点心理知识。刘备痛失黄忠则比较复杂，说明高人也会顾此失彼，难免犯错，但一经触动，又胜人一筹，知人至深，处事极妥。

2023 年 1 月 30 日

刘备入川与机会成本

赤壁之战以后，刘备集团乘机占领了荆襄九郡，接着又按《隆中对》的思路积极准备占据巴蜀。恰好西川益州别驾张松与西川名士法正、孟达想法一致，三人皆知西川之主刘璋不能守护基业，欲献西川给刘备而取功名，并借东川之主张鲁欲图西川之际说服刘璋联合刘备抵抗张鲁、曹操将要到来的入侵。三人的真实意图其实是把西川变成刘备的版图。

刘璋受骗后，刘备率领副军师庞统，大将黄忠、魏延等统兵进入西川。当时刘璋在西川树大根深，是汉室宗亲，颇得民心；又与刘备有同宗之说，在政治上有一定优势。而刘备在西川没有民意基础，平时又喜欢打着仁义的旗号收买人心，喜欢宣传自己是汉室宗亲。因而刘备虽然对西川垂涎三尺也不敢贸然将刘璋取而代之，只是借入川之机收买人心、广施恩惠、显示宽厚、蒙蔽刘璋。

随着时间的推移，双方将领矛盾逐渐显露，庞统等急于夺川，刘璋部下则保川保璋。刘备也难以既要面子又要里子，必须做出决断，却理不出一个思路来，处于纠结之中。此时副军师凤雏庞统为刘备提出了上、中、下三条计策供刘备做出选择，庞统说："只今便选精兵，昼夜兼道径袭成都：此为上计。杨怀、高沛乃蜀中名将，各仗强兵拒守关隘，今主公佯以回荆州为名，二将闻知，必来相送，就送行处，擒而杀之，夺了关隘，先取涪城，然后却向成都：此中计也。退还白帝，连夜回荆州，徐图进取：此为下计。若沉吟不去，将至大困，不可救矣。"玄德曰："军师上计太促，下计太缓，中计不迟不疾，可以行之。"

庞统的上计是出其不意，直取成都，进而夺取西川，刘备的战略目标也是占领西川，然后以成都为中心，统领各地。庞统的上计在军事上应该言之有理，可以成功，然而政治家刘备却没有采纳其上计，宁可暂时放下自己梦寐以求的目标，而是采纳了庞统的中计，先取涪城，再逐步夺取成都。他认为这个中计不急不缓，在心理上更容易让人接受，可以让川人逐步适应并接受自己对刘璋取而代之的结果。刘备按中计行事后果然如愿以偿，先行占领了涪城，然后逐步夺取了成都和西川。

刘备的选择和决断，可以从现代企业成本学的角度来理解和分析。企业成本分直接成本和间接成本。直接成本是指企业必不可少的财务成本，比如设备、原材料、员工工资等；间接成本指可以发生也可以不发生的管理成本，由四大块组成，分别是达成共识、重蹈覆辙、员工培训、机会成本。刘备的决断涉及机会成本。

机会成本广泛存在于企业、军队乃至个人生活当中。有选择机会就会有机会成本。机会成本就是指我们做出一项选择时放弃的其他机会，它往往比我们想象的还要多。机会成本越高，选择越艰难。比如，刘备选择取涪城就必须放弃取成都。但是如果他选择取成都，可能会迅速取得军事上的重大成果，但他又会面临后期的统治难题、政治难题：人心不服、社会不稳，"鱼与熊掌不可得兼"。刘备爱惜自己好不容易建立起来的好名声，因此宁愿暂时放下自己的大目标，这对于一般人来说是很难做到的。袁绍就禁不住诱惑乘机夺取了冀州，结果受到人们唾骂。曹操也看不起袁绍这个实力雄厚的"土豪"，说"干大事而惜身，见小利而忘命"，可见袁绍的政治水平不能与刘备同日而语。

如果我们对于刘备决策的复杂艰难还觉得难以理解的话，不妨结合自己的生活来理解。打工者跳槽就得放弃现在的工作待遇，这就属于机会成本。而企业发展到一定阶段，积累了一定实力，又会面临新的选择和决断：你的新投入投向何方！是深挖还是横向发展？是继续做好单品类产品还是做全品类产品？是在行业深耕细作还是跨界经营？你遇到这些问题时，就会体谅刘备当时的举棋难定与决策的不易了，你就会感受到机会成本也是一种实实在在的具体成本了。

2023 年 5 月 15 日

精神决定论和刘备的失言

著名心理学家弗洛伊德认为，没有所谓失误，所有失误、口误都是潜意识决定的。

根据弗洛伊德的潜意识理论，人的言谈举止大部分是由潜意识控制和主宰的，人的任何看似偶然的行动都具有特定的动机和缘由，即内在的、深层的潜意识的精神决定因素。这就是弗洛伊德的精神决定论，也可称为"因果论"，无原因的结果是不存在的。

弗洛伊德还坚定地认为：即使本人没有意识到失误与其有关，也是有个人目的、有意图的行为。换言之，这是潜意识行为。因此，失误和遗忘都是有意的。

这些思想和观点，如果没有名人效应，我可能就匆忙之中一带而过，扔到脑后去了。

一些伟大的思想、重要的观点给人的第一印象往往不佳，甚至被认为是荒诞无稽的。

幸亏上述思想是弗洛伊德提出的，又经过了时间的审核论证，终于被许多人接受了，所以我读到这些思想和观点，第一个想法就是要认真学习、深刻领会，理解的要执行，没能理解的要结合《三国演义》去理解。

这样一结合就找到了案例，找到了灵感，于是写出了这篇文章。

刘备闪亮登场的时候，《三国演义》介绍他说："性宽和，寡言语，喜怒不形于色。"这种形象，贯穿长久，几乎直到关羽被杀，他要率兵报仇时才有所改变。

这种性格，可能有性格基因的原因，但与刘备的雄心壮志、社会地位、坎坷经历也是分不开的。不管他愿意不愿意，为了实现自己的宏大理想，他只得"夹着尾巴"做人，表现出庸庸碌碌、胸无大志的样子，种种菜、喝点小酒，长年累月"装孙子"，但还是被曹操看出了他有大野心，吓得他把筷子都掉到地上去，幸亏打响雷，他才找到了掉筷子的理由，把一件极不正常的事情搪塞了过去。由于志大心虚，一找到机会刘备马上溜之大吉。刘备长期东流西窜，先后在公孙瓒、吕布、曹操、袁绍等处混饭吃，虽然可称座上宾，但毕竟寄人篱下，偏偏刘备心比天高，不甘碌碌无为，后来走投无路，又跑到刘表那里去克己复礼了。刘表的老婆不是好惹的，刘表的身边又是他老婆的亲信，所以刘备在这里也很艰难、很危险。不管是他的显意识还是潜意识，都会自觉不自觉地表现出来，而不是"喜怒不形于色"了。有一次，刘表请他喝酒谈心，表现出了对他的愧疚，此时刘备尚能克制自己应对正常，但当刘表态度诚恳地虚心请教，潸然泪下时，刘备就逐渐露出真相，失言流涕了。

> 因见己身髀肉复生，亦不觉潸然流泪。少顷复入席，表见玄德有泪容，怪问之。玄德长叹曰："备往常身不离鞍，髀肉皆散，今久不骑，髀里肉生。日月磋跎，老将至矣，而功业不建，是以悲耳！"

刘表的眼泪和真情打动了刘备，刘备不知不觉就讲了真话，但他很快就知道隔墙有眼、隔壁有耳，后悔不迭。于是借上厕所想缓和一下气氛，可是一上厕所，他却发现身体髀肉复生，潸然流泪。这又是不知不觉的真情流露，情绪难以控制。回到酒席，刘表先是怪而问之，后来为了安慰刘备，又说到刘备痛点煮酒论英雄的故事了，这一回喝酒喝到兴头上，说话说到心痛处的刘备再也不遮遮掩掩了，说出了自己的心里话，一席心里话后"表闻言默然。玄德自知失语，托醉而起"，但是为时已晚，蔡夫人要痛下杀手了。

一顿酒席刘备两次语失、一次潸然流泪，这和以往小心谨慎、"夹着尾巴"做人的刘备迥然不同。这是长期自我压抑的结果，是真情的自然流露，既失言又失态。这都不是偶然的失误，而是由其精神决定的，寥寥几句话，已经闯下了大祸，幸亏后来的卢马帮他闯过了难关。

这一回刘备失言失态的错误，不能让刘表担负责任，客观上刘表是敞不开的，主观上刘表是好心办坏事，事后刘表也没有附和蔡夫人加害刘备，恐怕弗洛伊德也找不到刘表的主观责任了。后来刘备率军入川，又犯了一次失言的错误，而这次错误应该由刘备和庞统共同承担责任。

皇族刘璋，拥有天府之国西川之地，然而"禀性暗弱，不能任贤用能"，适逢英雄四起、天下大乱，以刘璋的素质，必难以自保。因此，刘璋的部下张松、法正、孟达等人纷纷寻找后路，思得明君，先后找到刘备献地图、呈方略、找借口，让刘备有机会入川。刘备则由于实力、价值观、形象等综合因素难以决断。幸亏庞统为他力排众议、拨开迷雾、指明方向，刘备方才醒悟而起兵入川。入川后，刘备大力收买人心，寻找政治理由，为夺取西川做准备。

刘璋部将杨怀专程出谏刘璋："刘备自从入川，广布恩德，以收民心，其意甚是不善。今求军马钱粮，切不可与。如若相助，是把薪助火也。"

庞统又为刘备设计了夺取西川的上计、中计、下计，刘备碍于政治影响选用了庞统提出的中计。稍经周折，刘备等夺取了涪水关，擒杀了刘璋部下杨怀、高沛二将，为夺取整个西川打下了基础，刘备内心欢喜，大设酒宴庆贺。

> 玄德酒酣，顾庞统曰："今日之会，可为乐乎？"庞统曰："伐人之国而以为乐，非仁者之兵也。"玄德曰："吾闻昔日武王伐纣，作乐象功，此亦非仁者之兵欤？汝言何不合道理？可速退！"庞统大笑而起。左右亦扶玄德入后堂。睡至半夜，酒醒，左右以逐庞统之言告知玄德。玄德大悔。次早穿衣升堂，请庞统谢罪曰："昨日酒醉，言语触犯，幸勿挂怀。"

> 庞统谈笑自若。玄德曰:"昨日之言,惟吾有失。"庞统曰:"君臣俱失,
> 何独主公?"玄德亦大笑,其乐如初。

刘老板主动向打工仔庞统赔礼道歉,但庞统并不接受,而是谈笑自若,有些"王顾左右而言他"的味道,迫使刘备再次赔罪说:"昨日之言,惟吾有失。"庞统才说:"君臣俱失,何独主公?"

刘备和庞统究竟有什么过失呢?

刘备是政治家,深知夺取涪水关的深远意义。政治上找到了借口,军事上掌握了主动,内心快乐极了。他的问题比较含蓄,庞统作为部下,深知刘备内心所想和大势走向,如果按普通人的逻辑来讲,可能会借机拍一下刘备的马屁,说些"形势大好而不是小好"之类的奉承话来讨刘备的欢心,至少庞统便于应付。哪怕不说这个话题也行,偏偏庞统说的话令刘备脸上都挂不住了,丢尽了面子,迫使刘备当众赶庞统下去休息,自己也再无心喝酒取乐,退至后堂休息,这个过程,如果从君臣关系、上下级关系打量,应该主要是庞统的错;而第二天天明酒醒,刘备就主动认错,刘备错在哪里?

庞统的言行显然是主动的,所行是显意识的行为,两相对比,刘备入川的一系列行为倒更像本能行为,甚至有潜意识的味道,至少有时候很含蓄,他要让人去意会,而不能言传。刘备长期受伦理道德约束,既想维护自己的正面形象,又要争夺天下,因此没有曹操直截了当来得可爱,投靠他的人都觉得不大好做事,特别是张松、法正、庞统,庞统、张松都力劝刘备"逆取顺守",而刘备却说自己:"若以小利而失信义于天下,吾不忍也。"这就是逼着庞统、张松承担恶名,他们心里不爽,当矛盾缓和,胜利在望,刘备也流露出真心的时候,庞统终于忍不住揭其短了,以报复从投奔刘备以来受到的种种不平等待遇。于是,庞统和刘备一样讲了一回真话,他们的错失都是讲了真话、讲了心里话,这是情绪长期压抑的结果。像刘备这样"寡言语,喜怒不形于色"的人可能比爱说爱笑的人想得更多,零度不是没有温度。

自刘备夺取了西川特别是关羽死后他续了皇帝正统以来，刘备的本性或者本能就更多地显现出来了。他要率兵伐吴报仇雪恨，对赵云的苦谏不仅不听，内心也很不高兴，所以学士秦宓再谏之时，刘备竟然"叱武士推出斩之"，对于往昔言听计从的诸葛亮的数次苦谏，也"只是不听"。诸葛亮上表救秦宓，刘备"掷表于地"，不顾礼节脸面。刘备率军征吴后，已有胜败，孙权升任陆逊为都督抵敌刘备，素有良好口碑的马良告诫刘备："陆逊之才，不亚周郎，未可轻敌。"而刘备却不顾其耐心规劝，反而说："朕用兵老矣，岂反不如一黄口孺子耶！"此话当初为什么不对初出茅庐的"农村知青"诸葛亮也讲讲？而关羽、张飞说了牢骚话之后，刘备还要耐心劝解。后来马良实在不放心，又劝刘备"将各营移居之地，画成图本，问于丞相"时，刘备又颇不耐烦地说："朕亦颇知兵法，何必又问丞相？"终致惨败，蜀汉由盛而衰。

刘备的心理变化、性格变化与外部环境变化是有关联的，刘备的失言、失态是长期心理压抑的结果，他的失言、失态都是由精神决定的，绝不是偶然和无意的，而是有意和无意、显意识和潜意识造成的。

冷热水效应与诸葛亮的外交、统战策略

有一杯温水，保持其温度不变；另有一杯冷水、一杯热水。先将手放在冷水中，再放到温水中，会感到温水热；先将手放在热水中，再放到温水中，会感到温水凉。同一杯温水，给人两种不同的感觉，这就是"冷热水效应"。

冷热水效应可以视为一种行之有效的商业手段，而外交、统战本质上也是一种商业行为，或者说具有商业属性、特征，因此，外交、统战和商业行为一样，可以充分利用冷热水效应。

诸葛亮虽然不懂心理学知识，却把这种"把戏"玩得炉火纯青。

曹操率 83 万大军下江南时，刘备集团势单力薄，被声势浩大的曹军冲得七零八落，落荒而逃。刘备只好和同病相怜的孙权集团结成统一战线，共同抵抗曹军。双方紧密配合，一把大火烧垮了曹操大军。周瑜乘曹操败逃回许都之机，率大军抢夺曹操占领的荆襄九郡，和曹仁展开了激烈的拉锯战，双方都损失很大。及至瑜胜仁败之际，在旁边坐山观虎斗的诸葛亮指示张飞、赵云、关羽等将领陆续乘虚夺取了襄阳、荆州、桂阳、长沙等郡县，孙吴军马千辛万苦落得一场空。

孙吴是抗曹破魏的主力军，孙、刘两家是唇齿相依的战略联盟，刘备、诸葛亮小劳而大获，趁火打劫，抢走了周瑜的胜利成果。在道义上不大地道、不够仗义，孙吴集团自然不会善罢甘休。刚刚紧密合作、凯歌高奏的孙、刘联盟又可能反目成仇，而刘备集团毕竟羽翼未丰、立足未稳，这种见利忘义的行为在道义上也说不过去，而刚吃到肚子里的肉又舍不得吐出来，诸葛亮还要维护孙、刘统一战线，以防双方关系破裂，曹操反攻，刘备腹背受敌！

诸葛亮想出的办法是能拖就拖、能赖就赖，找借口、等机会，利用冷热水效应上演了几出大戏。

第一次是诸葛亮乘机夺南郡、袭荆襄之后，周瑜要率兵与诸葛亮"共决雌雄，复夺城池"，被鲁肃劝住，劝周瑜先礼后兵，先外交、后军事。鲁肃自恃理直兵壮面子大，亲去南郡拜见刘备，见到诸葛亮说："吾主吴侯，与都督公瑾，教某再三申意皇叔：前者，操引百万之众，名下江南，实欲来图皇叔，幸得东吴杀退曹兵，救了皇叔。所有荆州九郡，合当归于东吴。今皇叔用诡计夺占荆襄，使江东空费钱粮军马，而皇叔安受其利，恐于理未顺。"

鲁肃这番话委婉得体，理由充分，难以辩驳，倘若强行撕破脸皮，对刘备集团也不是件好事。但诸葛亮回避了孙、曹、刘三家力争荆州，刘家却趁火打劫，占领了荆襄九郡的客观事实，只依着鲁肃的理论，说荆州是刘表的地盘，刘表死后应归其子刘琦占据，现在刘备只是作为叔叔辅助刘琦打理荆州而已，并依鲁肃之言请出刘琦相见。鲁肃难以相逼，只得说："若公子不在，须将城池还我东吴。"

诸葛亮的计策是延缓矛盾，以便利用好发展机遇壮大自己，避免此时"鹬蚌相争，渔翁得利"。这种智慧虽不是冷热水效应，两者却有相通之处，并为后来的冷热水手段定好了调子。鲁肃的算盘则是看准了刘琦酒色伤身、气喘呕血，不过半年必死，因此与刘备约好，刘琦死后"还我荆州"。诸葛亮也承诺"子敬之言是也"，还设宴相待。

鲁肃的想法没有错，不久之后刘琦果然死了。鲁肃自然又来讨要荆州，这事顺理成章。刘备也觉得无言以对，但又万万不会让出荆州。公堂之上，刘备以酒肉相待，表面上客气，可是当鲁肃不出大家所料讨还荆州时，诸葛亮就来了一场冷热水效应的好戏。

玄德未及回答，孔明变色曰："子敬好不通理，直须待人开口！自我高皇帝斩蛇起义，开基立业，传至于今，不幸奸雄并起，各据一方。少不得天道好还，复归正统。我主人乃中山靖王之后，孝景皇帝玄孙，今皇上之叔，岂不可分茅裂土？况刘景升乃我主之兄也，弟承兄业，有何不顺？汝主乃钱塘小吏之子，素无功德于朝廷，今倚势力，占据六郡八十一州，尚自贪心不足，而欲并吞汉土。刘氏天下，我主姓刘倒无分，汝主姓孙反要强争？且赤壁之战，我主多负勤劳，众将并皆用命，岂独是汝东吴之力？若非我借东南风，周郎安能展半筹之功？江南一破，休说二乔置于铜雀宫，虽公等家小，亦不能保。适来我主人不即答应者，以子敬乃高明之士，不待细说。何公不察之甚也！"

诸葛亮只字不提应诺之言，却明换概念、改换论据，发表了一番公说公有理、婆说婆有理的言论，还貌似大义凛然，动了肝火，似乎再说下去就要兵戎相见了！弄得鲁肃缄口无言，愣了半晌才告苦告难，说有言在先，无法交差了。这诸葛亮浇足了冷水之后，又来了一大桶温水，让鲁肃感到了暖意。诸葛亮说为了让鲁肃交差，暂借东吴荆州，等有了地盘之后再将荆州还给东吴孙权，并让刘备立字为据，诸葛亮、鲁肃画押担保。

这分明是欺人之言，在正常情况下鲁肃也不会答应，但适才诸葛亮动了火气，此番让步又软中有硬，告诉鲁肃他不仅不怕曹操，更不怕周瑜。鲁肃若不答应，孙、刘联盟又要破裂，而拿了一张借据，讨还荆州还有指望。毕竟刘备不会安分守己，还会扩充地盘的。至此，第二轮好戏落幕，诸葛亮又延缓了矛盾冲突。

诚意满满的鲁肃两番中招，两番都被周瑜点破。周瑜出于感恩，没有使鲁肃难堪。但此等大事，孙权、周瑜岂能甘休，吃了赤壁大败仗的曹操也明白了统一战线的奥妙，听从谋士程昱的建议，表奏周瑜为南郡太守，程普为江夏太守。周瑜等果然被曹丞相挑起了情绪，在孙权的叱责之下，鲁肃又跑到荆州找刘备讨还荆州。鲁肃的来意，早被老奸巨猾的诸葛亮料定，并安排刘备大哭不言而应之，鲁肃被哭得莫名其妙之际，诸葛亮又出来破解说："亮听之久矣。子敬知吾主人哭的缘故么？"鲁肃曰："某实不知。"诸葛亮说："有何难见？当初我主人借荆州时，许下取得西川便还。仔细想来，益州刘璋是我主人之弟，一般都是汉朝骨肉，若要兴兵去取他城池时，恐被外人唾骂。若要不取，还了荆州，何处安身？若不还时，于尊舅面上又不好看。事实两难，因此泪出痛肠。""诸葛亮说罢，触动玄德衷肠，真个捶胸顿足，放声大哭。"

这一回诸葛亮的手法又换了，上一回是用了明显的冷热水效应，先刚后柔，刚柔并济。一开始似乎要翻脸的样子，后来再做出所谓的让步，这一回一来就动之以情，然后晓之以理。这第三回和第一回一样，诸葛亮似乎没有使用冷热水效应。其实不然，第一回尚好找托词，第二回、第三回便越来越难找借口了。第三回也隐含着冷热水效应，只是没有像第二回一样说破而已：我们已经伤心死了！实在是没有办法，你不要逼人太甚。兔子逼急了也会咬人的，何况我们是有实力的，连曹操都不怕。这就是诸葛亮的潜台词，这就是"热水瓶"里滚烫滚烫的"热开水"，会烫死人的！

柔中有刚、有理有据的外交家鲁肃三次未讨回一城一池，更别说荆襄九郡了。之后，刘备又夺取了西川，却仍然没有归还荆襄九郡之意。孙权咽不下这口气，非要将荆州讨回来不可，而周瑜又死了，鲁肃在这个问题上虽然想尽办法却不中用，于是孙权听从张昭之计，假意拘执诸葛亮之兄诸葛瑾全家，命诸葛瑾入川劝诸葛亮、刘备恪守前言，归还荆襄九郡，并诈言若不归还便杀诸葛瑾全家。诸葛瑾见到亲弟诸葛亮以后，放声大哭，告诉这个亲弟弟如果刘备再不归还荆州，孙权就要杀其全家了！这兄弟之情自然不能不顾，诸葛亮满口答应去找刘备归还荆州便是了。诸葛瑾还不知道这是冷热水效应中的温热水效应，先温暖你的心房，让你不要再大哭大闹了。于是高高兴兴地同诸葛亮一起去见仁慈之主刘备，呈上了孙权的警告信。没料到上次在鲁肃面前哭得死去活来的刘备入川以后竟学会了川人的"变脸术"，一看孙权的书信就勃然而怒：

> "孙权既以妹嫁我，却乘我不在荆州，竟将妹子潜地取去，情理难容！我正要大起川兵，杀下江南，报我之恨，却还想来索荆州乎！"孔明哭拜于地，曰："吴侯执下亮兄长老小，倘若不还，吾兄将全家被戮。兄死，亮岂能独生？望主公看亮之面，将荆州还了东吴，全亮兄弟之情！"玄德再三不肯，孔明只是哭求。玄德徐徐曰："既如此，看军师面，分荆州一半还之，将长沙、零陵、桂阳三郡与他。"亮曰："既蒙见允，便可写书与云长令交割三郡。"玄德曰："子瑜到彼，须用善言求吾弟。吾弟性如烈火，吾尚惧之。切宜仔细。"

刘备、诸葛亮的"双簧戏"演得认真，演得精彩。讨价还价、波澜起伏，令人感动！最后的结果虽没达到孙权的要求，但也算让诸葛瑾基本满意了。这个过程也犹如冷热水不断变换一样，结局是一壶温凉的水，这又是一个伏笔。如果刘备的亲笔信让诸葛瑾太满意的话，跑到关羽那里会使其落差更大。诸葛瑾最终碰了一鼻子灰，一座城池都没讨到，这又是一壶冰冷的水。关羽不仅不肯交割城池，还执剑在手，说着又要动剑，此时那关平又做上了好人，劝关羽照顾一下军师的面子。关羽则对诸葛瑾说："不看军师面上，教你回不得东吴。"诸葛瑾回川再找好弟弟诸葛亮，可惜人家已经公差出巡去了，于是找到刘备，刘备又重演诸葛亮的故技，对诸葛瑾画饼说："吾弟性急，极难与言。子瑜可暂回，容吾取了东川、汉中诸郡，调云长往守之，那时方得交付荆州。"

如此三番五次、波澜起伏，诸葛亮简直穷尽了冷热水效应的奥妙，也牢牢地把握调剂了东吴使臣鲁肃、诸葛瑾的心态，只差没有做上心理学家而已。

这出讨荆州的外交大戏从《三国演义》第 54 回正式开始，直到第 66 回诸葛瑾碰"软钉子"仍未结束。鲁肃又设宴邀请关羽企图绑架做人质，均以失败告终。最后曹操、孙权结成统一战线，联合起来对付关羽，吕蒙才以突然袭击的方式夺取荆襄九郡。这已是第 75 回的事了。这出外交大戏凸显了统一战线的重要性，也体现了外交离不开表演。诸葛亮不仅是优秀的演员，而且是个好导演，戏弄了鲁肃、诸葛瑾等人。

诸葛亮入川驰援刘备时，将荆州托付关羽镇守，并交代关羽谨记"北拒曹操、东和孙权"八个大字。如何与孙权和好？诸葛亮已做出了表率。如果关羽能达到诸葛亮此番一半的水平，三国历史就应该要重写了。

本文仅从心理学的角度来讨论刘备、诸葛亮恶意"欠债不还"的故事，如何从仁义道德、江湖义气的角度来看待这些故事是另外一回事。

如果我们灵活地运用冷热水效应来评价一位历史人物的功绩，一些历史人物就不会因为已经离世而固化，人们对他的评价还会随着他的后任表现而发生变化。后任表现得越好，人们对他的评价越低；后任表现得越坏，人们对他的评价越高。在不同长度的时间周期内用冷热水效应考察历史人物，对其的评价也会发生变化。

2024 年 1 月 22 日

诸葛亮的"钓鱼"艺术

假如某样东西能满足一个人最强烈的内心需求，无论是不是陷阱，他都很容易落入这个圈套。正像钓鱼一样，把鱼饵放到鱼的面前，鱼就会去吃，因为这是它最喜欢吃的东西。如果鱼真的吃了就会上当受骗，走上死亡之路，因此，人们形象化地称这种现象为"钓鱼效应"。

"将欲取之，必先予之。"舍得舍得，有舍才有得。钓鱼效应不仅在社会生活中被广泛地应用，成为人们达到自己社会交际目的的有效手段，也是政治、军事、外交活动中行之有效的手段，接招的高手往往对送上门的好事有警惕心理，会暗中戒备；而傻瓜往往大大咧咧，安然受之。如果出招的高手高人一等、深藏不露，则接招的高手也会放下戒备心理，不知不觉地中招。

作为一个所向无敌的杰出军事统帅、一个"智圣"，诸葛亮十分擅长使用心理战术，而他又对两种心理战术尤为拿手：其一是激将法，其二是钓鱼效应。激将法可用之于敌，也可用之于友，还可以用之于团队内部；而钓鱼效应基本用之于敌。本文仅讨论诸葛亮的"钓鱼"故事、"钓鱼"艺术。

一、木牛流马与"钓鱼"艺术

诸葛亮六出祁山，意欲光复汉室，虽有奇谋妙策、累获奇胜，却因对手司马懿不是等闲之辈，诸葛亮终难突破而成大略，双方陷入僵持胶着状态。诸葛亮又矢志不移，要报三顾之恩，矢志北伐；而兵马未动，粮草先行，蜀道之难，难于上青天！因此，诸葛亮要应付旷日持久的北伐战争，就必须解决蜀军的粮食问题，而要解决蜀军的粮食问题，又面临两个问题：第一个是粮草的运输问题；第二个是蜀地狭小人少，粮源不足。这两个问题就是劳民伤财也难以解决。

但是有经天纬地之才的诸葛亮有办法解决。

他设计制造了木牛流马，解决了粮草运输的难题。这在科技极不发达的三国时期简直是天才创意，由于设计失传，至今还无法复制。

粮草运输问题解决了，粮源不足又该怎么办呢？诸葛亮的办法是"钓鱼"。

魏国土地肥沃、地广粮足，为了应对蜀军的挑战，需要派出大量军马应战。然而，魏军也需要有更多的粮食来应对战事，而这些粮食也需要解决长途运输问题，虽然魏国多处平原之地，但毕竟没有铁路、轮船、汽车，千里运输粮草绝不轻松。

但魏军毕竟比蜀军轻松多了，所以司马懿决定以静制动、以逸待劳，打算拖垮蜀军。然而，诸葛亮内急外松，招摇过市地用木牛流马运输军粮，这分明是告诉司马懿：我们要与你们打持久战！

精明的司马懿不知道这是香喷喷的"鱼饵"，他一看：坏了！蜀国掌握了高科技，办起了现代化的"运输公司"了，我们也要引进消化。"急唤张虎、乐綝二人分付曰：'汝二人各引五百军，从斜谷小路抄出，待蜀兵驱过木牛流马，任他过尽，一齐杀出。不可多抢，只抢三五匹便回。'二人依令，各引五百军，扮作蜀兵，夜间偷过小路，伏在谷中，果见高翔引兵驱木牛流马而来。将次过尽，两边一齐鼓噪杀出，蜀兵措手不及，弃下数匹，张虎、乐綝欢喜，驱回本寨。司马懿看了，果然进退如活的一般，乃大喜曰：'汝会用此法，难道我不会用！'便令巧匠百余人，当面拆开，分付依其尺寸长短厚薄之法，一样制造木牛流马。不消半月，造成二千余只，与孔明所造者一般法则，亦能奔走。遂令镇远将军岑威，引一千军驱驾木牛流马，去陇西搬运粮草，往来不绝。魏营军将，无不欢喜。"

司马懿却万万没有料到：诸葛亮不仅善于工业设计，还善于营销，懂得技术储备。司马懿不尊重诸葛亮的知识产权，擅自仿冒，大力推广木牛流马，却不知道诸葛亮暗中留了一手。当司马懿利用运输集团的规模和木牛流马技术来运输粮食的时候，守候多时的蜀兵杀了出来，"魏兵措手不及，被蜀兵杀死大半"。蜀军夺粮而走，魏兵自然不甘心失败，在大将郭淮的率领下来救夺粮草，蜀兵却将木牛流马的舌头扭转，且战且走。郭淮率魏兵千辛万苦夺回木牛流马后，却再也无法驱动木牛流马，它们只像站桩一样，屹然不动。"郭淮心中疑惑，正无奈何，忽鼓角喧天，喊声四起，两路兵杀来，乃魏延、姜维也，王平复引兵杀回。三路夹攻，郭淮大败而走。王平令军士将牛马舌头，重复扭转，驱赶而行。郭淮望见，方欲回兵再追，只见山后烟云突起，一队神兵拥出，一个个手执旗剑，怪异之状，驱驾木牛流马如风拥而去。郭淮大惊曰：'此必神助也！'众军见了，无不惊畏，不敢追赶。"

诸葛亮在这里将高科技的运输工具和古老的神秘文化相结合，弄得魏兵劳民伤财、疑神疑鬼，弄得蜀军"获粮万馀石"，还缴获了大量的木牛流马，相当于今天缴获了卡车、装甲车，这可是一个可观的数字和一大笔宝贵的军需，此消彼长，魏军损失更大！

这场拉锯战，亮点很多，我们在这里要着重关注的就是钓鱼效应，是诸葛亮紧紧把住了司马懿的心思，你看看他的逻辑递进：①我用木牛流马运输，你不会不关注。②你关注了自然会来抢夺。③抢夺了自然会仿制。④仿制了又必然批量制造。⑤制造了又会投入使用来运粮。⑥运粮时又没有掌握核心技术，结果被蜀兵袭击抢走了木牛流马及军粮。⑦魏兵又组织大规模反冲锋想夺回木牛流马，木牛流马突然不听使唤，停立不动，魏兵莫名其妙，茫然不知所措。⑧蜀兵三路反击，夺回木牛流马。⑨魏兵大败后又欲组织反攻，此时"天兵神将"出现，拥木牛流马而走，魏兵惶惶不安，以为蜀兵神助，只得收兵回营。

在以上复杂的步骤中最重要的一环就是诸葛亮抛出鱼饵，让心机深重的司马懿尝到甜头，抢走了木牛流马，要不然就没有后面的好戏了。

司马懿会吃这个亏、上这个当就是因为木牛流马可以满足他对于军粮运输的强烈需求，可以节省大量的人力物力，可以和蜀军打持久战。所以他就会去咬木牛流马这个香喷喷的"鱼饵"，接下来就会有第二步、第三步、第 N 步的故事展开。

这个故事说明了钓鱼效应不仅可以用之于庸夫，还可以用之于高人。问题是你必须比高人棋高一着。

二、计杀张郃与"钓鱼"艺术

诸葛亮是十分善于使用钓鱼效应的高人，他不仅以此完胜司马懿，还用此法消除了蜀国的一个劲敌：魏国名将张郃。

消灭张郃还是木牛流马之前的故事，过程也是跌宕起伏，颇为复杂。司马懿痛失张郃之后，又咬了木牛流马的"香饵"，这说明鱼看到饵想不吃也难。先看一下诸葛亮除张郃的背景。

早在曹操亲率 83 万大军下江南要统一南方的时候，张飞单枪匹马在长坂桥独挡曹军，张飞一声怒喝，吓得曹操 83 万大军慌忙逃跑，曹将夏侯杰"惊得肝胆碎裂，倒撞于马下"。从此以后，曹操的部下普遍害怕张飞，但唯独这个张郃不怕。在巴西之战中，他还主动挑战张飞。只是由于张飞超常发挥，文武并用，张郃才未能如意。张郃此战虽败犹荣，赢得了蜀兵的敬佩。直至诸葛亮三出祁山时，设计埋伏了魏兵及其将领戴陵、张郃，魏兵势危，或将投降或被歼，结果却被勇不可当的张郃杀出重围。突围以后，因不见戴陵，又重新杀入重围，救出戴陵，"孔明在山上，见郃在万军之中，往来冲突，英勇倍加，乃谓左右曰：'尝闻张翼德大战张郃，人皆惊惧。吾今日见之，方知其勇也。若留下此人，必为蜀中之害。吾当除之。'"

诸葛亮处心积虑要除掉张郃，但张郃身经百战，有勇有谋，作战经验丰富。正所谓既有成功的经验，又有失败的教训。但不怕贼偷，就怕贼惦记。诸葛亮处心积虑，果然被他找到了机会。

　　除掉张郃的背景是：诸葛亮四出祁山，司马懿率兵在卤城抵抗，双方争斗的焦点仍然是军粮，"司马懿谓张郃曰：'今孔明长驱大进，必将割陇西小麦，以资军粮。'"于是小心谨慎地调兵遣将，保护刚熟正待收割的小麦。而诸葛亮也果然如此，"即今营中乏粮，屡遣人催并李严运米应付，却只是不到。吾料陇上麦熟，可密引兵割之"。司马懿虽防范森严，怎奈诸葛亮装神弄鬼，吓得"魏兵无不骇然。司马懿不知是人是鬼，又不知多少蜀兵，十分惊惧，急急引兵奔入上邽，闭门不出"。此时诸葛亮早令 3 万名精兵将陇上小麦割尽，运赴卤城打晒去了。

　　司马懿使大批宝贵的军粮都"资助"蜀兵去了，心中自然郁闷不平，遂又接受郭淮的建议，夜袭卤城。结果损兵折将，元气大伤，只好发檄文调雍、凉人马 20 万前来助战，而诸葛亮虽兵少势弱，但他以逸待劳，主动出击，结果再次以少胜多，大获全胜。

　　在这种大好形势下，本当乘胜进兵的诸葛亮却收到同为托孤重臣的永安李严的来信，说吴魏联合，"魏令吴取蜀"，请诸葛亮"早作良图"。

　　诸葛亮只好退兵去保大本营了。但是诸葛亮并不是一股脑儿撤兵的，他不仅要防止魏兵乘机追袭，还要以退为进借机杀敌，设下埋伏除去蜀军的心腹之患。

　　而司马懿连连失策，吃尽苦头，进入了非正常状态，所以"张郃见蜀兵退去，恐有计策，不敢来追，乃引兵往见司马懿曰：'今蜀兵退去，不知何意？'懿曰：'孔明诡计极多，不可轻动。不如坚守，待他粮尽，自然退去。'大将魏平出曰：'蜀兵拔祁山之营而退，正可乘势追之，都督按兵不动，畏蜀如虎，奈天下笑何？'懿坚执不从"。

　　主帅司马懿既然坚执不从，看来就不会再吃亏上当了。非也，我们继续看《三国演义》第 101 回。

　　魏营巡哨军来报司马懿曰："蜀兵大队已退，但不知城中还有多少

兵。"懿自往视之，见城上插旗，城中烟起，笑曰："此乃空城也。"令人探之，果是空城。懿大喜曰："孔明已退，谁敢追之？"先锋张郃曰："吾愿往。"懿阻曰："公性急躁，不可去。"郃曰："都督出关之时，命吾为先锋，今日正是立功之际，却不用吾，何也？"懿曰："蜀兵退去，险阻处必有埋伏，须十分仔细，方可追之。"郃曰："吾已知得，不必挂虑。"懿曰："公自欲去，莫要追悔。"郃曰："大丈夫舍身报国，虽万死无恨。"懿曰："公既坚执要去，可引五千兵先行，却教魏平引二万马步兵后行，以防埋伏。吾却引三千兵随后策应。"张郃领命，引兵火速望前追赶。行到三十馀里，忽然背后一声喊起，树林内闪出一彪军，为首大将，横刀勒马大叫曰："贼将引兵那里去！"郃回头视之，乃魏延也。郃大怒，回马交锋。不十合，延诈败而走。郃又追赶三十馀里，勒马回顾，全无伏兵，又策马前追。方转过山坡，忽喊声大起，一彪军闪出，为首大将，乃关兴也，横刀勒马大叫曰："张郃休赶！有吾在此！"郃就拍马交锋。不十合，兴拨马便走。郃随后追之。赶到一密林内，郃心疑，令人四下哨探，并无伏兵，于是放心又赶。不想魏延却抄在前面，郃又与战十馀合，延又败走。郃奋怒追来，又被关兴抄在前面，截住去路。郃大怒，拍马交锋，战有十合，蜀兵尽弃衣甲什物等件，塞满道路，魏军皆下马争取。延、兴二将，轮流交战，张郃奋勇追赶。看看天晚，赶到木门道口，魏延拨回马，高声大骂曰："张郃逆贼！吾不与汝相拒，汝只顾赶来，吾今与汝决一死战！"郃十分忿怒，挺枪骤马，直取魏延，延挥刀来迎。战不十合，延大败，尽弃衣甲、头盔，匹马引败兵望木门道中而走。张郃杀得性起，又见魏延大败而逃，乃骤马赶来。此时天色昏黑，一声炮响，山上火光冲天，大石乱柴滚将下来，阻截去路。郃大惊曰："我中计矣！"急回马时，背后已被木石塞满了归路，中间只有一段空地，两边皆是峭壁，郃进退无路。忽一声梆子响，两下万弩齐发，将张郃并百馀个部将，皆射死于木门道中。后人有诗曰：

伏弩齐飞万点星，木门道上射雄兵。至今剑阁行人过，犹说军师旧日名。

这后面一段故事波澜起伏，扣人心弦。先是司马懿"见城上插旗，城中烟起"，推定这是虚而实之，是空城。结果确是空城，蜀兵跑了，于是敌退我追。而在此前，只有大将魏平要乘势追击，而天不怕、地不怕，连张翼德也不怕的张郃在吃够了蜀军的苦头之后也"见蜀兵退去，恐有计策，不敢来追"。司马懿也深为认同："孔明诡计极多，不可轻动。"

但是，这一回香喷喷的"鱼饵"来了，千载难逢的机会来了。豪情万丈的张郃又升起了激情，要去追击蜀兵，为牺牲的将士报仇。但司马懿认为不妥："公性急躁，不可去。"两人于是发生了争执。司马懿是洞察了隐患，而张郃是老将的本色，坚决请战，决心书脱口而出。司马懿纵是百炼成钢，也敌不住张郃的激情，何况诱惑实在是太大了。只好叮嘱再三，小心安排张郃当先，魏平率大军在后，自己又亲自随后策应，"鱼"开始咬钩了。这一伏一起，算是一大回合。

张郃火速率兵追击三十余里后，树林里闪出魏延率一队蜀军冲出，大骂大战张郃。这魏延本是蜀军名将，可是战了不到十合便在一不怕苦、二不怕死的张郃面前败退而逃。张郃又追赶了三十余里，远离了自己的大本营。作战经验丰富并深记司马懿告诫的张老将军提高了警惕，"勒马回顾，全无伏兵，又策马前追"。可见此时的张郃头脑还是基本清醒的。可是，当他再次追赶的时候，蜀军大将——关羽关云长的儿子关兴又率一队军马赶来大战张郃不到十合，然后败逃。张郃随后追赶至一片密林处，心生疑虑，再次"令人四下哨探，并无伏兵，于是放心又赶"。结果魏延、关兴又轮番拦阻、轮番败走，蜀军尽弃衣甲什物而逃。张郃的警惕性逐渐消失，追至木门道口，也就是最后一站了。如果此时张郃悬崖勒马、见好即收，诸葛亮的诡计恐怕就要落空了。而此时魏延又来了"夏天里的一把火"，高喊要与张郃决一死战，终于惹得"郃十分忿怒，挺枪骤马，直取魏延"，直杀得"延大败，尽弃衣甲、头盔，匹马引败兵望木门道中而走。张郃杀得性起，又见魏延大败而逃，乃骤马赶来"。张郃把"鱼饵"连"鱼钩"都吞进了肚子里，终于成全了诸葛亮的"钓鱼"艺术。

诸葛亮灭除张郃的过程是一个系统工程，蜀军前期一系列的军事胜利都被巧妙利用，成了灭除张郃的铺垫，使得司马懿、张郃都产生了报仇雪恨的心理。诸葛亮巧妙利用这种心理，以退为进，借机歼灭这些不共戴天的死敌。但备受打击的敌手小心谨慎，不会轻易上当。诸葛亮就逐渐让他感觉到无当可上，胜败乃兵家常事，使他们从小心翼翼到恢复信心，再到树立决心取胜，激发其要压倒一切敌人的英雄气概。司马懿和张郃的争论是第一回合；魏延、关兴拦阻张郃并不断诈败是第二回合；魏延是个好演员，他在木门寨前假意和张郃决战又大败而逃是第三个回合。三个回合之后，张郃终于兵败身亡！张郃死后，"魏兵回见司马懿，细告前事。懿悲伤不已，仰天叹曰：'张隽乂身死，吾之过也！'乃收兵回洛阳。魏主闻张郃死，挥泪叹息，令人收其尸，厚葬之。"

足见这是诸葛亮北伐中原的一次重要胜利。

三、诸葛亮系列的"钓鱼"故事

诸葛亮这两次大型的"钓鱼"工程，都用之于老谋深算的老对手司马懿，此前还用之于曹操、张任、孟获、姜维（当时是对手）、曹真等，均获得成功。下文简析之。

（一）捉张任

捉张任的故事情节比较简单，大意是诸葛亮入川后挑战守护雒城、极有胆略的名将张任，张任出城迎敌，诸葛亮假装军伍不齐，诈败而逃。张任率兵追过金雁桥，发现被伏时为时已晚，被捉而受杀。

这只是一个普通的"钓鱼"故事，不能与诸葛亮诱司马、杀张郃的故事相比，张任上这个当是因对诸葛亮了解不够。

（二）败曹操

诸葛亮用钓鱼效应对付曹操是在张飞大败张郃、黄忠刀劈夏侯渊，刘备取得一系列胜利之后。曹操亲率大军来夺汉水，与刘备、诸葛亮决战。诸葛亮先用疑兵之计，连夜放军炮、鸣鼓角、呐喊骚扰，吓得曹军退离汉水三十里。刘备、诸葛亮则率军渡过汉水，背水下寨，列成阵势，作决战态势。两方交战后，曹将徐晃胜刘将刘封，刘封败走。积败甚多的曹操乘势鼓舞士气，下令"捉得刘备，便为西川之主"，曹军士气大振，向刘军发起了冲锋。"蜀兵望汉水而逃，尽弃营寨，马匹军器，丢满道上，曹军皆争取。操急鸣金收军。众将曰：'某等正待捉刘备，大王何故收军？'操曰：'吾见蜀兵背汉水安营，其可疑一也；多弃马匹军器，其可疑二也。可急退军，休取衣物。'遂下令曰：'妄取一物者立斩。火速退兵！'曹兵方回头时，诸葛亮号旗举起，玄德中军领兵便出，黄忠左边杀来，赵云右边杀来。曹兵大溃而逃，诸葛亮连夜追赶。操传令军回南郑，只见五路火起——原来魏延、张飞得严颜代守阆中，分兵杀来，先得了南郑。操心惊，望阳平关而走。玄德大兵追至南郑褒州。"

战斗结束后，刘备也觉得这次决战赢得太轻松了，于是向诸葛亮请教其中奥秘。诸葛亮说原因在于曹操生性多疑，疑则多败，故以疑兵取胜。但诸葛亮毕竟没有学过现代心理学，知其能而不知其所以能。其实这场战斗的胜利还得益于诸葛亮的"钓鱼"艺术，他不仅成功地使得刘军背水作战，拼尽全力与敌军决一胜负，还巧妙地使曹军争抢马匹军器，无心作战杀敌。两军一勇一贪，贪则大乱，大乱则大败。曹操虽然识破了诸葛亮的诡计，急令鸣金收兵，但为时已晚！众鱼儿皆贪鱼饵，被一张大渔网打捞而去也不奇怪。

（三）擒孟获

曹操老成，不太容易上这么简单的当——贪吃"鱼饵"，可一时之间他无法约束士卒，招致惨败。但孟获就和张任一样没有曹操的水平了，容易上当受骗。诸葛亮面对面地送上"鱼饵"，孟获也照吃不误。诸葛亮第二次擒获孟获后，置宴款待，并伴其"看视诸营寨栅所屯粮草，所积军器"，然后放回贼心不死的孟获，容其再来一次决战。孟获回营后，令亲弟孟优率一百多名蛮兵诈降诸葛亮，里应外合，火攻蜀寨。结果诸葛亮将计就计，盛宴款待孟优及一百多名蛮兵，借机将他们醉倒迷倒，待孟获半夜三更亲自率心腹蛮将一百多人前来劫寨时，又被生擒活捉。战斗结束后诸葛亮大赏三军，告诉众将前番是欲擒故纵，让孟获看破蜀军虚实破绽，然后用孟优诈降火攻。诸葛亮将计就计，再擒孟获，前后三次擒孟获，利用的就是钓鱼效应。

七擒孟获时，魏延连"败"十五次，蜀军连丢七寨，此亦"鱼饵"也；四擒孟获时，正值孟获大败后遇诸葛亮，欲雪洗三番被擒之辱。"孟获当先呐喊，抢到大林之前，趷踏一声，踏了陷坑，一齐塌倒。大林之内，转出魏延，引数百军来，一个个拖出，用索缚定。"此亦"鱼饵"也，这也类似于美人计，可称为"美男计"或"名人计"，利用一些人想大胜名人、大胜仇人心理而"垂钓"也。

（四）收姜维

再看一下诸葛亮计伏姜维。

孔明却引兵来攻冀城。城中粮少，军食不敷。姜维在城上，见蜀军大车小辆，搬运粮草，入魏延寨中去了。维引三千兵出城，径来劫粮。蜀兵尽弃了粮车，寻路而走。姜维夺得粮车，欲要入城，忽然一彪军拦住，为首蜀将张翼也。二将交锋，战不数合，王平引一军又到，两下夹攻。维力穷抵敌不住，夺路归城，城上早插蜀兵旗号，原来已被魏延袭了。

姜维智勇双全，两番大败诸葛亮，因而深受诸葛亮赏识，攻其必救，诱其必杀。乘姜维缺粮而以粮诱之，姜维按捺不住，出城抢粮，结果兵败被擒而降。诸葛亮喜获接班人。

（五）破曹真

诸葛亮用钓鱼效应大败曹真，是利用了曹真的贪婪心态，吃准了曹真急于挽回面子、报仇雪恨。于是巧用姜维诈降计，曹真一看到姜维降书，立刻大喜道："天使吾成功也。"对于这天上掉下来的"大馅饼"，曹真想要亲自出马去活捉诸葛亮，打败蜀兵。幸亏大将费耀保持着高度警惕，说："诸葛亮多谋，姜维智广，或者是诸葛亮所使，恐其中有诈。"而曹真贪功心切，仍不醒悟。费耀只好提出建议：曹真守寨，自己率兵去攻打蜀军，和姜维里应外合，活捉诸葛亮，成功后功归曹真。曹真方才大喜而应允，令费耀率五万大军进攻蜀军。结果不仅没有和姜维里应外合，反而中了诸葛亮的埋伏。费耀走投无路，自刎身亡。五万魏兵，几乎败亡殆尽，只差了一个大都督曹真。多亏了忠心耿耿的费耀虑事周全，能戒贪心，却犹不能自保。可见这香喷喷的"鱼饵"，多么诱人！

纵观诸葛亮多次使用钓鱼效应，我们会发现一些规律性的现象：咬饵上当者虽然层次参差不齐，但都存有侥幸心理，且大都在连续挫败之后，急于摆脱困境、报仇雪恨、挽回面子，还有的是志在必得。当"渔夫"诱其以必得，则难免蠢蠢欲动，甚至一拥而上；而当贪食"鱼饵"者尚有戒心时，"渔夫"只要耐心引诱，略施小计欲擒故纵，贪食"鱼饵"者就会失去最后的理智，连钩带饵吞入腹中。

2023 年 10 月 9 日

从法正收敛窥探诸葛亮的领导艺术

赤壁之战后，刘备集团夺荆州、占西川，跨有荆益，初步实现了《隆中对》的战略构想，下一步的任务就是内修政理、外结蛮夷，伺机再夺东川、北伐中原。刘备集团原来内部比较简单，外无立足之地，现在家底丰足了，内部的问题也纷纷冒了出来。如果不能妥当解决，就难以成就大业。刘备刚刚和平解放成都，自领益州牧，成都起义元勋"法正为蜀郡太守，凡平日一餐之德，睚眦之怨，无不报复。或告孔明曰：'孝直太横，宜稍斥之。'孔明曰：'昔主公困守荆州，北畏曹操，东惮孙权，赖孝直为之辅翼，遂翻然翱翔，不可复制。今奈何禁止孝直，使不得少行其意耶？'因竟不问。法正闻之，亦自敛戢。"

这则故事不长，细思却颇能说明一些问题。刘璋统治西川二十年，树大根深，广施恩泽，民意基础不错。刘备以诈术、武力刚刚夺取西川，民心未稳，底气不足，即使是张松、法正、庞统这些当初竭力主张夺取西川的强硬人士也只能说是逆取顺守了，所以刘备进入成都后，为了收买人心，稳定时局，拼命保护黄权、刘巴这些拒不合作者，下令"如有害此二人者，灭其三族"，并亲自登门拜访。而赵云、诸葛亮和刘备配合默契，赏罚有度，使得政权过渡交接有条不紊。这一次诸葛亮处理法正的问题，就显示了其领导水平。

法正得意忘形，为所欲为，诸葛亮本可以批评教育，甚至警告（宜稍斥之），但这样做法正会给自己的行为找借口，而不少事情是公说公有理，婆说婆有理，很难说清楚的，说清楚了也未必划算。法正也难免会滋生逆反心理，暗中给诸葛亮挖坑"使绊子"。法正在成都关系复杂，所以才睚眦必报。如果法正不积极配合新生的刘备政权，家底薄弱的刘备集团要在西川扎根就不那么容易了，更不要说乘胜夺取东川，巩固战果了。人心都是肉长的，法正知道诸葛亮、刘备并不赞成他的所作所为，但诸葛亮仍然给足了他面子，因此心存感激，终而反躬自省，改邪归正了。

法正是一个有逆反心理的人，他才华出众且自尊心强、恩怨分明，自胜力强。对于与自己有恩怨的人都要借机报答或报复。如果诸葛亮严肃认真对他进行批评教育甚至处分，法正的态度可想而知。但诸葛亮不仅放了他一马，还给他寻找了许多理由证明他有资格这样干，而法正的性格逻辑就是你敬我一尺，我敬你一丈，如此就什么问题都解决了。

诸葛亮的这种做法在心理学上叫作"反弹琵琶术"，也叫"反弹琵琶效应"，意思是把原本要批评的过错不予直接批评，而是充分肯定或表扬其长处，使之进行反省，进而认识错误、改正错误。"反弹琵琶"这一术语源自敦煌壁画上的艺术形象，原意是反弹琵琶艺术效果更好，使之超乎正常的艺术形象，后来人们把这种艺术效果延伸到奖惩领域，而本该批评的现象换个角度给予表扬则更容易令人接受和反省，并且心悦诚服。法正收敛的故事就是一个极好的案例。

诸葛亮处理好法正的问题以后，首席大将关羽又要入川与刚刚归顺的大英雄马超一决胜负。这使身为其大哥兼顶头上司的刘备也大惊失色，唯恐两败俱伤或一方有失，削弱了蜀汉军队的有生力量。诸葛亮又故技重演，反弹琵琶，一封书信把关羽盛赞一番，说马超只是同张飞一样勇猛过人，而关羽不仅武艺超群，而且有勇有谋，堪当重任，两人不能相比。结果关羽释怀，不再与马超较劲。

这个案例中诸葛亮也有比较成功的一面，可惜关羽不能与法正相较，不能反省检讨自己，没有真正地改正自己的缺点错误，以致后败，给蜀汉事业带来了沉重的打击。有人认为，诸葛亮的这封书信助长了关羽的傲气，这种观点值得讨论，但无论如何诸葛亮反弹琵琶的领导艺术毕竟是值得学习的。

2023 年 10 月 9 日

诸葛亮的激将法与心理魔术

诸葛亮多才多艺，堪称全能型领导者，他不仅是政治家、军事家、外交家，还是一位优秀的发明家，用现代人的眼光来看，诸葛优的优点很多，急于建功立业的现代人可能更看重他的军事才能（营销）、外交才能（合作），还有发明才能（发明新装备木牛流马、连弩），对于他的管理才能，特别是内部关系处理艺术却关注不足，而诸葛亮的管理才能和人际关系艺术是其高超形象不可或缺的重要部分。本文用心理学的眼光，用激将法和刺猬法则两个原理来探讨诸葛亮的管理艺术和处世艺术，但愿虽深厚不足而聊有新意，或实用价值于世有补。

曹操、刘备、孙权等统帅都知人善任，善于笼络人才，使得一群精英都尽心尽力，为之奋斗。诸葛亮也有这个本事，比如姜维、王平等将领就是如此。诸葛亮死后，孟获及其部下也没有再反叛。但若仔细比较起来，曹操、刘备、孙权主要是战略型的，善于做长线投资；而诸葛亮主要是战术型的，更善于短、平、快的投资。做长线投资，诸葛亮似乎不如以上三人，而搞短、平、快的投资，操纵人才心理变化，谁也不如诸葛亮。

诸葛亮不仅能迅速激起内部人才的冲天干劲，而且可以操纵敌、我、友三方主要人物的心理状态，使之就范，令人叹服。他三气周瑜，七擒孟获，骂死王朗，气死曹真，心高气傲的关云长要入川与马超比武，惊得刘备吓掉了下巴，而诸葛亮修书一封，就轻松地化干戈为玉帛，消除了内耗危机；法正得意忘形引起众怨，诸葛亮一不与之谈心，二不办什么学习班，仅在背后寥寥数语，不批不骂，似乎还在护短，就让法正自觉收敛，维护了团队的团结和凝聚力，于和风细雨之中解决了大问题。我们是不是可以从此得到启发：治大国，若烹小鲜，也不一定要搞什么大革命，而草船借箭、空城退敌都是对敌方统帅深层心理精准把握的杰作。

激将法就是诸葛亮进行心理魔术的拿手方法。

曹操气势汹汹，率领83万大军下江南，要一举平灭孙权、刘备等割据势力，刘备小集团要生存下去，势必联孙抗曹。孙权的力量，远远大于刘备的力量，占据地盘可观，投降有资本，抵抗也有一定实力，所以孙权对刘备的态度有点居高临下的味道。诸葛亮要劝说孙权抗曹，犹如平原君劝楚王抗秦救赵，没那么轻松。但诸葛亮又不能像毛遂那样，拔出宝剑直逼孙权抗曹。所以诸葛亮先生正话反说、欲擒故纵，不顾鲁肃事先再三告诫："切不可实言曹操兵多将广"，反而是加倍夸大曹操的力量，"好心"劝告孙权为了富贵安宁，赶紧投降曹操。当孙权问刘备为什么不投降曹操的时候，诸葛亮告诉孙权，刘备是有骨气的英雄人物，宁死也不会投降，气得孙权扭头就走，怒气冲冲，继而在鲁肃的提醒下"转嗔为喜"，创造了一个良好的交流机会，逐渐形成了孙刘联盟。

周瑜对诸葛亮本来也有一种恃强凌弱，借机抬高自己、贬低刘备的想法。周瑜和鲁肃一样，是情绪激烈的主战派，本来周瑜和诸葛亮的观点是不谋而合的，但周瑜偏要诸葛亮来求自己，以便捞取更多的政治资本。所以两人见面不是鲁肃见诸葛亮那样一拍即合，而是南辕北辙、背道而驰的，周瑜故意对诸葛亮说曹操势大，不能抵抗，准备投降曹操，等着诸葛亮来求他联合抗曹。诸葛亮深知其意却并不劝他联合抗曹，而是顺势说应该赶快投降，免遭兵灾之苦。接着又说出了保全和平安宁的具体方案：献上大乔、小乔两个美女给曹丞相，便万事皆休！周瑜闻言大怒，誓与曹操不共戴天，反求诸葛亮帮忙联合抗曹，诸葛亮的激将法迅速确立了孙刘统一战线的形成。

诸葛亮用激将法对付孙权、周瑜的故事家喻户晓，多有讨论，《三国演义》的回目也直接用了"孔明用智激周瑜　孙权决计破曹操"这样的篇名。本文尽量从新的角度展开讨论，特别要强调的是，孙权、周瑜心理上的巨大变化都是在诸葛亮这位心理魔术师的诱导下发生的，诸葛亮简直是像驯兽师一样在玩弄孙权、周瑜两位"猛兽"，不同的是，诸葛亮对孙权使用的是明激，孙权在拿不定主意的情况下来请教诸葛亮，诸葛亮劝他投降，孙权也没有反对，但当说到刘备抵抗到底、英武不屈的时候，就暗含了投降不光彩的意思，而且暗讽孙权不是英雄人物。结果孙权恼怒，双方的位置走向了平等互利。而诸葛亮对周瑜的激将法是暗激，因为周瑜假意说要投降曹操，诸葛亮也顺着他假意说确实应该投降，而且为了顺利投降，还要向曹操献上两位江东美女，又假装不知道这两位美女的身份，曲解曹植的诗，说曹操就是为了这两位美女而率大军下江南的，这两位美女一位是孙策的夫人大乔，一位是周瑜的夫人小乔，说得有根有据，激得周瑜立马翻脸，誓灭曹操。

　　诸葛亮对法正隔山打虎，好言相劝，似乎不是激将法，但原理也和激将法相通，是暗激。说到这里，就必须要交代一下什么是激将法了。

　　激将法本指用刺激性的话语使将领出战的一种方法，后泛指用刺激性的话或反话鼓动人去做某事。激将法，就是利用别人的自尊心和逆反心理的积极的一面，以刺激的方式，激起其不服输的情绪，将其潜能发挥出来，从而得到不同寻常的说服效果。

　　激将法分为明激和暗激两种，暗激是激将法的变异，是弱势利用强势对自己的不屑而伪做正面劝导和鼓励，从而达到自己的目的。

　　诸葛亮在进行内部管理时经常使用激将法，且起到了良好效果。

　　刘备入川后获得重大进展，但又遇到名将马超这位劲敌的挑战，使得刘备大军受到极大的压力，如果无人可以和许褚战马超一样，一对一厮杀不相上下，刘备军马的士气会迅速下落，进川大计将受到极大的挫折。此时的张飞是和马超单挑的较好人选，但马超的勇武和声望似乎还比张飞要强一点，他曾杀得曹操割须弃袍、夺船避箭狼狈不堪，险些丧命。曹操的首席猛将

"虎痴"许褚不仅占不到马超半点便宜，还负伤而逃。勇猛无畏的张飞主动向刘备、诸葛亮要求去迎战马超时，诸葛亮本来也是计划让张飞单挑马超的，但他偏偏表现出一副张飞不是马超的对手的样子，认真地对刘备说："今马超侵犯关隘，无人可敌。除非往荆州取关云长来，方可与敌。"张飞说："军师何故小觑吾！吾曾独拒曹操百万之兵，岂愁马超一匹夫乎！"诸葛亮说："翼德拒水断桥，此因曹操不知虚实耳。若知虚实，将军岂得无事？今马超之勇，天下皆知，渭桥六战，杀得曹操割须弃袍，几乎丧命，非等闲之辈。云长且未必可胜。"张飞又说："我只今便去，如胜不得马超，甘当军令！"

张飞即使不立军令状，全身的每一个细胞也都被诸葛亮激活起来了，因此才有了张飞恶战马超的好戏。两个人大战一百多回合未分胜负，又战一百多回合，直至天色已晚，双方亦不罢休，点起火把再战，《三国演义》的单挑夜战也仅此一回。若认真比较，张飞可能略逊马超一筹，所以刘备面对马超一早的挑战并不出城，而是从天明等到午后望见马超阵上人马皆倦才和张飞率兵出城迎战，大战百余回合后，"恐张飞有失，急鸣金收军"，可见张飞不占上风。两人大战百余回合后，刘备又令鸣金收兵。若非刘备担心，岂会两番鸣金？若非诸葛亮言语相激，《三国演义》也不会有这样精彩的好戏，张飞可能也没有这样的激情。张飞此战虽然未占马超的上风和便宜，但维护了刘备大军的形象和士气，使马超不能小看刘备的兵马，为马超弃暗投明做了一步基础性的工作。

诸葛亮对部下使用激将法最成功的是激发黄忠，使之先大败张郃，又夺天荡山，缴获大批粮草，连战皆捷！最后定军山下将曹操的心腹爱将夏侯渊"连头带肩，砍为两段"，为夺取汉中、推进蜀汉事业迈向高峰立下汗马功劳。而在计划迎战张郃之时，唯有诸葛亮深知年近70岁的老将黄忠可以挑起这重担，赵云、孟达、霍峻都觉得诸葛亮安排不妥，后来刘备也说："人皆言将军老矣，惟军师独知将军之能。今果立奇功。"

但是，当初诸葛亮并不是直接安排黄忠去迎战张郃的，而是欲擒故纵，假意要到阆中去调张飞来抵御张郃，当法正说张飞重任在身，不宜调防时，诸葛亮笑着说："张郃乃魏之名将，非等闲可及。除非翼德，无人可当。"激得黄忠怒气冲天，誓斩张郃首级。在大堂上抡刀如飞，连拽折两张硬弓。当黄忠取得大败张郃，连斩韩浩、夏侯德的胜利之后，刘备又要用黄忠去取定军山。然而，诸葛亮再用激将法，假意要去荆州取关羽来对付强敌夏侯渊，说黄忠虽胜张郃，未必能胜夏侯渊，再次激发了黄忠的冲天豪情，使之成功走向新的高潮。

值得注意的是，诸葛亮的激将法不是单纯地激发勇气和动力，而是全方位地激发，激智激勇。如若仅激发血气之勇，可能反而会误事，所以诸葛亮是先说勇武，再说谋略，塑造对方智勇双全的形象，提醒部下既要用勇还要用谋。比如，黄忠迎战张郃时，诸葛亮就说："张郃乃魏之名将，非等闲可及。除非翼德，无人可当。"这里不是只强调张郃的勇武，而是强调他是智勇双全的名将，必须用心取胜，这对黄忠是及时周到的提醒。张飞大败张郃，也并非单靠武力取胜，而是大智大勇的成果。及至黄忠要去挑战夏侯渊时，诸葛亮又赶紧强调夏侯渊比张郃要厉害得多，"深通韬略，善晓兵机""有将才也"。黄忠、诸葛亮再三争执，最后诸葛亮还派了法正做监军协助黄忠。诸葛亮的这些言行，对于黄忠有恰到好处的提醒告诫作用，技术含量很高。《三国演义》第 70 回末尾说："请将须行激将法，少年不若老年人。"这是不错的。如果要用好激将法，还需我们细心体会琢磨，不能仅把其火气激发出来。

处世艺术与刺猬法则

诸葛亮的激将法及他用兵如神的指挥艺术一样几乎家喻户晓，令人叹服。但是，诸葛亮在处理人际关系时往往会刻意谦让，保持距离。诸葛亮的这些谦让在心理学上叫"刺猬法则"，为自己减少了不少麻烦而又使人们甚至使读者不易察觉，而今人对此也缺少挖掘整理，这或许是个缺失，值得补充研究。请看一个心理学例子。

很久以前，生物学家为了研究刺猬的生活习性做了一个实验。寒冬腊月，生物学家将十几只刺猬放到户外的空地上。这些刺猬被冻得浑身发抖。为了取暖，它们只好紧紧地靠在一起，但是它们浑身长满刺，只要它们相互靠近，就会被对方身上的刺扎到，就又要各自分开。

可天气实在是太冷了，它们冷得受不了，于是又靠在一起取暖，但这样又会被刺到，它们不得不再度分开。于是，它们不得不重复这个过程，不断地在挨冻与受刺之间挣扎。最后，聪明的刺猬终于找到一个方法，那就是保持适中的距离，这样既可以相互取暖，又不至于被彼此刺伤。

这就是心理学上的"刺猬法则"。"刺猬法则"强调的就是人际交往中的"心理距离效应"。生活中你是不是遇到过这样的情况：原先与你无话不谈的死党或闺密，现在却翻脸为敌，不仅互不往来，还反目成仇？为什么会这样？原因很简单，因为你们太过亲密了！

如果我们把诸葛亮当作一个高级的领导者，把他的为人处世当作领导艺术、管理艺术或许会更恰当一些。他的这些行为艺术，是值得我们当今普通从业者学习、借鉴的。所以，我更乐意把他的行为艺术称为"为人处世的艺术"，让更多的人乐意在他身上汲取养分，提取精华。

在日常生活中，我们往往欣赏那些善于与同事搞好关系，与领导、与亲友、与合作单位等相处游刃有余的人士，称这种人"会做人"。其实这种人就是善于为人处世，这是很不容易的，也是有意义的，确实值得学习欣赏，这种人才到哪里去寻找学习？告诉你，诸葛亮就是这样的一个人，值得我们好好学习。

刘备三顾茅庐吃尽了风霜之苦，惹得关羽、张飞极为不服，因此诸葛亮下山之后指挥博望坡之战，关、张两人冷嘲热讽。诸葛亮从此对两人又打又拉，还要照顾刘备的面子，借华容道之机修理了关羽。诸葛亮率兵入川救刘备本该和张飞结伴，让赵云独行，他却偏偏和赵云结伴，让张飞独行。可见这位高明的大领导内心深处对服了自己的猛将张飞其实心存芥蒂，并为此颇伤脑筋！从轻松省事的角度来看，他内心深处更倾向于和赵云一起行动，他经常表扬张飞、关羽，但内心深处却对他们存在成见，他对魏延的看法未必正确，甚至造成了冤案。但他能疑人也用，还用出了水平、用出了效益，达到了他自己预期的效果，因此也有值得学习的地方。刘备一意孤行率兵伐吴，诸葛亮、赵云等苦劝无果，诸葛亮叹曰："法孝直若在，必能制止主上东行也。"这句话也印证了诸葛亮对世事的洞察之深。

诸葛亮、赵云和东吴有一定的渊源，特别是诸葛亮一直主张联吴抗魏，其兄诸葛瑾又在东吴享高官厚禄，刘备会觉得他们偏袒孙吴，何况诸葛亮、赵云跟随刘备天长日久，其间又难免碰碰磕磕，甚至关、张等人还有闲言碎语。法正作为西川新人，刘备对他尚无成见，何况用人如薪堆积，后来居上。诸葛亮知道此次话语权的劣势所在，只得哀叹惋惜！

诸葛亮的处世艺术、用人艺术可谓"疏而用之，亲而有距"。"疏而用之"上文可察，"亲而有距"下文讨论。

诸葛亮的亲而有距即亲密有间，在心理学上就叫作"刺猬法则"。这在诸葛亮对待刘琦求教一事上表现得非常明显。

刘琦乃荆州之主刘表的长子。刘表年老体衰，来日无多。按惯例应长子刘琦继位；但刘表无能，而刘琦的继母——刘表后妻蔡氏掌控了刘表政权的高层人事权，欲使次子刘琮接替刘表。刘琦身处险境，亲自求教于刘备，刘备无招，问计于诸葛亮，诸葛亮说："此家事，亮不敢与闻。"将公事与私事撇开，以免来日麻烦。而这件事又是公私难分之事，对于刘琦来说是必须妥善处理的，否则就有生命之虞！在刘备的帮助下，刘琦趁诸葛亮来访，再度请教诸葛亮。

次日，玄德只推腹痛，乃浼孔明代往回拜刘琦。孔明允诺，来至公子宅前，下马入见公子。公子邀入后堂，茶罢，琦曰："琦不见容于继母，幸先生一言相救。"孔明曰："亮客寄于此，岂敢与人骨肉之事？倘有漏泄，为害不浅。"说罢，起身告辞。琦曰："既承光顾，安敢慢别。"乃挽留孔明入密室共饮。饮酒之间，琦又曰："继母不见容，乞先生一言救我。"孔明曰："此非亮所敢谋也。"言讫，又欲辞去。琦曰："先生不言则已，何便欲去？"孔明乃复坐。琦曰："琦有一古书，请先生一观。"乃引孔明登一小楼。孔明曰："书在何处？"琦泣拜曰："继母不见容，琦命在旦夕，先生忍无一言相救乎？"孔明作色而起，便欲下楼，只见楼梯已撤去。琦告曰："琦欲求教良策，先生恐有泄漏，不肯出言。今日上不至天，下不至地，出君之口，入琦之耳。可以赐教矣。"孔明曰："'疏不间亲'，亮何能为公子谋？"琦曰："先生终不幸教琦乎！琦命固不保矣，请即死于先生之前。"乃掣剑欲自刎。孔明止之曰："已有良计。"琦拜曰："愿即赐教。"孔明曰："公子岂不闻申生、重耳之事乎？申生在内而亡，重耳在外而安。今黄祖新亡，江夏乏人守御，公子何不上言，乞屯兵守江夏，则可以避祸矣。"琦再拜谢教，乃命人取梯送孔明下楼。

诸葛亮在刘琦三番五次、费尽心思请教并保证绝对保密，同时以死相求的情况下，方才提出保全刘琦的方案，而此方案还仅是为保全刘琦，并非让刘家骨肉相残的，也不是让刘琦接任刘表之位的，足见诸葛亮对待家事、私事，会保持距离，持慎之又慎的态度。法官在处理家庭财产官司时会比较慎重地对待财贿。这是因为官司过后，家人可能和好，如果再挑起财贿之事，可能给其带来麻烦。我不知道这种说法可信度有多大，但其中的道理和诸葛亮的处世道理有相通之处，对于家庭私事，应该保持距离。

诸葛亮在对待刘备义子刘封的问题上和关羽有明显的不同。关羽败走麦城，廖化杀出重围到达上庸城求救于刘封。刘封与孟达商议：

> 达曰："东吴兵精将勇，且荆州九郡，俱已属彼，止有麦城，乃弹丸之地。又闻曹操亲督大军四五十万，屯于摩陂，量我等山城之众，安能敌得两家之强兵？不可轻敌。"封曰："吾亦知之。奈关公是吾叔父，安忍坐视而不救乎？"达笑曰："将军以关公为叔，恐关公未必以将军为侄也。某闻汉中王初嗣将军之时，关公即不悦。后汉中王登位之后，欲立后嗣，问于孔明，孔明曰：'此家事也，问关、张可矣。'汉中王遂遣人至荆州问关公，关公以将军乃螟蛉之子，不可僭立，劝汉中王远置将军于上庸山城之地，以杜后患。此事人人知之，将军岂反不知耶？何今日犹沾沾以叔侄之义，而欲冒险轻动乎？"

刘封在孟达的劝说下拒绝救援关羽，关羽兵败被擒。

关羽劝刘备把刘封置于上庸山城之地，以杜后患，而诸葛亮说："此家事也，问关、张可矣。"其行为符合心理学中的刺猬效应的原理与法则：对人保持距离，注意分寸，适可而止。在涉及私事、亲情的问题上应更加小心。

诸葛亮始终注意和刘琦、刘封保持距离，谨言慎行，以防祸从口出，尽管自己位高权重，刘备对自己言听计从，他也从不任性妄为，即使对于已呈弱势的刘琦、刘封，他也保持尊重，因为这些人一不小心就可能位高权重、炙手可热；而关羽不知世事变化无常，动不动就以刘备二弟的身份冒犯别人，对诸葛亮、黄忠、马超、孙权、刘封等人都有所伤害，一旦失势，悔之莫及。就连刘备的义子刘封也拒绝发兵相救，关羽最终陷入绝境。关羽的失败，反衬了诸葛亮的处世哲学之高明，他们从正反两个方面说明了人与人之间保持距离的必要性、保持私人空间的必要性、保持相互尊重的必要性。说话要留有余地，要当心人家会私下传话甚至添油加醋，让你不可辩白，悔之不及。

聪明的杨修被爱才的曹操砍了头，就是杨修不懂得刺猬法则的结果，此事另文讨论。

总而言之，诸葛亮不仅充分在惊险、复杂的政治、军事、外交斗争中对敌、对友都表现出了杰出的才能和指挥艺术，在对内管理和人际关系处理中也恰到好处地表现了领导艺术、处世艺术，他为官小心翼翼、克勤克俭、谦恭仁厚、用心良苦，值得当下的企业精英学习借鉴。

2022 年 8 月 12 日

不利条件原理助你出奇制胜

一些优秀人物往往会在紧要关头打破常规，做出反常言行，迎难而上，不畏艰险，结果出乎人们意料之外，效果出奇的好。

还有一些人，智商并不差，却总是夸夸其谈，惹人生厌，但这种人长年累月似乎无人提醒，不知反省，整日信口开河，不知悔改。

生物学家扎哈维经过长期观察发现动物界也存在此类现象，因而总结出了著名的"不利条件原理"，受到了广泛的争议，终于逐渐得到越来越多人的理解。

扎哈维举出的案例中包括羚羊在受到追击时会反常地跳跃性逃跑。这种逃跑一蹦一跳，不仅消耗体力，而且速度慢，甚至还不是直线型的，比起直线型的直接快跑更容易被追杀。他的解释是，羚羊在用行动告诉捕猎者：我是最棒的，你根本不如我，休想追杀我。

这就像卖广告，不仅要投入可观的成本，还会得罪同行，让很多人看不顺眼、惹是生非。虽然如此，仍然有不少企业拼命卖广告，他们甚至把主要的资金都用作广告投入。

人们常说：事出反常必有妖。笔者曾经写过一篇三国文章叫《反常现象的背后往往有深刻的道理》，来说明反常现象背后的逻辑。

诸葛亮联吴抗魏，舌战张昭，智激孙权也是如此。

曹操率大军南下，意欲荡平江南、实现统一，消灭孙、刘。诸葛亮一看这仗没办法打了，于是渡过长江劝说孙权一起抗击曹操。

孙权的谋士张昭是一个投降派，他知道诸葛亮的意图，于是率先发难，要使诸葛亮难堪，让他灰溜溜地滚回去，他发话说："昭乃江东微末之士，久闻先生高卧隆中，自比管、乐。此语果有之乎？"

张昭的话似乎很平常，其实充满杀机：你诸葛亮自比古代圣贤管仲、乐毅，有这样的事？

中国人喜欢温文尔雅、谦虚谨慎，高调自负自然惹人嫌。诸葛亮身居异国他乡，身负联吴抗魏的重大使命，最忌讳的就是无人相助、势单力薄，受到群体攻击。

然而，诸葛亮偏偏毫不客气地说："此亮平生小可之比也。"接着针对张昭的具体发难逐一反驳，证明了管仲、乐毅之用兵未必比得上自己，并反击张昭等人才是让天下人看笑话罢了，让张昭哑口无言。

诸葛亮初见孙权，不顾鲁肃再三提醒不可说曹操兵多势大，而是有板有眼地把传闻中的曹操 83 万大军说成了 150 万以上、战将千员，并直接劝孙权投降曹操，惹得孙权"勃然变色，拂衣而起，退入后堂"，鲁肃也因此指责诸葛亮。结果却是诸葛亮赢来了更大的话语权，进而说服孙权，建立了孙、刘联盟，赢得了赤壁之战的胜利。

如果诸葛亮按正常套路出牌，将事倍功半，难以成功。

《三国演义》中有关"不利条件原理"的案例很多，比如第 65 回，李恢劝马超投降，说马超刚磨之剑将砍马超自己的头；第 70 回，张飞战张郃，因酒误事颇多的张飞每喝得大醉，诸葛亮还要送五十瓮美酒给张飞去喝；第 95 回，势单力薄的诸葛亮迎战司马懿 15 万大军偏偏打开城门……这些都是不利条件原理的表现。

扎哈维·赖利曾经用一句话传神地表达出了"不利条件原理"的精髓：一桩事因为有风险反而可能会带来更多的机遇。

诸葛亮、张飞、李恢等人不可能知道不利条件原理，但却能将这种原理诠释出来，运用得恰到好处，很多人都是如此。

许多深刻的道理往往得不到认可并会受到猛烈的抨击，墨菲定律也是如此。这就告诫我们：当貌似荒唐的理论出现的时候，不要急着去嘲笑和抨击，不妨站在提出者的角度去琢磨和理解这一理论，用包容的心态去观察和审视这一理论，并用科学的逻辑去验证。

一些人的言行虽然讨嫌，但也不要轻视他。他可能因此得到的更多。

2020 年 10 月 22 日

《出师表》为何感人至深

"表"和"议"是古文中常见的两种文体，两种文体各有不同，"表以陈情，议以执异"，"表"文是陈述情怀的，"议"文是用来发表不同意见的。比如，诸葛亮的《出师表》、李密的《陈情表》就是诉说情怀的，而柳宗元的《驳复仇议》就是发表不同意见、表现与众不同的观点的。

有人说读《出师表》不流眼泪的不是忠臣，读《陈情表》不流眼泪的不是孝子，可见此两"表"不是一般的"陈情"文章，而是肺腑之言，是感人至深的千古名篇。

本文仅讨论《出师表》为何感人至深。

心理学中有一个自我暴露定律，其含义是一个人自发地、有意识地"打开天窗说亮话"，对别人至真至诚，不加掩饰地表达自己，将自己重要且真实的信息透漏给他人。概言之，即"个体把自己有关的东西告知给另外的人"，与他人分享自己的信仰、认知、感受、观点、意见、判断、想法、渴望、喜恶、目标、梦想、成败、恐惧等，以让他人更多地了解自己。这样做往往会得到他人的认同、感动与支持。

心理学家奥特曼认为，和谐的人际关系是在自我暴露不断得到增强的过程中建立起来的。阅历丰富的成功人士多有这种体验：人与人之间适当的自我暴露，反而有助于产生心灵的碰撞，表达出内心深处最真挚的意见和希望。自我暴露的深度和广度反映了人际关系的亲密程度，持续深入的自我暴露会促进人际关系从量变到质变的转化。

懂得了这些心理学原理，我们就不难明白诸葛亮的《出师表》为什么能成为"陈情"类文章的代表作了。

让我们再读一回《出师表》吧。

> 臣亮言：先帝创业未半，而中道崩殂。今天下三分，益州罢敝，此诚危急存亡之秋也。然侍卫之臣不懈于内，忠志之士忘身于外者，盖追先帝之殊遇，欲报之于陛下也。诚宜开张圣听，以光先帝遗德，恢弘志士之气；不宜妄自菲薄，引喻失义，以塞忠谏之路也。宫中府中，俱为一体；陟罚臧否，不宜异同。若有作奸犯科及为忠善者，宜付有司论其刑赏，以昭陛下平明之治；不宜偏私，使内外异法也。侍中、侍郎郭攸之、费祎、董允等，此皆良实，志虑忠纯，是以先帝简拔以遗陛下：愚以为宫中之事，事无大小，悉以咨之，然后施行，必能裨补阙漏，有所广益。

> 将军向宠，性行淑均，晓畅军事，试用于昔日，先帝称之曰"能"，是以众议举宠为督：愚以为营中之事，事无大小，悉以咨之，必能使行阵和穆，优劣得所也。亲贤臣，远小人，此先汉所以兴隆也；亲小人，远贤臣，此后汉所以倾颓也。先帝在时，每与臣论此事，未尝不叹息痛恨于桓、灵也！侍中、尚书、长史、参军，此悉贞亮死节之臣也，愿陛下亲之、信之，则汉室之隆，可计日而待也。

> 臣本布衣，躬耕南阳，苟全性命于乱世，不求闻达于诸侯。先帝不以臣卑鄙，猥自枉屈，三顾臣于草庐之中，谘臣以当世之事，由是感激，遂许先帝以驱驰。后值倾覆，受任于败军之际，奉命于危难之间：尔来二十有一年矣。先帝知臣谨慎，故临崩寄臣以大事也。受命以来，夙夜忧虑，恐付托不效，以伤先帝之明，故五月渡泸，深入不毛。今南方已定，甲兵已足，当奖帅三军，北定中原，庶竭驽钝，攘除奸凶，兴复汉室，还于旧都：此臣所以报先帝而忠陛下之职分也。至于斟酌损益，进

尽忠言，则攸之、祎、允之任也。愿陛下托臣以讨贼兴德之效，不效则治臣之罪，以告先帝之灵；若无兴德之言，则责攸之、祎、允等之咎，以彰其慢。陛下亦宜自谋，以谘诹善道，察纳雅言，深追先帝遗诏。臣不胜受恩感激！今当远离，临表涕泣，不知所云。

《出师表》内容丰富，足见诸葛亮尽心尽力、尽职尽责，更令人感动的是，诸葛亮自亮身世、自揭其短：我本来是一个普通老百姓，当初只求苟活，不敢想大富大贵、出人头地，结果受先帝大恩大德，委以重任，言听计从，所以竭尽全力知恩图报，忠于您永不变心。诸葛亮情真意切、如泣如诉，感人至深，使《出师表》一文成为千古名篇。当然，也得益于后主的信任和三军的支持，诸葛亮顺利踏上了北伐征途。

一些人一旦发达之后便不喜欢人提起往昔的贪贱之事，但到达高境界的智者则不避前嫌前贱，以团结同志，相互理解、相互支持，激励士气。有才气的人不少，但有才气没有背景而又能得到破格重用的人能有几何？"千古萧条风云会，谁问人间有孔明。"诸葛亮知恩必报，这是可以理解的事情，但是他能如倾如诉、说理透彻而感人至深就不容易了。我们从这个故事中不仅可以理解"人生得一知己足矣"的名言，还可以看出一些领导讲话喜欢"假大空"，喜欢漫天吹水，这就不仅是水平有限，就连心态也有问题了。

2023 年 10 月 12 日

蘑菇定律及其延伸与司马懿的成功

先来看一下百度上的蘑菇定律的含义。

蘑菇定律是指初入世者常常会被置于阴暗的角落，不受重视或只能打杂跑腿，就像培育蘑菇一样还要被浇上粪水，接受各种无端的批评、指责，代人受过，得不到必要的指导和提携，处于自生自灭的状态。

查了几本心理学著作关于蘑菇定律的解释也大体如此。

这些心理学著作关于蘑菇定律的应用案例都集中在刚入职的年轻人身上，鼓励年轻人要忍辱负重，"要出头，先埋头"，等等。

这也没错，是符合蘑菇定律原意的。

但笔者觉得蘑菇定律可以有更宽的适用范围，不仅适用于新入职、刚走向工作岗位的年轻人，也适合有才能、有经历、有功劳、有贡献，但无背景或某阶段无背景、不走运的人。

这里仅以司马懿为例来解释。

司马懿在《三国演义》中初次出场是曹操打败张鲁，夺得东川的大好形势下，司马懿以主簿之职向曹操献计：趁刘备立足未稳、人心未附之机乘胜进击，夺取西川。这本来是一着高棋，曹操心腹刘晔也说："司马仲达之言是也。若少迟缓，诸葛亮明于治国而为相，关、张等勇冠三军而为将，蜀民既定，据守关隘，不可犯矣。"但曹操没有接受司马懿的建议，按兵不动，以致错失良机。

曹操不听良言，后来吃了大苦头，东川得而复失，全被刘备夺去了，让刘备在西南成了气候，达到事业高峰。曹操不仅丧师失地、损兵折将，连至亲大将夏侯渊也被黄忠斩了，但司马懿没有半句议论，更没有发牢骚。司马懿还是默默地工作，默默地努力。后来曹操的精锐七军又被关羽放大水淹了，关羽还斩了曹操骁将庞德，擒其爱将于禁，兵锋直指许都，威震华夏。曹操这时候又出了一个昏招，要迁都避其锋芒，此计若行，大魏将乱而无疑。此时，司马懿又劝阻曹操说："不可。于禁等被水所淹，非战之故，于国家大计，本无所损。今孙、刘失好，云长得志，孙权必不喜。大王可遣使去东吴陈说利害，令孙权暗暗起兵蹑云长之后，许事平之日，割江南之地以封孙权，则樊城之危自解矣。"主簿蒋济也支持司马懿的意见，曹操依允，然后曹、孙联手，大败关羽，司马懿高瞻远瞩的方案得以完美实现。

孙权杀了关羽后，欲嫁祸于人并讨好曹操，使刘备迁怒曹操，于是遣使将关羽首级送给曹操。司马懿及时点破孙权诡计，建议曹操高级别规格厚葬关羽，曹操大赞大喜，言听计从，最后刘备率大军伐吴。若曹操中了孙权的诡计，或许刘备会听从诸葛亮、赵云的意见：先灭魏，再伐吴。

曹操死后，其子曹丕继位后篡位自为魏帝。汉献帝被迫下诏退位，曹丕"便欲受诏"，司马懿劝谏曹丕"上表谦辞，以绝天下之谤"。曹丕从之，再次上表谦辞，迫使汉献帝三次下诏并筑坛，在形式上做足了功夫曹丕方才登位。省去了"受禅"可能引发的许多麻烦，比起后来司马昭夺取曹家天下来，"吃相"要好看多了，政治上也加了分。

刘备死后，曹丕要乘机灭蜀，司马懿献五路起兵伐蜀之大计，曹丕大喜，依计而行，此计虽被天才军事家、政治家诸葛亮所破，但仍不失为一条妙计。于魏无损，于蜀又惊又险。魏国的这次连锁"射门"行动确实对蜀国构成了巨大威胁，若不是"守门员"过于强悍，堪称超人，蜀国是难逃一劫的。无论如何，司马懿的计谋不仅对曹操的事业做出了有目共睹的重大贡献，也为曹丕立下了汗马功劳。所以，无论曹操、曹丕父子两代人对这位有功无过的老臣有什么芥蒂，都把他作为托孤重臣之一，委以后事。

曹睿接位上任后，授予了司马懿一定的兵权和地盘，诸葛亮要出兵北伐，最大的顾忌就是司马懿。于是实施了一个小儿科般简单易行的离间计，派人去魏国张贴布告，以司马懿的身份宣告造反，一下子就把曹睿和一班文武大臣吓晕了。于是剥夺了司马懿的兵权，使其回乡赋闲，整个过程根本经不起起码的分析，就把劳苦功高的司马家族都废了。如果换了其他人遭此厄运，恐怕要沉不住气了，甚至会惹出新的是非；但司马懿任劳任贬，接受了从国家重臣无责无过地变成普通百姓的事实，心平气和地做起了司马师、司马昭的"博士生导师"。直到魏国夏侯楙、曹真被诸葛亮打得落花流水又无计可施、岌岌可危之时，曹睿才被迫重新起用司马懿。司马懿又以一飞冲天之势夺回失地，挽回败局，逼退诸葛亮，最后拖死诸葛亮。西安蜀祸、北平公孙渊之乱，司马懿都为曹睿立下了赫赫之功。曹睿临死又将司马懿列为托孤重臣之一，殷殷托孤。

然而我国古代终归是一个宗族社会，司马懿只有发挥自身才能屡建功勋才能在曹魏政权中占有一席之地，天下平安则闲置，天下危乱则重用。有事无事随时被猜疑，皇室信的是自己人。因此，同为托孤重臣的曹爽在部僚的挑唆之下，轻易地再次夺了司马懿的兵权。曹爽无才无功，即使其父亲曹真也无法与司马懿比功、比才。这种做法很不公平；但人家是曹氏宗亲，这就够了。司马懿也不露声色，再次做起了"缩头乌龟"，等到权大势重的曹爽完全失去了警惕，才突然发动袭击，夺取大权，斩杀了曹爽及其辅僚。

司马懿在侍奉曹操、曹丕、曹睿三代人的漫长职业生涯中克勤克俭、无怨无悔、中规中矩、能上能下，为曹魏三代立下了汗马功劳，当曹魏第四代人及其代理人曹爽再次将其剥夺实权置于闲职的时候，司马懿依然不露声色装傻充老，一副可怜兮兮的样子，这是普通人做不到的，终于麻痹了曹爽，赢得了转机，脱颖而出。

现代心理学往往用蘑菇定律来提醒、规劝入职不久的年轻人：没有茧中蛰伏，哪来羽化成蝶？磨难是人生的一笔财富，要能够忍辱负重，要有坚韧不拔的精神，要受得了漫长、痛苦的煎熬和磨炼，耐得住寂寞才有出头之日；优秀的人才都有一段沉默的时光，唯有埋头方能出头；等等。这都没有说错，也适用于司马大人等各种有才有功、无过无错的人士。而司马懿的蜕变故事广为人知，因而也能提供更广泛、更有说服力的借鉴。司马懿的故事还告诫我们：你要执掌大权、要成功，不仅要有真才实学，还要有众所周知、组织不可磨灭的功绩，你有了这样的功绩还要安然接受突如其来的无情无理的打击，不要像秦王麾下的大将白起那样乱发牢骚，乱发牢骚不仅会前功尽弃，还可能招致杀身之祸。

蜀汉大将魏延英勇善战、劳苦功高、有勇有谋，但就缺司马大人的忍功，时不时发点牢骚，又不会向顶头上司诸葛丞相靠拢，结果蜀汉后期虽然诸葛亮急需人才，但对魏延也用之有限，临死还安排好后事，让马岱于阵前把魏延杀了。这个冤案虽然诸葛亮要负主要责任，但魏延也不是没有过错的。仔细把司马懿和魏延做个对比就不难明白了。

曹魏的大将钟会情况也差不多，他虽伐蜀有功，而灭蜀之功还应归邓艾，他却只因手握兵权就急着谋反，结果兵败被杀。钟会从出兵到谋反乃至被杀的过程比较简单，和司马懿比较一下他虽有一时之骁勇，却是幼稚可笑的，他等不到伐吴灭吴，积累更多的实力之后再去谋反。司马昭老师就在眼前，但心高志大的钟会却看不懂老师，钟会出兵之日老师已经把未来之路都看得清清楚楚了。令人在不得不服司马懿忍耐之功的同时还看到：即使猜疑成性、善于罗织罪名的曹操潜意识中对司马懿充满了杀意，却始终无理、无法处罚贬损司马懿，临终还不得不把他列为托孤重臣。

曹睿、曹爽虽短期内夺了司马懿的兵权，但司马懿犹能保全自己和家族，守住了下限，直至伺机反扑成功。这是值得佩服的。当今社会也有这样的人才，能不能东山再起需要天时、地利、人和，但能不能立于不死之地主要还得靠自己。你要能够忍受这些屈辱，还要努力寻找出路和突破口，不能指望组织领导者像曹睿那样无路可走时再来找你。

2022 年 11 月 16 日

淬火效应与司马氏祸福相生

　　说到司马懿，很多人都称赞他非常高明，因为他活活把智圣诸葛亮"拖"死了。连神出鬼没、神机妙算所向无敌的诸葛亮在司马懿的以逸待劳的拖延战术面前都"出师未捷身先死，长使英雄泪满襟"，北伐事业失败。最终蜀国被司马氏所灭，可见司马懿的智谋不在诸葛亮之下。

　　人们之所以会有这种普遍性的看法，是因为诸葛亮和司马懿争斗的时间太长了，其中有太多精彩的故事，诸葛亮确实用兵如神，最终又无功而返，这确实体现了司马懿的高超智慧。

　　其实，人们的这种看法是一种偏见，司马懿最厉害的地方并不是"拖"死了诸葛亮。他在诸葛亮面前总是心劳力拙，疲于应付；而且魏国的政治、军事优势十分明显，司马懿压不住蜀国，还拖不住诸葛亮，也难以算是高人。

　　司马懿在对外斗争中表现出了杰出的才能，但是，如果他在本集团内部没有过人的智慧和克制修炼，就无法在对外斗争的舞台上大展身手，还可能在内部的斗争倾轧中丧生或退出历史舞台。

　　司马懿前期在曹操帐下担任主簿，兢兢业业，奇谋纷呈，为曹操立下了汗马功劳，且无半点闪失。但疑心成病的曹操对司马懿防范森严，在潜意识里欲除之而后快，他两次梦见三马食槽，内心深处十分忧惧司马懿、司马师、司马昭父子早晚将取曹家而代之。司马懿在这种环境下稍有张扬，必有大祸。因此，司马懿半生谨慎，方才躲过了曹操的"毒手"，曹操去世后，曹丕接任曹操之位。曹氏势力依然一手遮天。司马懿仍然小心翼翼尽职尽力，获得了曹丕的信任，成为曹丕临终托孤的重臣，曹睿成为魏明帝后，"司马懿上表乞守西凉等处。曹睿从之，遂封懿提督雍、凉等处兵马"，司马懿终于从"军机大臣""总参谋部的高级参谋"蜕变为封疆大吏，实现了华丽转身，变成了有职有权的"军区司令员"。

然而，司马懿并未得到曹魏政权的信任，诸葛亮欲起兵北伐，马谡先献计为其扫清司马懿这个巨大的障碍。马谡利用曹睿对司马懿"素怀疑忌"行使反间计，遍贴司马懿的造反告示，吓得曹睿"大惊失色"。华歆、王朗等重臣俱谓司马懿久"久必为国家大祸，宜速除之"。结果将司马懿"削职回乡""罢归田里"。司马懿从封疆大吏变成了无职无权的老百姓，甚至险些送命。

这次变故是司马懿职场生涯中最重要的变故，对司马懿下半场的职业生涯影响极大。他和诸葛亮的直接交锋由此揭开了序幕，如果司马懿没有经住此番考验，也就没有后面的好戏了。

这场变故在心理学上叫作"淬火效应"。

淬火效应，原意指金属工件加热到一定温度后，浸入冷却剂（油、水等）中，经过冷却处理，工件的性能更好、更稳定。这是实现性能最大化的途径。而在人才成长过程中"淬火效应"也非常重要，它能使人心理承受能力加强、虑事周全、处事稳妥，心理成熟；能将心比心，多角度、全方位地考虑问题、能够克制情绪，对突发事件进行冷处理。

司马懿、司马师、司马昭父子三人被削职为民后，闲居宛城，但人闲心不闲，他积极思维，十分关注天下大事，时刻关注蜀兵动态，深信魏主必将重新重用自己率兵抗蜀。结果曹睿在屡战屡败，无人可敌诸葛亮的危急形势下，重新重用司马懿，使其官复原职，"加为平西都督，就起南阳诸路军马"以抗击蜀兵，司马懿重新上任后先斩后奏，迅速平灭了新城孟达的反叛，化解了魏国的一场严重危机，得到了曹睿的充分认可。曹睿赞其"卿之学识，过于孙、吴矣"，并赐金斧一对，"后遇机密重事，不必奏闻，便宜行事"。曹睿的愧疚、后悔、补偿跃然纸上。

由此可见，司马懿在受到削职为民的打击猜忌后，先是提高了自身素质，之后通过建功立业，其实力、地位、威望都大为提升。这在客观上是司马氏取代曹氏政权的重要一步，而司马懿经过"淬火效应"后，"性能"更好，再接再厉，又取街亭、败马谡，使这位献反间计陷害自己的人受到斩首的惩罚，并迫使蜀兵退回汉中，还险些活捉了诸葛亮。此后，他又在与诸葛亮的斗法和平叛公孙渊之乱中不断提升自己，其威望越来越高，权势越来越大，成为独当蜀兵的大都督，又成为魏主曹睿临终托孤的重臣，礼节之重，甚于曹丕多矣！

就这样，司马懿经历了曹操内心深处的猜忌、忧惧，临终前曹操还有除之而后快的潜意识。及至第二代曹丕临死，中军大将军曹真、镇军大将军陈群、抚军大将军司马懿，再加上后面赶来的征东大将军曹休都成了托孤重臣。到第三代曹睿临终时虽封"曹爽为大将军，总摄朝政"，对司马懿却是执手相托，"潸然泪下"，及至"口不能言"仍以手指太子相托。在朝廷内部，司马懿的威望无人能够代替。至此，司马氏已基本具备了取代曹氏政权的条件。

但是，司马懿还得再经历一次"淬火效应"，所谓千锤百炼，久炼成钢就是如此。曹爽倚依曹家权势，将司马懿明升暗降，尽夺兵权。其兵权皆归曹氏。司马懿则"推病不出，二子亦皆退职闲居"，曹爽依然放心不下，派荆州刺史李胜借辞别之名，去司马懿家中打探消息，探知虚实。司马懿则装聋作哑，装作行将就木、大病在身的样子骗过李胜，使得曹爽放下了戒心。司马懿等候时机发动兵变，控制了曹魏政权。至此，司马氏取代曹魏已成必然之势。

司马懿经历的第二次"淬火效应"让他完成了心理上的转变，放下了对不住魏主隆恩的道德包袱，最终他下定决心翻脸夺权，虽然他在受到第二次夺权打击时也是有一定危险的，但当司马父子安然受之时就变成危中有机了，他巧妙地将"击"就"击"，也就师出有名了。如果曹爽对他以礼待之，司马氏夺权还得有一个过程。

　　司马懿父子三人在两次淬火效应期间有机会更多地反思总结，认清周边的环境，调整策略和人际关系，并思考未来。如果司马懿顺风顺水，有功受禄，没有受到排挤打压就不会如此小心谨慎，还可能像曹操战胜马超之后那样自我膨胀而得罪贤能之士，以致错失良机，受到挫伤，即使和曹操、孙权、刘备等人一样英雄一时，也无法完成统一大业。残酷无情、突如其来的打击以及长期的风言风语、恶劣环境都转化成司马氏父子终成大业的利器。

　　再换个角度讨论一下，如果没有诸葛亮的屡次强势进攻，哪里还有司马懿在曹魏政权中的特殊地位？人家需要他干什么？司马氏父子何以夺取曹魏江山？所以，司马懿最厉害的地方是在内部斗争中站稳脚跟，不断成长，将诸葛亮越拖越"瘦"，最终将其拖死。司马懿却越拖越"肥"，最终夺取江山。他借助了外部残酷的军事较量成就了自己的大业。

　　从古至今，许多政治家都是经历了猝不及防的淬火效应后更加成熟，甚至几起几落，终成大器，从而在公众所见的政治舞台中大展身手，推动历史的发展进步。

　　凡夫俗子在淬火效应之前也应接受考验，修炼自己，切忌怨天尤人、自暴自弃，磨难和无情打击往往是上苍的厚礼，危中有机不是空话。

2020 年 4 月 12 日

权威效应与空城计

诸葛亮首出祁山后旗开得胜，赵云连斩五将，蜀汉连取三郡，诸葛亮喜得姜维，被迫归顺魏国的孟达又计划率兵献城复归蜀汉。曹魏阵营有倾倒迹象，一时间人心惶惶，导致司马懿重新执掌兵权，以迅雷不及掩耳之势扑灭了孟达反叛作乱的火种，又立马率兵迎战蜀汉大军，偏偏诸葛亮的爱将马谡又丢失战略要地街亭，导致蜀军全局被动，诸葛亮被迫放弃刚占领不久的南安三郡，安排全军撤退，自己仅有 2500 名士兵留守西城，准备撤回汉中。然而就在此时，司马懿亲率 15 万大军"望西城蜂拥而来"，守城无将的一班蜀军文官吓得"尽皆失色"。显然，蜀魏两军力量对比悬殊，势单力薄的蜀军根本不是兵强将勇的魏军的对手，看来，诸葛亮此番在劫难逃！

可是，这场似乎不可抗拒的严峻危机却被诸葛亮神奇地一带而过，并留下了家喻户晓的空城计的故事。

诸葛亮大开城门，笑容可掬地焚香操琴，以虚对实惊退司马懿 15 万大军，原因是巧妙地利用了权威效应。

心理学中的权威效应是指权威人物地位高、威信高，受人敬重信赖，让人放心顺从，甚至有不容置疑的味道。权威效应是一种比较复杂的心理现象，它有积极的一面，有助于提高效率，但也可能产生盲从，造成失误，航空界有一种"机长综合征"现象，就是指飞行员会过分相信机长而酿成航空事故。商业界的明星代言也是巧妙地利用了权威效应。

兵法说"虚而实之，实而虚之"，所以司马懿的前军哨赶到西城脚下皆不敢入，急报司马懿。司马懿一看到这种光景，马上联想到"亮平生谨慎，不曾弄险。今大开城门，必有埋伏"，于是下令火速撤退，中了诸葛亮虚而虚之的诡计。大家都认为诸葛亮用兵如神，生平谨慎，必不弄险，不可能出现束手被人擒的巨大差错，这已经形成了一种共识，诸葛亮则艺高人胆大，巧妙地利用这种思维定势，唱了一出空城计，成为千古佳话。这是诸葛亮对权威效应的创造性应用，达到了极致。

司马懿撤退后，诸葛亮拍手大笑曰："吾若为司马懿，必不便退也。"这就告诉我们：对于权威，也不能一味盲从，也要敢于怀疑，敢于挑战，敢想敢试。伽利略敢于怀疑亚里士多德的经典理论，不惧嘲讽，勇敢地进行比萨斜塔实验，从而证明了自己的理论，推翻了亚里士多德的经典理论，成为我们对权威态度的榜样，而人们往往对权威的理论盲目地一味附和，则是我们要反思和警惕的。

2020 年 5 月 3 日

邓艾的成长成功与心理学原理

邓艾是三国后期最优秀的军事统帅之一，司马懿之后能与蜀军对抗相持的魏军统帅唯有邓艾。邓艾还是平灭蜀国，拉开统一大幕的主角。邓艾的成功绝非偶然，而是他努力学习、积极追求的结果。因果链显而易见，邓艾的成长与成功也反映了心理学中有关原理的科学性和客观性。邓艾最精彩、最成功的战例是偷渡阴平天险，进而逼迫成都蜀汉政权臣服。而这个案例可以从不同的角度、用不同的心理学原理来诠释。下文就以偷渡阴平为例，从心理学视角来讨论邓艾的成长与成功。

弱小的蜀国自从平服孟获、巩固南方后，不断地向强大的魏国发动进攻。诸葛亮六出祁山、姜维九伐中原，弄得魏国不得安宁。司马昭做足准备后决定伐蜀，解决这个心腹大患。令钟会、邓艾各率大军平灭蜀国。二将出师后，依靠精兵强将、指挥得法，夺取了汉中、阳安关等要地，威胁着蜀国的存亡；但是，蜀国老将姜维再次率兵抗敌，又杀得魏军大败。姜维安慰众将说："若有维在，必不容魏来吞蜀也。"他还说："成都山险地峻，非可易取，不必忧也。"钟会大军在取得汉中后果然并无作为。

邓艾深知蜀军能征善战且蜀道险阻，正面进攻难以成事，于是亲率三万精英，各带干粮、绳索出发，偷渡天险阴平之地，又令子邓忠率五千名精兵"凿山开路，搭造桥阁，以便军行"。邓艾大军在"巅崖峻谷之中，凡二十馀日，行七百馀里，皆是无人之地"，魏兵沿途下寨，留兵把守山寨，行至江油城之上的摩天岭时，只剩两千人马，而岭西之下正是目的地江油城，"岭西皆是峻壁巅崖，不能开凿"，令人心寒。"邓忠与开路壮士尽皆哭泣。"邓艾说："不入虎穴，焉得虎子？""艾令先将军器撺将下去。艾取毡自裹其身，先滚下去。副将有毡衫者裹身滚下，无毡衫者各用绳索束腰，攀木挂树，鱼贯而进"，方才渡过摩天岭。后人有诗形容阴平天险说："阴平峻岭与天齐，玄鹤徘徊尚怯飞。"足见人行之艰，简直难以想象！

邓艾行此天险，蜀军毫无防备，疑为神兵从天而降。江油守军望风而降，继而涪城官吏军民尽皆投降，最终"和平解放成都"，创立奇功。

邓艾在军事行动前将军事计划告诉了大军首领钟会，钟会表面赞成计划，内心却不以为然，他私下里告诉部下说："人皆谓邓艾有能。今日观之，乃庸才耳！""阴平小路，皆高山峻岭，若蜀以百馀人守其险要，断其归路，则邓艾之兵皆饿死矣。"事实上诸葛亮生前以防有人偷渡阴平天险，曾拨兵马在此安营扎寨，恭候偷渡兵马。后来却被刘禅将兵马撤了，只留下一个空寨。若有兵守寨，偷渡者有来无回矣！即使无兵把守，偷渡者多半也无法到达摩天岭，纵然到达摩天岭也下不去。要不然，邓艾三万兵马为何到达摩天岭只剩下两千人马？邓忠与开路壮士又为何面壁而哭？

邓艾偷渡阴平天险的成功，是战争史上的奇观。若不用此奇招，邓艾、钟会大军虽人多势大，也难以在狭小的蜀地山川施展开来。即使能破灭蜀国也劳兵伤财、耗费时日，且结局难料！孙子兵法说："地无兵不险，兵无地不强。"天险之地若无兵把守，则可能成为一剂麻药，反而掩护了敌兵胜出。钟会和邓艾，恰巧客观上相互配合，演出了一场"以正合，以奇胜"的大戏，给后人带来诸多启发。

从现代心理学的角度考察，邓艾偷渡阴平天险的成功至少和七个心理学效应有关，下面试析之。

一、出其不意效应

心理学上的"出其不意效应"是指在对手根本没有心理准备的情况下，

突然打破常规大胆行动，轻而易举地达到在正常情况下难以实现的目标。它具有机密、神速、突然、大胆打破常规的特点，使对手措手不及，在其还没有缓过神来时就解决了问题。出其不意和出奇制胜是分不开的，它强调一个"奇"字，不仅思路奇特、行为奇特，效果也奇特。往往以少胜多、以弱胜强，兵法强调"以正合，以奇胜"，这也与出其不意效应吻合。

邓艾偷渡阴平天险的成功，完美地诠释了心理学中的出其不意效应。如若邓艾、钟会两支大军与姜维大军正面交锋，结果可能是僵持不下。魏军长途奔波，给养不便；汉中不稳，蜀道艰难；邓、钟不和，君臣猜忌……这都是魏军的隐患，蜀、魏两军最终谁胜谁负，难下定论。而邓艾打破常规、出其不意，迅速消灭了蜀汉政权，使得姜维大军不战而降，奇迹般地解决了伐蜀军事行动，创造了光辉的战绩。

二、冒险法则

邓艾偷渡阴平天险的成功，也可以用心理学上的冒险法则来解释。我们经常说风险与收益成正比，风险越大，收益也就越大。这就是所谓的"冒险法则"。如果刘禅没有撤掉诸葛亮生前安扎在阴平天险尽头的士兵，邓艾大军很可能会全军覆灭，和诸葛亮首出祁山拒绝魏延从子午谷出五千奇兵的建议相比，邓艾真是大胆得出奇！结果收益也大得出奇，使得心高志大的钟会也不能不服。邓艾的行为有孤注一掷的性质，而魏延只不过要求带五千名精兵出子午谷罢了，即使中了埋伏，也于大局无大碍。可见，用兵如神的诸葛亮真是小心得过头，谨慎得可怕，因而无法统一中原。

为什么邓艾敢于冒险，而诸葛亮、钟会都反对冒险呢？人们可以做出很多解释，笔者在这里提醒大家注意一点，诸葛亮、钟会都是在初次出征的情况下反对冒险的，他们才华出众、智谋过人，且自视甚高；初次出征没有吃多少苦头，觉得机会很多，再说冒险也往往是迫不得已，能够规避的风险还是要尽量规避的。邓艾长期和蜀军对阵，深知蜀军不好对付，只有大胆行动才能出奇制胜。所以邓艾更可能选择冒险，这不单纯是因为诸葛亮、钟会性格保守，这里还有一个节点问题，人在产生焦虑心理后往往更容易选择冒险。

无论如何，邓艾的冒险精神、冒险勇气都是值得肯定的，值得学习、思考和效仿。邓艾因为冒险达到了人生高峰，创造了人生精彩。现在有些人常说："相信相信的力量。"邓艾就是相信相信的力量，不然，在摩天岭绝壁前，他不可能第一个裹毡滚下绝壁，迈向胜利的大道。

三、过桥抽板效应

拿破仑·希尔创立了成功学。他在畅销书《思考致富》中提出过成功学的一个理念："过桥抽板"。他告诉我们：在做一件不能轻易实现的事情时，最好把自己的退路切断，这样才能激发自己所有的潜力与激情，破釜沉舟、勇往直前，直到取得成功。读者称之为"过桥抽板效应"。偷渡阴平天险的战例也诠释了过桥抽板效应。

在邓艾行动之前，他的友军首领钟会就预计邓艾大军将进退维谷、疲惫不堪，直至全军饿死。事实上，钟会的预测也是颇有道理，比较客观的。幸而刘禅事先撤走了守险人马，即便如此，邓艾大军依然无路可走，所以邓忠及其开山壮士"尽皆哭泣"。唯邓艾义无反顾，带头从绝壁之上一滚而下，深入虎穴，直取虎子，方才使随行军士"死"中求生求胜，抵达江油，而出奇制胜。邓艾大军如果还有可选择的道路，恐怕就无法获得如此巨大的成功了。

在邓艾取得巨大的成功之前，西楚霸王以破釜沉舟的精神为后人树立了奋力拼搏的光辉样板。然而，事到临头，许多人还是会畏缩不前。这就告诉我们：勇往直前的素质是要长期培养的。一些优秀人士也会患得患失，以致错失良机。这是值得警惕的。无论是战场还是商场，坚定的信念、必胜的决心都是一种强大的竞争力。竞争与博弈，拼的不仅是实力和智慧，还有勇气、态度与决心，在关键的时候，勇气与决心异常重要。

四、达维多定律

达维多定律是说，竞争就是要创造或抢占先机。"先入为主"是一条绝对的真理。要保持第一，就必须时刻否定并超越自己。

钟会、邓艾各率大军伐蜀，虽然取得了较大的成功，但当姜维率兵把守剑阁关后，双方各有胜败，战争渐入僵持阶段，采用常规打法，魏兵虽众但在山峻地险的蜀地难胜能征善战的蜀兵。邓艾多次与姜维对战，深知此理，因此要出奇制胜，偷渡阴平天险，走别人意想不到的路，走钟会想都不敢想的路，做自己和他人都没有做过的事情，抢占先机、出奇制胜、勇于创新。邓艾的方案千难万险，具有极大的挑战性。因此，当邓艾两千余人的队伍出现在江油的时候，蜀兵即降；继而驱兵至涪城，"城内官吏军民疑（兵）从天降，尽皆投降"；接着又取绵竹、收成都，蜀汉政权颠覆。

邓艾走了一条自己的"专利"路线，把心高志大的钟会甩了几条街，也使老谋深算、久经惯战的老将姜维措手不及，只好诈降。邓艾的成功，深刻地诠释了达维多定律。

五、荷花效应

荷花效应近几年来越来越受关注和追捧，它鼓励人们坚持、耐心、执着，只要不畏目标遥远，坚持行动，成功就可能在一夜之间把你拥抱。具体来说，它原是指池塘里的荷花每天开放的数量都是前一天的两倍，从第一朵到第二朵，需要一天一夜；从第二朵到第四朵，又需要一天一夜；从第四朵到第八朵，还是要一天一夜。若干天过去了，池塘里的荷花还是不够抢眼，比较空荡。但是，当荷花开了半个池塘的时候，只需要一天时间，荷花就会开满池塘，这一天荷花绽开的数量，几乎占据了前面 29 天所开放的总和。

邓艾长期率军与姜维蜀汉大军博弈，后来又和钟会分别率兵伐蜀，渡阴平、取江油、得涪城，直至和平"解放"成都，迅即全部和平"解放"蜀国的过程也是一个荷花效应的典型案例，能够给人以启发。

姜维和邓艾斗智斗勇，三番五次，各有胜负，真是棋逢对手、将遇良才。直到钟会、邓艾各率大军伐蜀，钟会取了汉中、阳安关后，魏军略占上风，姜维仍可抵抗。当邓艾偷渡阴平、占江油、取涪城后，成都立即陷入恐慌，不久之后，后主就决定投降。而成都一经投降，整个蜀国全部归魏兵牵制了，犹如整个池塘开满了荷花。如果说成都投降还是"半池荷花"，邓艾及前任司马懿、曹真等人所做的努力以及所取得的成果，与此相比，连一株荷花都不好比；但没有前面的努力和积累，就不会有后面的"荷花满塘"。前面的积累到达一定程度的时候，大面积的成功才会迅速到来。

六、自卑情结与卓越成功

自卑情结是指对于自我的评价偏低。自卑情结有三个来源，第一个来源是先天性的器官缺陷。器官缺陷在心理上可能造成有害的影响而引起神经上的疾病，不过这种缺陷可以弥补，而且可能带来更高的成就。邓艾就是如此。

邓艾有先天性语言障碍，每每奏事必说"艾……艾……"，惹人笑话。加之他"幼年失父"，在官场上、社会上都缺乏先天优势。他在朝廷内的竞争对手是钟会。钟会的父亲乃堂堂太傅钟繇，他幼有胆识，早在七岁时，其父就带着他和八岁的哥哥钟毓见过魏文帝，见过大场合。钟会心高气傲，难免给邓艾造成压力。两人分别率兵伐蜀后，本是平级，但钟会就敢以兵败为名，要斩杀邓艾的部将诸葛绪。虽有监军卫瓘力劝，钟会仍说："便是邓艾有罪，亦当斩之！"足见战功卓著的邓艾在钟会面前就"矮"了三分。

但是邓艾不屈服于先天不足，志在出人头地。他虽"幼年失父"，但他"素有大志"，特别爱学习、思考，爱观察，"但见高山大泽，辄窥度指画，何处可以屯兵，何处可以积粮，何处可以埋伏"，这些都是他费心的课题。他在偷渡阴平天险，兵临摩天岭时发现诸葛武侯早立石碣预言，大吃一惊说："武侯真神人也！艾不能以师事之，惜哉！"为不能从师武侯而终生遗憾！亦可窥见邓艾从小就敬师好学。邓艾拜见钟会，钟会表面上称赞邓艾，但敏感的邓艾却察觉到钟会看不起他，想看他的笑话。邓艾告诉亲信随从："彼料我不能取成都，我偏欲取之!"一个"偏"字把他的逆反心理表现得淋漓尽致，也说明了邓艾成长路上与命运抗争，争强好胜，必欲出人头地的性格。

古今中外有不少类似的成功人士，他们值得同情，更值得敬佩。

七、吉格勒定理和邓艾的少年理想

前文已经说过，邓艾"幼年失父，素有大志，但见高山大泽，辄窥度指画，何处可以屯兵，何处可以积粮，何处可以埋伏"，莫不留心，在邓艾之前，至少还有一个诸葛亮，不仅野心很大、志向高远，而且比邓艾性格张扬多了。早在隆中草庐，诸葛亮就自比管仲、乐毅，简直不知天高地厚，招人耻笑。但是他们早期可能被人笑话，但后来确实成就极高。

这绝不是偶然的，而是必然的。有人说：思想有多远，路就能走多远。退而言之，你没有长远的目标，怎么会到达天高路远之处？无数人的成功，都是久有凌云志造就的。

心理学中有个"吉格勒定理"，它是由美国行为学家吉格勒提出来的，具体内容是：设定一个高目标就等于达到了目标的一部分。这个定理是鼓励人们应该早早树立大目标，它告诉人们：你有了大目标并为之努力时，你离目标就会越来越近，比没有目标的人要少走很多的弯路；而没有目标就可能原地打转，哪里也去不了。有远大目标的人高瞻远瞩、循序渐进，积小胜为大胜，能力越来越强，能量越来越大，最终能达到常人达不到的境界。

人生如此，办企业也是如此。大多数企业做不大、做不久，有一个共同原因，就是没有树立足够大的目标。走到哪里算哪里，遇到些风浪就走不下去了，即使不出问题，企业的发展速度也很慢。

某著名的国际卫浴品牌，有一百多年的历史，在卫生陶瓷市场占有率名列前茅，其品牌之响亮、综合水平之高令国产卫浴品牌景仰。而广东潮州是我国卫生陶瓷的重要生产基地，这里企业多，卫生陶瓷产品产量大，知名度也不小，但潮州卫生陶瓷企业产品定位低，品牌美誉度低，给人以中低档的感觉，不仅无法与国际卫生陶瓷相提并论，与佛山的卫生陶瓷产品相比也有明显的差距。但是，至少在15年前，诞生于潮州的恒洁卫浴企业就明确提出了远大的目标：要做成中国卫浴领域的领军企业。有了这样一个大目标，该卫浴企业不仅到佛山三水办厂，还把营销中心迁到佛山来了，进而收购了深圳久负盛名的某智能盖板厂，为智能卫浴的高速发展创造了良好的条件，还在上海设置营销中心，步步紧追国际卫浴品牌。在生产工艺和产品标准方面，锁定国际标准，或靠近它或超越它，从而使企业的发展方向明确，方法正确。结果企业跻身一流品牌，也使国际卫浴品牌不得不为之侧目。

"横看成岭侧成峰，远近高低各不同。"一个故事（比如偷渡阴平天险）、一个人物的成长（比如邓艾），可以为我们提供多种解读、多种启发。我们可以多角度、多层面去观察思考。以上故事，既可以适应A原理，也可以适合B效应。本文的写法就有意"以一对多"，有兴趣的读者可以试试用不同的心理学效应解读同一个故事，也许更有趣味，更有价值。换言之，一个原理、一种效应，也可以剖析多个不同的故事，比如吴将甘宁仅率一百骑兵夜袭曹操40万大军，杀得曹兵人仰马翻，死伤不计其数，而甘宁却不折一人一骑，安然返营的故事也可以用出其不意效应、冒险法则等心理学原理来解读。吴将丁奉在光天化日之下仅率三千步兵，赤膊上阵，不用长枪大戟，只带短刀闯入魏军三十万人马大营，以一当百，大获全胜也是符合出其不意效应和冒险法则的。诸葛亮草船借箭、上演空城计也是如此。读者若用心琢磨，往往就会"横看成岭侧成峰，远近高低各不同"，多题一解，乐趣多多。

2021年6月21日

2022年3月28日改

第二章

经验可贵

三国前期为什么人才辈出、星光灿烂

——海潮效应与人才起落

我们先来看一下什么是海潮效应。

天体的引力会影响海水的涨落，引力大的时候会出现大海潮，引力小的时候会出现小海潮，引力太弱的时候则不会出现海潮。这种现象被人们称为"海潮效应"。

俗话说的"乱世出英雄"，其实就是海潮效应的写照，因为乱世之中，社会需要人才，时代呼唤人才，人才就会脱颖而出。当国家处于快速发展变化的时期，就需要大量的人才，人才群体便会快速成长起来。

东汉末年，三国前期，天下大乱、英雄辈出，曹操及其阵营，孙策、孙权及其阵营，刘备及其阵营的文臣武将异彩纷呈、争奇斗艳，尽显英雄本色，写下了历史上光辉灿烂的一页。除了这三大阵营以外，李肃、吕布、陈宫、王允、李傕、华雄、颜良、文丑、田丰、沮授、许攸、祢衡、孔融、徐庶、张松、马超、韩遂、张绣、吉平、华佗等人才，或勇冠三军，或智谋过人，或长于策划，或巧舌如簧、能骂善劝，或医术高明、妙手回春，人才如星光灿烂，不可胜数。这就是典型的海潮效应，时势造英雄。时代的需要、机会太多，使得人才辈出，使人眼花缭乱。三国鼎立的局面形成后，人才们都站好了队，新星寥落，"蜀中无大将，廖化作先锋"就是对这种局面的生动写照。有人说蜀国后期人才匮乏是诸葛亮造成的。其实这是一种"大海退潮"的现象，吴、魏两国也没有几个新星出现。三国后期已经从"时势造英雄"

的时代过渡到"英雄造时势"的时代，战或和、分或合，都是少数精英依恃国力和谋略在书写历史。

"冯唐易老，李广难封"，该出手时就出手，时机不到，无谓地争斗亦是枉然。在社会环境相对安稳的时代，人才脱颖而出的机会相对较少，要想当官、发财，实现的概率都比较低。在改革开放前期，广东锐意进取，为全国发展经济树立了标杆，佛山的建陶产业突飞猛进。"孔雀东南飞"成为一种时尚。"弄潮儿"尽显身手，一不小心就成了知名企业家。只要你敢拼，想不发财都不行。正如一句互联网名言所言："处在风口上，猪都能飞上天。"还有一些人不仅先天条件好，而且有背景，想不成功都难。这些成功人士，如果可以比较客观地看待自己的成功因素，修炼自己，就可能"生存"下来，与时俱进、不断发展；如果忘乎所以、自以为是，则往往会败落下来，甚至败得很惨，很难堪！所以有评论说："有些人过去凭机会赚来的钱，现在凭本事亏光了。"这就是海潮效应的结果。

2022 年 4 月 18 日

标签效应与枭雄部下的尽心尽力

宋代大词人辛弃疾称赞孙权说："天下英雄谁敌手？曹刘。生子当如孙仲谋。"

孙权为什么这么厉害呢？他自有答案："能用众力，则无敌于天下矣；能用众智，则无畏于圣人矣。"

三国开创者，曹操、刘备、孙权都善于吸纳人才，能充分发扬人才的作用，从而使下属人才骨干尽心尽力、呕心沥血，拼命为集团博取利益。关羽过五关、斩六将，千里走单骑；赵云在长坂坡为救幼主七进七出，无人可挡；张飞长坂桥前单枪匹马喝退曹操百万大军；许褚赤体战马超；典韦死守寨门，战死后亦无人敢从门前而入；甘宁百骑劫曹操四十万军队大营；周泰为救孙权、徐盛，三番杀入重围，并为护孙权"左右遮护，身被数枪，箭透重铠"，及至回营"被枪数十，肤如刻画""皮肉肌肤，如同刀剜，盘根遍体"……明主之下多少赤胆忠心、出生入死之人！

他们是如何创造这样一种生龙活虎、群策群力的动人景象的呢？

本文以曹操为例，以心理学的标签效应为依据来讨论这种效应。

所谓"标签效应"，是指当一个人被他人贴上一定的"标签"后，他的行为会自动地与这一"标签"的内容相一致，这是因为他做了自我印象管理。

心理学上认为，之所以会出现标签效应，主要是因为"标签"具有定性导向的作用，"标签"无论是好的还是坏的，都会对人的个性意识产生强烈的影响作用，给一个人"贴标签"的结果，往往是使其向"标签"所喻示的方向发展。这里，我们看到了正面"标签"对一个人的积极影响。

曹操就喜欢"涂鸦"，喜欢给部下贴上正面醒目的"大标签"。

曹操在兖州时招兵买马，吸纳猛将贤士。夏侯惇推举典韦，曹操经过考核，当众赞叹典韦说："此古之恶来也！"恶来即商纣王的臣子，以勇力闻名。曹操不仅称典韦为"古之恶来"，还立即为其安排职务，命为帐前都尉，将最好的衣服和骏马雕鞍一并送给典韦。这职务和义务也都是醒目的"标签"，与大名鼎鼎的"恶来"般配。典韦自然刻骨铭心，倾力相报，在战场上勇冠三军，为曹操立下了汗马功劳。后来曹操在淯水遭到张绣、贾诩暗算，深陷重围，情势危急万分，幸亏典韦奋不顾身死守寨门，使曹操得以在险境中逃脱。典韦战死后半晌，还没有人敢从前门而入！曹操长子曹昂、侄子曹安民均殁于此役。一年后，曹操路过此地，突然放声大哭，吊奠典韦亡魂，祭吊完典韦，才祭吊长子曹昂和侄子曹安民。说明"标签"贴上去之后，不仅可以使被"贴标签"者努力达到目标，不负重托，还能使双方感情融洽，融为一体。

曹操初得荀彧，经过充分交流后大开心怀说："此吾之子房也！"把荀彧当作兴汉四百年的贤臣张良，认定荀彧必将为自己出谋划策、开创基业。荀彧也因此积极思维，将自己宝贵的智慧源源不断地奉献给曹操，挟天子以令诸侯就是荀彧的计谋。后来曹操和袁绍在官渡相持，压力极大，有意后撤，问计远在许昌的荀彧，荀彧主张坚守不退，奇计破袭，曹操信之听之，终获官渡大捷，北方渐归曹操。

曹操的另一员猛将是许褚，被曹操称为"子真吾之樊哙也"，把他当作鸿门宴上为刘邦保驾的樊哙。许褚也竭诚尽力，为曹操立下了汗马功劳。徐晃则被曹操称为"胆识兼优者"，赞其"有周亚夫之风"。曹操大宴铜雀台，令众将领骑射比武，曹休"飞马往来，奔驰三次，扣上箭，拽满弓，一箭射去，正中红心。金鼓齐鸣，众皆喝采。曹操于台上望见大喜，曰：'此吾家千里驹也！'"曹操真是会说话，会"贴标签"，掌握了领导的语言艺术，总是能一语中的，说到极致，鼓舞人心。在官渡大战期间，张郃、高览二将弃袁绍而投曹操，当时军情复杂，袁绍兵力犹胜于曹操，"夏侯惇曰：'张、高二人来降，未知虚实。'操曰：'吾以恩遇之，虽有异心，亦可变矣。'遂开营门命二人入。二人倒戈卸甲，拜伏于地。操曰：'若使袁绍肯从二将军之言，不至有败。今二将军肯来相投，如微子去殷，韩信归汉也。'"遂封张郃为偏将军、都亭侯，高览为偏将军、东莱侯。二人大喜。曹操把张郃、高览比作微子、韩信，使二将得以迅速安心为曹操效劳，而夏侯惇的顾虑不只是他一个人的顾虑，而是有一定代表性的，他并非毫无根据地疑神疑鬼，但曹操的坦荡至诚，加快了彼此间的融合，加强了曹军的力量，达到了彼消吾涨的最佳效果。

曹操的"标签"，内涵明确、丰富、具体，于史有据，效果明显。张郃、高览的案例也可以用心理学的南风效应来解读。

刘备曾称赞赵云说："子龙一身都是胆也！"诸葛亮首出祁山失败后也说："先帝在日，常称子龙之德。今果如此。"刘备的这些称赞表扬无疑有重要的激励作用。曹操、孙权也常用这类赞美之词激发下属的士气，兼用其他方法包括物质奖励。稍有不同的是，曹操毕竟是文学家，是诗人，其文化功底更深厚，所以经常用历史标杆人物作为"标签"贴在受众身上，使得称赞之语形象鲜明、内容丰富，作用更大、效果更好。

心理学的镜中我效应与标签效应内容相同，但说法不一样，另文讨论，读者可相互参照。

应该指出来的是，曹操杀吕伯奢全家，杀吉平，杀华佗，杀董承全家，甚至要屠杀徐州全城百姓以报父亲被杀之仇。又先后受到陈琳檄文声讨，受到祢衡辱骂，受到张松的数落羞辱，其名声不佳，至多是个奸雄。这种形象，影响了曹操团队的凝聚力和战斗力。曹操背负一堆恶名，仍然有一大批人才忠心耿耿地追随，这也可以说明曹操的"标签"贴得十分到位。

2022 年 5 月 24 日

镜中我效应与人才的成长转变

　　镜中我效应与标签效应都属于心理学范畴，内容也基本相同，但标签效应简单明了，易于理解；而镜中我效应的表述要复杂些，理解起来也要费力些。

　　"镜中我效应"是 1902 年由美国社会学家查尔斯·霍顿·库利提出的。顾名思义，"镜中我效应"的内涵是，就像我们只能从镜子里看到自己的长相一样，我对自我的认知也都是来源于别人对我的看法。该理论认为，一个人的自我观念是在与其他人的交往中形成的，一个人对自己的认识是其他人对于自己的看法的反映，他所具有的这种自我感觉，是由别人的思想、别人对于自己的态度决定的。

　　在《人类本性与社会秩序》一书中，库利做了一个形象的比喻："每个人都是另一个人的一面镜子，反映着另一个过路者。"所以，这个理论又被称作"镜中我效应"。

　　我们应该注意的是，除了哈哈镜等特殊镜子之外，大部分镜子都是客观再现镜中人形象的，不同的镜子对同一个人反映的形象是基本一致的。以人为镜，则会由于人（镜）的巨大差别以及被照者的复杂多样性而呈现出千奇百怪的差异。通过"镜子"反映出的被照者不仅可能判若两人，还可能判若鬼、人。你认为这是一个好人，他认为这是一个坏人；你认为这个人聪明，他认为这个人愚蠢。对于同一个人可以贴上许多个不同的"标签"，做不同的评论，而这些评论，特别是权威人士的评论、转折点时的评论，导向作用很大。

诸葛亮听说张飞义释严颜，以致长驱直入，率先入川的经过后，隆重庆贺说："张将军能用谋，皆主公之洪福也。"这对于猛张飞有勇无谋到有勇有谋的转变有重要的意义。张飞入川独当一面，被严颜所阻，最后用奇谋生擒严颜，又亲释其绑、亲拜严颜，终于感动了"断头将军"严颜，使这位坚守将军变成了开路将军、劝降将军。诸葛亮在这个节点上对张飞褒奖有加，对张飞的行为习惯、心理转变有不可忽视的作用。诸葛亮本人对张飞的认识也有重大转变。后来张飞和张郃在宕渠山相拒五十多日，不能取胜，就在山前扎住大寨，每日饮酒直至大醉，刘备闻讯大惊，恐张飞再次饮酒误事，而诸葛亮深知其意，命士兵装上三车五十瓮好酒送到军前给张飞痛饮，并对刘备解释说："翼德自来刚烈，然前于收川之时，义释严颜，此非勇夫所为也。今与张郃相拒五十馀日，酒醉之后，便坐山前辱骂，傍若无人：此非贪杯，乃败张郃之计耳。"结果张飞果然打了一记漂亮的"醉拳"，大破张郃，奇袭三寨，创立奇功。张郃大败后，用伏兵计杀张飞部将雷铜，又用伏兵欲杀张飞。张飞却将计就计，再败张郃，张郃只得死守瓦口关，凭借有利地形坚守山寨，张飞则退兵二十里，亲自和魏延哨探山路，"忽见男女数人，各背小包，于山僻路攀藤附葛而走。飞于马上用鞭指与魏延曰：'夺瓦口关，只在这几个百姓身上。'便唤军士分付：'休要惊恐他，好生唤那几个百姓来。'军士连忙唤到马前。飞用好言以安其心，问其何来。百姓告曰：'某等皆汉中居民，今欲还乡。听知大军厮杀，塞闭阆中官道，今过苍溪，从梓潼山桧钓川入汉中，还家去。'飞曰：'这条路取瓦口关远近若何？'百姓曰：'从梓潼山小路，却是瓦口关背后。'飞大喜，带百姓入寨中，与了酒食，分付魏延：'引兵扣关攻打，我亲自引轻骑出梓潼山攻关后。'"结果又大败张郃，占领了瓦口关。此时张飞胆大心细、妙计迭出，与前期鲁莽的张飞形象判若两人！张飞引人注目的成长进步，离不开用兵如神的诸葛军师的理解和支持。张飞知道诸葛亮理解他的想法，信心倍增。如果诸葛亮也像刘备那样担心张飞醉酒误事，张飞就容易产生烦躁心理，耐不住张郃的坚守不出，最终导致不必要的牺牲和付出，致使战争失败。关羽死后，张飞过度悲愤，本性复露，醉酒打人，导致被杀，就是烦躁心理、焦虑心理导致的恶果。可见，外部环境的刺激和引导作用不可小觑。

曹操称赞许褚为"吾之樊哙"，能够激励许褚以汉初名将樊哙为榜样，拼死保卫曹操。这是曹操的高明之处，而诸葛亮促使张飞成长进步更为不易，值得每位领导细细品味。

诸葛亮凭借其料事如神、无往不胜的高超形象，在团队中有极强的感召力，当他像一面镜子一样展示了部下的忠诚、勇敢、智慧的时候，会有效地激发部下的潜能，使之发生可喜的变化。

2022 年 6 月 6 日

矢志不移的背后是承诺

为什么关羽、张飞、诸葛亮等人对刘备忠心耿耿、矢志不移？为什么姜维对北伐事业国亡而不止，至死方休？为什么诸葛亮第一次北伐失败，三郡得而复失，全局陷入困境后，孟获不再背反，直至诸葛亮死后南方依然安定？在这些死忠现象的背后究竟有什么密码？我们在解码这些奥秘之后是否可以窥见于禁被关羽擒获之后有失大节的某些原因？

在上述死忠现象的背后，有一个共同的原因——当初的承诺。

刘备、关羽、张飞见面的第二天就依约到张飞庄后的桃园隆重结拜为异姓兄弟。三人焚香再拜而说誓曰："念刘备、关羽、张飞，虽然异姓，既结为兄弟，则同心协力，救困扶危，上报国家，下安黎庶，不求同年同月同日生，只愿同年同月同日死。皇天后土，实鉴此心。背义忘恩，天人共戮！"

刘备历尽艰辛，好不容易见到诸葛亮，至诚相请，"泪沾袍袖，衣襟尽湿。孔明见其意甚诚，乃曰：'将军既不相弃，愿效犬马之劳'。"

姜维兵败被围，单枪匹马、走投无路，被迫投降诸葛亮："孔明慌忙下车而迎，执维手曰：'吾自出茅庐以来，遍求贤者，欲传授平生之学，恨未得其人。今遇伯约，吾愿足矣。'维大喜拜谢"。姜维为什么"大喜"又要"拜谢"？因为诸葛亮的肺腑之言正是他的心愿。

诸葛亮劳师远征，七擒孟获，对其不加伤害与羞辱，也不虐待其他俘虏，七擒而七放，终于使孟获及亲信心服口服，孟获"垂泪言曰：'七擒七纵，自古未尝有也。吾虽化外之人，颇知礼义，直如此无羞耻乎？'遂同兄弟妻子宗党人等，皆匍匐跪于帐下，肉袒谢罪曰：'丞相天威，南人不复反矣！'孔明曰：'公今服乎？'获泣谢曰：'某子子孙孙皆感覆载生成之恩，安得不服！'"

这些故事都有一个共同的关键词："承诺"。于禁归于曹操虽有勇武，却没有承诺。后来七军被淹，于禁兵败被俘，在关羽手中有失大节，原因固然复杂，其中有一条心理原因就是不曾对曹操有过承诺。于禁兵败失节，庞德宁死不降的消息传到曹操耳中后，曹操大发感慨说："于禁从孤三十年，何期临危反不如庞德也！"看来足智多谋的曹孟德是不懂心理学的承诺与一致原理的。庞德出征之前是对曹操有过承诺的："每感厚恩，虽肝脑涂地，不能补报，大王何疑于德也？德昔在故乡时，与兄同居，嫂甚不贤，德乘醉杀之，兄恨德入骨髓，誓不相见，恩已断矣。故主马超，有勇无谋，兵败地亡，孤身入川，今与德各事其主，旧义已绝。德感大王恩遇，安敢萌异志？"后来庞德兵败被俘，宁死于刀下，也拒绝投降。

心理学中有个承诺与一致的原理，是指一旦我们做出了某个决定，或确定了某种立场，就会面对来自个人和外部的压力，迫使我们以后的言行要与此保持一致。在这种压力之下，我们会相应地改变自己以前的一些言行，以证明自己此前的决策是正确的。这种要与我们过去的决策或承诺保持一致的愿望会深藏在我们心中。而那些敢做敢当、出生入死的人物一旦做出了决定甚至承诺就会一往无前，这是很正常的。

关羽和张飞的承诺具有偶然性和冲动性，但这很符合他们的性格特征。事后刘备的言行、追求又一以贯之，所以关、张二将后来即使见识越来越多，机会不断，亦能做到"富贵不能淫，贫贱不能移，威武不能屈"。刘备对诸葛亮，诸葛亮对孟获、姜维都做足了铺垫和预热，这就使得他们在做出决定之前感情不断升温，一旦做出决定就心如铁石。庞德则因主动做出承诺，以致没有退路，这都是他们一往无前的原因。

领导者往往需要诱导部下做出承诺或者观察其有没有立场。

　　商家对于消费者、客户往往也可以引导其做出一些简单的正向的承诺，不要以为那些"高大上"的东西是"假大空"的形式主义，它往往很有实战价值。

　　一些公益活动中，对义工、对志愿者也可以采用这种方法来管理。

2022 年 6 月 14 日

从当初的幽默到后来的成功

查了一下百度，什么是幽默。百度上是这么说的："幽默"是一个汉语词语，形容有趣或可笑而意味深长。

关于幽默的说法很多，比如，幽默的人肯定聪明，但聪明的人不一定幽默。还有人说外国人认为中国人缺少幽默感。这些说法不无道理。在两千多年的封建社会里，百姓想吃饱饭都不容易，缺少幽默感也是可以理解的。

但缺少幽默感毕竟不等于不幽默，幽默还是会在中国人的身上表现出来的。即使像《三国演义》这样惊心动魄、扣人心弦的军事小说，也时不时会呈现出一些幽默故事来，让读者轻松一下，甚至让读者大快朵颐、拍案叫绝，而这些幽默故事又与幽默之人的成功有关。下文就讨论几个《三国演义》中的幽默故事，希望有益于读者学习欣赏。

一、邓艾的幽默故事

《三国演义》在介绍邓艾出场时是这样写的：

> 一人现为掾吏，乃义阳人也，姓邓，名艾，字士载，幼年失父，素有大志，但见高山大泽，辄窥度指画，何处可以屯兵，何处可以积粮，何处可以埋伏。人皆笑之，独司马懿奇其才，遂令参赞军机。艾为人口吃，每奏事必称"艾……艾……"。懿戏谓曰："卿称艾艾，当有几艾？"艾应声曰："'凤兮凤兮'，故是一凤。"其资性敏捷，大抵如此。

邓艾出场时，先介绍了他素有大志，又得到了司马懿的赏识和提拔，因为有先天性语言障碍，说话结结巴巴。在参事讨论发表意见时，经常会说"我认为"，但古时不说"我"，而是用名字代表"我"。于是邓艾就说"艾认为"，但邓艾说话口吃，就会说成"艾……艾……认为"，在场的既有最高统帅又有同级将领参谋，场面不小。当邓艾连声说"艾……艾……"之后，司马懿戏弄他道："艾、艾，到底有几个艾呢？"以司马懿的身份和那种场合，对于邓艾来说这是一个令人难堪的问题，无论他说一个还是几个，都对他不利。加之这又是一次突然发问，邓艾没有准备，看来邓艾要准备接受一场"人皆笑之"的尴尬场面了，而这对于有志于统兵打仗的将帅来说毕竟不利。邓艾却能临"危"不乱，立即举出《论语》中的语例，间接回答了只有一个邓艾，把一场丢面子的危机转化成树立形象的机会。结果无人不服，形成了口碑。

也许有人觉得这个故事幽默成分不够突出，但我们仔细分辨确是一个幽默故事。司马懿的问题就有幽默成分，或许一提出来就有人发笑了。邓艾的回答虽然一本正经，却机智有趣，值得咀嚼，属于越正经越幽默的类型，让人轻松，使人受益。

这个简短的故事也是邓艾成长经历的缩影：素有大志、关注地理、惹人耻笑、急难奇才、破局成功。邓艾后来统兵作战，大展英姿，钟会、邓艾两路大军伐蜀遇阻，邓艾欲偷渡阴平天险结果受到钟会耻笑，他却破局灭蜀，大功告成。这个幽默小故事告诉我们：幽默是将帅成功的重要素质条件，遇到尴尬场面，大可举"重"若"轻"、别开生面，以化解难题、取得成功。

二、诸葛亮的幽默故事

诸葛亮舌战群儒是广大读者喜闻乐见的一段经典故事。这里面也有幽默的成分，请先看一下这段故事。

座上又一人应声问曰："曹操虽挟天子以令诸侯，犹是相国曹参之后。刘豫州虽云中山靖王苗裔，却无可稽考，眼见只是织席贩屦之夫耳，何足与曹操抗衡哉！"孔明视之，乃陆绩也。孔明笑曰："公非袁术座间怀桔之陆郎乎？请安坐听吾一言：曹操既为曹相国之后，则世为汉臣矣。今乃专权肆横，欺凌君父，是不惟无君，亦且蔑祖，不惟汉室之乱臣，亦曹氏之贼子也。刘豫州堂堂帝胄，当今皇帝按谱赐爵，何云'无可稽考'？且高祖起身亭长，而终有天下，织席贩屦，又何足为辱乎？公小儿之见，不足与高士共语！"陆绩语塞。

诸葛亮欲图联吴抗魏就应该加强孙、刘两家之谊，以促成军事联盟；但孙权手下的文臣多是贪生怕死的投降派，他们竭力为难诸葛亮，为投降寻找理论根据。这个陆绩就是其中之一，他所提的问题是有一定代表性的。他贬低了刘备，抬高了曹操，无形之中也把投降派抬到了较高的位置。诸葛亮听到陆绩气壮如牛的提问，并未急于辩驳，而是安然一笑，点出了陆绩的"光荣历史"：你不就是当年袁术袁大人席前"藏"橘子孝敬母亲的陆名士吗？这句话虽与主题无关，却有釜底抽薪之奇效。因为陆绩站在他的正统高度尊曹贬刘，似乎底气十足，诸葛亮也不急于驳斥陆绩的论点，而是先消除他的底气。人民文学出版社出版的《三国演义》就有"座间怀桔"的注释。

陆绩六岁时，曾在袁术座间，藏起三个待客的桔子，放在怀中，临走时不小心，却掉了出来。袁术问他时，他答说是要带回去孝敬母亲。这事被传为"美谈"。小说写诸葛亮先以此事来称问陆绩，暗含调侃揶揄他的语意。

这个注释即讲了陆绩6岁就会偷橘子，事发后又能找到说辞，把一种偷窃行为变成了事母至孝的"美谈"。这一次陆绩鼓吹投降有理是不是偷窃有理的再版呢？这就不能不令人生疑了！这个故事具有多面性，既是陆绩的丑闻，又是他的"美谈"，让陆绩无话可说，他在这种场合是不想听到这个故事的，但诸葛亮可以把它解释成"原来是你，著名的孝子啊！久仰久仰！"这样一来既不会伤了和气，又能消除陆绩的底气，然后客客气气地说："请安座听吾一言"，再予驳斥，先礼后兵。最后一句"公小儿之见，不足与高士共语"，不仅将答辩推向高潮，也衬托了"座间怀桔"的"美谈"原本并不光彩。

《三国演义》的注释点明了诸葛亮"暗含调侃揶揄他（陆绩）的语意"。也就是说，这是一个幽默的故事，幽默的故事很多是含蓄的，这个故事含蓄的成分更多，因而不大容易被人察觉，却让人越品越有味。

诸葛亮的联吴抗魏战略是非常成功的。这则小故事与孙刘联盟的大战略也是有关的，它体现了战略联盟思想的一部分：对不同类型的人要有不同的态度，对同一种人甚至同一个人也不能一味打击或拉拢，而可以与之有理有节、有起有落、有浅有深、有逻辑层次地展开讨论，既要把话说到位又不能一下就撕破了脸皮。

幽默中有从容的成分，这则幽默故事显示了诸葛亮从容不迫的气度和极强的语言表达能力。如果诸葛亮一开始就情绪冲动、面红耳赤、声嘶力竭地与陆绩展开争论，面对着众多的饱学儒生，只会越吵越乱，没办法把话讲清楚，更无法形成孙、刘战略合作。

三、张松的幽默故事

张松本是西川刘璋的别驾，刘璋待他不薄，但张松深知在群雄纷争的当下，懦弱的刘璋必不能自保，西川早晚会归属新主，至于这个新主是谁，张松也有秘密"投票"权。于是，他私下准备了"军用地图"等有关资料，到许都来投拜曹操，然而两人缘分未到，张松到许都后多有不顺：先是"曹操办公室"的工作人员让他干等了三天，收了见面礼后才安排曹丞相接见张松，那曹丞相正在大破马超、功成意满、傲睨得志的时候，见了其貌不扬的张松更是傲慢无礼，连声质问。而张松才学过人，读书过目不忘又能言善辩，这时更需要被抬高身价，保持身份，岂容上下无礼？因而言语之间并不客气。曹操的掌库主簿杨修智识过人，在领教了张松的厉害之后，竭力向曹操荐举张松，提醒曹操重视张松，曹操为了顾全脸面，来了个简单的问题复杂化，试图震慑张松。

> 至次日，与张松同至西教场。操点虎卫雄兵五万，布于教场中。果然盔甲鲜明，衣袍灿烂；金鼓震天，戈矛耀日；四方八面，各分队伍；旌旗飐彩，人马腾空。松斜目视之。良久，操唤松指而示曰："汝川中曾见此英雄人物否？"松曰："吾蜀中不曾见此兵革，但以仁义治人。"操变色视之，松全无惧意。杨修频以目视松。操谓松曰："吾视天下鼠辈犹草芥耳。大军到处，战无不胜，攻无不取，顺吾者生，逆吾者死。汝知之乎？"松曰："丞相驱兵到处，战必胜，攻必取，松亦素知。昔日濮阳攻吕布之时，宛城战张绣之日；赤壁遇周郎，华容逢关羽；割须弃袍于潼关，夺船避箭于渭水：此皆无敌于天下也！"操大怒曰："竖儒怎敢揭吾短处！"喝令左右推出斩之。杨修谏曰："松虽可斩，奈从蜀道而来入贡，若斩之，恐失远人之意。"操怒气未息。荀彧亦谏，操方免其死，令乱棒打出。

这段惊心动魄的故事也有幽默成分，读了让人连呼过瘾。曹操的阵势撼人心魄，曹操的问题咄咄逼人，然而张松全无惧意，及至曹操变色并自吹"战无不胜，攻无不取，顺吾者生，逆吾者死"后，张松居然把曹操经历的六大惨败，一一点出，并正话反说：这都是你曹大人无敌于天下的英雄事迹！张松的答话其实是幽默风趣的，读者至此也许没有感觉到幽默的味道，原因在于内容太精彩、太丰富、太扣人心弦了！曹操怒不可遏要杀张松，读者也为张松的命运担心，没有工夫来品味故事的幽默成分。听者有功夫、有时间可能都去回想曹操的六大败绩了，以至于这段故事幽默的成分被淡化，而一些故事被人誉为幽默，是因为这些故事除了幽默以外，其内容不够重要。

　　张松的结局似乎并不好，因为阴谋败露，被刘璋杀了全家。但我们转换一个角度来看，张松投曹失败、投备被杀，也是有成功的成分的，撇开道德成分来说，张松科学准确地预见到刘璋不能自保，必须另找出路，这是没有错的。他先投曹操也有其道理，但运气不好，话不投机，他面对曹操能泰然处之，冷言相讥，视死如归，既显示出了强烈的自尊，也显现了人性的复杂，展现了卖主求荣者的复杂性，确实不能简单化地一概论之。他投奔刘备后得到了预想中的待遇，刘备后来也夺取了西川，这都是张松的成功之处。至于偶然事件败露其阴谋而致惨败，应另当别论。

四、曹操赤壁惨败后的三笑故事

　　曹操83万大军被黄盖烧得七零八落，上岸逃窜后又几番遭到吴兵追杀，好不容易逃出吴兵的追剿，惊魂稍定，曹操就放声大笑。笑周瑜无谋、诸葛亮少智，两者都不会用兵，没有在此处埋伏兵马，结果三笑后分别引出赵云、张飞、关羽的伏兵，曹操又损兵折将，狼狈不堪。这个曹操三笑的故事似乎也不是幽默故事，与我们熟悉的幽默故事的概念不尽一致，但细细品之，这其实也是一个幽默故事，给读者带来了愉悦，启迪了读者的智慧；曹操临危不惧，惨败而不馁，乐观豁达，这也是其幽默性格的表现。司马懿与邓艾的幽默是通过问答表现出来的，曹操三笑的幽默是通过情节表现出来的，曹操的表现使得他能在大败之后犹保大国地位，仍然是一位成功者。

　　《三国演义》中的幽默故事不多，与人们心目中的"幽默"的概念也不尽相同，但毕竟有一定的数量与质量，符合百度中对于幽默的定义，能给读者带来愉悦的享受和有益的启发，值得关注和讨论。

2023 年 12 月 4 日

怀旧效应与义释曹操

《三国演义》第 50 回是"诸葛亮智算华容　关云长义释曹操"，讲了关羽在紧要关头，不顾军令状有约，放走一败涂地、焦头烂额、毫无战斗力的大敌曹操及其残兵败将的精彩故事。关羽不仅放弃了头等大功，还打算即使用生命从军法也要放走那位当年对自己恩遇有加的头号大敌曹操。

放走曹操显然不是关羽的初衷，要不然他不会立下生死攸关的军令状，也不会据理力争，不顾诸葛亮的质疑挑起了捉拿曹操的重任。曹操率三百多名精疲力竭的残兵败将走到狭窄的华容道后，关羽也按计划"一声炮响，两边五百校刀手摆开"，关羽跨赤兔马，截住曹兵的去路。这显然不是花架子，而是真心要捉拿已为"囊中之物"的曹操，曹操也知道关羽的用意，于是困兽犹斗，对部下说"既到此处，只得决一死战！"。但是，曹操这些饥兵疲将，已经毫无战斗力了，何况"人纵然不怯，马力已乏，安能复战"？倘若曹操人马真的再战一场，显然非死即被擒，势将全军覆没。在此紧要关头，深知关羽为人的谋士程昱对曹操说了一番话改变了局面，请看下面的故事。

> 程昱曰："某素知云长傲上而不忍下，欺强而不凌弱，恩怨分明，信义素著。丞相旧日有恩于彼，今只亲自告之，可脱此难。"操从其说，即纵马向前，欠身谓云长曰："将军别来无恙！"云长亦欠身答曰："关某奉军师将令，等候丞相多时。"操曰："曹操兵败势危，到此无路，望将军以昔日之情为重。"云长曰："昔日关某虽蒙丞相厚恩，然已斩颜良，诛

文丑，解白马之围，以奉报矣。今日之事，岂敢以私废公？"操曰："五关斩将之时，还能记否？大丈夫以信义为重，将军深明《春秋》，岂不知庾公之斯追子濯孺子之事乎？"云长是个义重如山之人，想起当日曹操许多恩义，与后来五关斩将之事，如何不动心？又见曹军惶惶，皆欲垂泪，一发心中不忍。于是把马头勒回，谓众军曰："四散摆开。"这个分明是放曹操的意思。操见云长回马，便和众将一齐冲将过去。云长回身时，曹操已与众将过去了。云长大喝一声，众军皆下马，哭拜于地。云长愈加不忍。正犹豫间，张辽纵马而至。云长见了，又动故旧之情，长叹一声，并皆放去。后人有诗曰：

> 曹瞒兵败走华容，正与关公狭路逢。只为当初恩义重，放开金锁走蛟龙。

程昱成功地利用心理学中的怀旧效应，以昔日情感作为武器，靠拢对方的内心世界，构建打开对方心灵的通道，促成彼此之间的沟通。

人天生就有怀旧情结，即人总是会怀念以前的事物。人们将这种情结称为"怀旧效应"。利用怀旧效应，可以在短暂的时间内让对方在心理上对你产生好感。

程昱深知关羽"傲上而不忍下，欺强而不凌弱，恩怨分明"的个性，曹操昔日对关羽恩重如山，今日曹操走投无路，如果关羽不放行，曹操只有死路一条，有损关羽义名，所以，虽然关羽已报曹操之恩，但在曹操哀求之下亦不忍加害，一时冲动，放过曹操，随即又产生强烈的思想冲突，在军法面前立即反弹，欲再次捉拿曹操。但曹操及其残部深知只能哀求，于是全部下马，哭拜于地，关羽又不忍心下手了，心里产生了纠结，不知如何是好。偏偏在这个节骨眼上，关羽旧时在曹营中的好友、曾劝说关羽降汉不降曹的老友张辽又来了，张辽此时也是走投无路的败将，重情重义的关羽情不自禁地再次放走了曹操及其残部。

利用怀旧效应，可以让人在短暂的时间里失去理智，纵情而为。

唐诗中有"不知何处吹芦管，一夜征人尽望乡"的名句，说的就是怀旧效应的威力，它是具有普遍效应的，是基于人性。韩信利用四面楚歌的效果，瓦解了项羽部队的战斗力，使得项羽在乌江兵败自刎。

吕蒙袭取荆州之后，关羽觉得没有脸面回去见刘备，听从赵累之言，使人遗书责备吕蒙负约；而吕蒙早已做好安排，善待随关羽出征的将士家属，笼络人心。关羽的使者到来，吕蒙以厚礼招待，好言安抚，荆州所在的关羽将士家属都纷纷向使者托信报平安，关羽率兵回攻荆州后，遭遇吴兵埋伏，被困在垓心，"手下将士，渐渐消疏。比及杀到黄昏，关公遥望四山之上，皆是荆州土兵，呼兄唤弟，觅子寻爷，喊声不住，军心尽变，皆应声而去。关公止喝不住，部从止有三百馀人"，最终兵败被擒。

吕蒙瓦解关羽部队的意志，也是利用怀旧效应，且大获成功，成就了东吴事业的巅峰。

2022 年 3 月 23 日

钥匙理论与张飞入川

我们可以通过下面一则小故事，来理解"钥匙理论"。

厚重的城门上挂着一把沉重的巨锁，锤子、铁棒和钢锯都想把它打开，借以显示自己的神通。锤子使出浑身的力气从早砸到晚，只把锁砸出一道凹痕；铁棒撬来撬去只让锁变了形；钢锯使出了浑身解数，还是没把锁锯断。这时候，一把毫不起眼的钥匙走过来，"我来试试吧"，说着它轻巧地钻进锁孔，门锁"咔嚓"一声应声而开。大家都很惊奇它是怎样做到的，钥匙只是轻声答道："因为我最懂它的心。"

钥匙理论是一个心理学法则。锤子、铁棒和钢锯都没能打开的锁，却被一个不起眼的钥匙轻易打开，这就告诉我们：只有懂得对方的心，理解其真实感受和需要，才能打开对方的心门，与之顺利沟通、拉近距离，从而轻松达到自己的目的。

庞统在落凤坡意外身亡，刘备夺取西川的计划受到了重创，形势危急，急令诸葛亮入川驰援。诸葛亮安排关羽守荆州，亲率一万五千人马从水路入川救援刘备，赵云为先锋；另外安排张飞率一万人马从旱路入川救援刘备，并约定"先到者为头功"，因为形势危急。

这次军事行动及其结果令人惊奇。首先，张飞粗鲁莽撞，如果和用兵如神的军师诸葛亮配合行动，是最佳组合；而赵云文武双全，为人精细、临事不苟，适合单独率兵入川，诸葛亮却安排张飞单独率兵入川，对于这种古怪的安排，我另有专文讨论（见《达成共识何其难》一文，中国财富出版社《古为今用论三国》），这里不再赘述。

这里讨论此次行动的反常结果如下：溯江而上，兵多将强的诸葛亮、赵云大军本该先行入川救援刘备，结果反而落后了；山高路险、势单力薄，总是让人不放心的张飞反而率兵势如破竹、长驱直入，连夺45处关隘，在刘备兵败被围的紧急关头及时率大军赶到救援刘备，反败为胜。张飞救到刘备后，也不无得意地说："军师溯江而来，尚且未到，反被我夺了头功。"

这蜀道之难、关隘之险，易守而难攻，谁都难以率兵入川，单单攻破一座城池就不知道需要耗费多少时间和兵力，张飞也为此吃尽了苦头。在巴郡城下挑战三日而不得战，还被守将严颜割了"通讯兵"的鼻子、耳朵，又被严颜一箭射中头盔，险些送命。于是又诱敌挑战三日，严颜仍不出战，张飞只能爬楼梯告天，有力无处使。这45处关隘倘若都如此而行，张飞一年也入不了西川救刘备。

后来张飞终于用计擒获了这位令人恼怒的"断头将军"严颜，并在暴怒欲斩之时发现严颜的凛然不可欺，顿生敬佩之情：

> 乃回嗔作喜，下阶喝退左右，亲解其缚，取衣衣之，扶在正中高坐，低头便拜曰："适来言语冒渎，幸勿见责。吾素知老将军乃豪杰之士也。"严颜感其恩义，乃降。后人有诗赞严颜曰：
> > 白发居西蜀，清名震大邦。忠心如皓月，浩气卷长江。宁可断头死，安能屈膝降？巴州年老将，天下更无双。
> 又有赞张飞诗曰：
> > 生获严颜勇绝伦，惟凭义气服军民。至今庙貌留巴蜀，社酒鸡豚日日春。
> 张飞请问入川之计。严颜曰："败军之将，荷蒙厚恩，无可以报，愿施犬马之劳，不须张弓只箭，径取成都。"正是：只因一将倾心后，致使连城

唾手降。

张飞以自己坦荡的豪气感化了视死如归的老将严颜，获得了严颜的真心帮助，犹如获得了成功的钥匙，势如破竹，一路兵不血刃，收关获隘先行入川。

这个猛张飞就极懂严颜的心：高傲，服软不怕硬，需要充分的尊重与理解，否则，就算被砍头也不服输。当威震天下、勇猛无敌的张飞"低头便拜"这位豪杰之士时，入川的"金钥匙"就到了张飞手上，他不需要去做那些类似乱撬乱砸锁的无用功了。

每个人，特别是守疆护土的将士对外界充满了警戒，这种警戒就像无形的铁锁，随时可能变成敌意。张飞一开始就激发了严颜的敌意，吃尽了苦头；但张飞可居高临下之时，却能充分尊重、理解严颜，竭尽礼节，尽显忠诚，于是感化了严颜，以弱小兵力，破万重关卡，夺得头功。

陶瓷卫浴企业不乏以弱小的实力打开巨大市场的案例，获得了极大的发展以及行业的敬佩。这往往是他们发现了市场需求或规律，开发出了消费者需要的紧俏产品而出人意料大获成功的。"潜水艇卫浴就是防臭"解决了痛点问题，马可波罗仿古砖满足了文化人的个性追求，这都是可以用钥匙理论来诠释的，他们只是抓住了部分消费者的心理就在行业内崭露头角了。

2022 年 4 月 5 日

青蛙法则与甘宁、凌统的生死之交

奥城良治是日本汽车连续 16 年的销售冠军，他能获得如此佳绩缘于他从儿时发生的一件事上得到的宝贵启示。奥城良治小时候在田埂上发现了一只青蛙蹲在地上休息，奥城良治产生了捉弄它的心理，于是对着青蛙的眼睛和脸上撒了一泡尿，没想到青蛙既没有跑走，也没有低头闭眼，而是张大眼睛看着他，仿佛对他说："你怎么这样对待我呢？"奥城良治心中产生了愧疚，久久难以释怀，悟性极高的奥城良治由蛙及人，悟到了做人做事也要经得起无端的打击和误解，只有在挫折和打击中坚持本心，才能走出困境。这就是所谓的青蛙法则。后来，奥城良治开始从事汽车推销的工作，无论面对客户什么样的挑剔指责他都热情如初，坦然承受各种误解和拒绝，终于成了闻名于世的汽车销售冠军。

甘宁原是黄祖部将，孙权引兵伐黄祖，孙权部将凌操"轻舟当先，杀入夏口"，被黄祖部将甘宁一箭射死。自此，凌操之子凌统深恨甘宁；但孙权作为主帅，不计前嫌，宽宏大量，深爱甘宁之奇才，欣然接纳甘宁归降。甘宁降吴后，即立大功。凌统却不忘杀父之仇，要在庆功宴上当众杀死甘宁，虽然孙权和众将领劝解，凌统亦怒目而视。两人都是各为其主，此事甘宁并无过错，所做所为合乎情理。孙权为了调解两人的矛盾，把甘宁调往夏口，以避凌统，又将凌统加封为承烈都尉，以息其怒。但凌统仍心怀旧恨，耿耿于怀。在军事上两人又有不同看法，凌统更怒。甘宁却以大局为重，不与之为敌。后来，曹操、孙权各率大军对决于濡须口，凌统与曹操大将乐进对战 50

个回合不分胜负，曹操命曹休放冷箭射中凌统坐骑，坐骑将凌统掀翻在地，乐进便取枪直刺凌统，眼看凌统命将休矣。说时迟，那时快，只见甘宁一箭射去，乐进翻身落马，两军分别救凌统、乐进回营，凌统回寨后拜谢孙权放箭救命之恩，孙权说："放箭救你者，甘宁也。"凌统乃顿首拜谢甘宁说："不想公能如此垂恩！"并与甘宁结为生死之交，再不为恶。两将自此情同手足，成为管鲍之交。

甘宁绝非一个勇夫，而是有勇有谋有识的人才，是东吴的栋梁之材。他在刚归顺孙权时对孙权阐述了东吴的宏观之略，甘宁曰："今汉祚日危，曹操终必篡窃。南荆之地，操所必争也。刘表无远虑，其子又愚劣，不能承业传基，明公宜早图之，若迟，则操先图之矣。今宜先取黄祖。祖今年老昏迈，务于货利，侵求吏民，人心皆怨，战具不修，军无法律。明公若往攻之，其势必破。即破祖军，鼓行而西，据楚关而图巴、蜀，霸业可定也。"孙权夸赞说："此金玉之论也！"

甘宁的这番宏观论，见高识远，类似于《隆中对》和孙权即位之初鲁肃向孙权阐述的帝王大略。

甘宁的勇武确是一流水平，但甘宁的地位并不仅是依靠勇武搏杀出来的，而是综合水平造就的。奥城良治的销售业绩也不仅是依靠工作热情和能说会道取得的。他们都有高超的悟性、远大的见识、良好的修养和忍耐精神。

2021 年 6 月 15 日

链状效应与曹丕得天下

熟知三国故事的读者应该知道这么一句歇后语："刘备的天下——哭来的"。要表达的意思是，刘备似乎没什么本事，只知道哭哭啼啼，博得一班文臣武将去为他拼命，才赢得了三分天下。

公允地说，这句歇后语有失片面，不客观、不公正。刘备的天下是拼来的，不是哭来的。他虽然在关键的时候会流眼泪甚至放声大哭，但这是一种情商的表现，甚至连手段都谈不上。哭的确增加了刘备团队的凝聚力、战斗力，但刘备的天下毕竟是拼来的，他有不少过人之处。

刘备是一位优秀的政治家、及格的军事家，他赢得了汉献帝"按谱赐爵"，并尊称其为皇叔，在政治上很有优势。他以人为本，"远得人心，近得民望"。民谣说："新野牧，刘皇叔，自到此，民丰足。"他"勿以恶小而为之，勿以善小而不为"，尽心尽力，做自己力所能及的好事，在关键时刻也不放弃百姓而独自逃生。他知人善任、身经百战，出生入死、百折不挠，方才赢得一片基业，万人称颂。

在三国的君主中，倒确实有一个人仅仅依靠哭哭啼啼、悲悲戚戚加上搞点小动作，就坐上了皇帝的宝座，这个人就是曹操的儿子曹丕。

曹操的长子曹昂，在征讨张绣时死于宛城。除了曹昂，曹操还有曹丕、曹彰、曹植、曹熊等儿子，其中曹植曹子建"极聪明，举笔成章，操欲立之为后嗣。"（第68回）《三国演义》第72回中也说："操与众商议，欲立植为世子"，曹操才华横溢，爱才如命又不拘章法。曹操、曹植都是优秀诗人，依曹操的性格品行，完全可能立曹植为世子，做曹操的接班人。而按曹丕的才气，很难与曹植竞争。曹丕于是秘密求教曹操的心腹谋士贾诩。"诩教如此如此。自是但凡操出征，诸子送行，曹植乃称述功德，发言成章；惟曹丕辞父，只是流涕而拜，左右皆感伤。于是操疑植乖巧，诚心不及丕也。丕又使人买嘱近侍，皆言丕之德。"因此，曹丕赢得了曹操的好感与信任。曹操临死还说："惟长子曹丕，笃厚恭谨，可继我业。卿等宜辅佐之。"

曹丕的"流涕而拜"是"此时无声胜有声"。大巧若拙、大智若愚，他在曹操的面前除了哭哭啼啼、悲悲戚戚几乎什么事都没有做。当然，他还在背后搞了一些小动作，就牢牢地抓住了曹操的心，稳稳地当上了接班人，后来又顺顺利利地接上了班，登上了皇帝的宝座。

心理学中有一个"链状效应"，指的是人在成长中彼此之间的互相影响以及环境对人造成的影响。"近朱者赤，近墨者黑"，就是说环境对人成长造成的影响，而环境是互为的，人家对你形成环境，你也对周边的人形成环境，你的所作所为是会换来相应的回报的。心理学中的"链状效应"往往提醒人们要多多微笑，以感染周围的人，换来自己所处的友好环境。曹丕的"流涕而拜"也是链状效应的一种表现，他使"左右皆感伤"，甚至让曹操也认为这个儿子是真心爱戴自己，而曹植虽然有才却华而不实，还是把天下传给这位"笃厚恭谨"的儿子吧。于是，曹丕依靠哭哭啼啼占有了天下。

心理学上还有一个曼狄诺定律，也被称为"微笑定律"，是由美国作家曼狄诺提出的。这条定律的内涵只有一句话："微笑可以换取黄金。"曼狄诺认为，微笑是世界上最美的行为语言，虽然无声，但是最能打动人；微笑是人际关系中最佳的"润滑剂"，无须解释就能拉近人们之间的心理距离。

曼狄诺定律最初是作为一条人际交往法则被提出来的，之后便得到了心理学家的普遍认可。

微笑带来的正面情绪还具有很强的传播性，当充满笑意的目光与别人的目光相遇时，这种正面情绪会通过"无形的沟通之桥"传递给对方，自然而然地，两个人之间的气氛会变得和谐，相处起来也就融洽多了。

有人说，不懂社交技巧，那就微笑吧。任何人都不会轻易拒绝一个流露真诚笑意的人。曹丕的"流涕而拜"则异曲同工，他不擅表达，文采也逊于曹植，但他来一番"微哭"，那就"此时无声胜有声"了。曹操及其幕僚皆被感动，甚至觉得这种人重感情、好掌握，而文采斐然的曹植就不太好掌握了。

为什么大家觉得刘备的天下是"哭来的"呢？为什么大家会无视曹丕是依靠哭哭啼啼得到天下的呢？

这是因为刘备的哭是真哭，哭得大家都伤心，读者也感动。《三国演义》写刘备哭的时候往往是放开笔来写，把事情的来龙去脉、山穷水尽之势写得清清楚楚，真的是走投无路、好不凄惨！而曹丕的哭是假哭，是装哭，是智商手段没有真感情。读者一点也不觉得曹丕哭了，所以没看穿曹丕的天下才是"哭来的"。曹丕的假哭装哭，竟然骗过了老奸巨猾、见多识广、疑神疑鬼的曹操。这也说明：微笑哪怕是装出来的，是笑不由衷的，也会换得对方的好感与回报。"笑面虎"就是装出来的。

为了换得一个好的安身立命的环境，为了获得更多的友好回报，微笑确实是行之有效的普遍性方法。但是曹丕的成功告诉我们，微笑并不是唯一的方法，在特定情况下，"微哭"可能效果更好，微笑是示好，微哭是示诚，回报更大。

2022 年 3 月 22 日

破窗效应与小过重罚

中国人强调以大局为重，以防因小失大，容易投鼠忌器，有"小不忍则乱大谋"的说法。这原本没有错，言之有理，但是，我们也应看到事物的另一面：当心因小乱大，小若忍则乱大谋。

有时候，我们小不忍则乱大谋；有时候，我们小若忍则乱大谋。无论是圣贤，还是军事家、企业家，提倡和践行的往往都是小而不忍、小而不让，错误虽小也绝不放过。

现代心理学中也包含这种思想，破窗效应就充分体现了这种思想。

"破窗理论"是犯罪学的一个理论，由威尔逊和凯林提出。该理论认为：如果有人打坏了一栋建筑上的一块玻璃，而且这块破玻璃没有得到及时修复，别人就可能受到某些暗示性的纵容，去打碎更多的玻璃。

破窗理论提醒我们：要及时修补那些个别的、轻微的小过错，不然自己就会像那扇被打碎玻璃的建筑，情况变得越来越糟糕。因此，我们要时常检省自己，及时修好"那扇被打破玻璃的窗户"。

无论是军队还是企业都要坚决杜绝破窗效应，绝不姑息。关于这个问题钟会率兵伐蜀斩许仪是值得我们学习和深思的。

蜀国是魏国的心腹大患，诸葛亮六出祁山、姜维九伐中原，搅得魏国不得安宁。魏国众多将官朝臣都对蜀国心怀惧意，心高志大的钟会却无惧蜀国，独建伐蜀之策，深受司马昭赏识，率兵十万伐蜀，任命众望所归的虎体猿班之将、魏国虎将许褚之子许仪为先锋。当众嘱咐他说："汝领中路，出斜谷；

左军出骆谷；右军出子午谷。此皆崎岖山险之地，当令军填平道路，修理桥梁，凿山破石，勿使阻碍。如违必按军法。"

许仪兵至南郑关后，被蜀将卢逊用诸葛亮遗留下来的连弩杀得大败而归，钟会闻讯亲率军士百余名来关前侦探：

> 果然箭弩一齐射下。会拨马便回，关上卢逊引五百军杀下来。会拍马过桥，桥上土塌，陷住马蹄，争些儿掀下马来。马挣不起，会弃马步行，跑下桥时，卢逊赶上，一枪刺来，却被魏兵中荀恺回身一箭，射卢逊落马。钟会麾众乘势抢关，关上军士因有蜀兵在关前，不敢放箭，被钟会杀散，夺了山关。即以荀恺为护军，以全副鞍马铠甲赐之。会唤许仪至帐下，责之曰："汝为先锋，理合逢山开路，遇水叠桥，专一修理桥梁道路，以便行军。吾方才到桥上，陷住马蹄，几乎堕桥，若非荀恺，吾已被杀矣！汝既违军令，当按军法！"叱左右推出斩之。诸将告曰："其父许褚有功于朝廷，望都督恕之。"会怒曰："军法不明，何以令众？"遂令斩首示众。诸将无不骇然。

我们来分析一下这个案例：许仪乃许褚之子，许褚乃劳苦功高、威震天下的魏国名将，裸战马超时有"虎痴"之名。许仪的错误在许多人看来并不明显，似乎只能说有"不到之处"，何况众将求情、出师首战、却斩先锋，岂非过火？但是钟会毫不动摇，将许仪斩首示众，致使"诸将无不骇然"。

钟会不知道心理学，但他深知破窗效应的科学道理：蝼蚁之穴可溃千里之堤，一趾之疾可丧数尺之躯，如果不能令行禁止则三军不锐，无法应对能征善战的蜀兵。

小题大做、小过重罚的精神不仅一再体现在中国古代军事家领兵打仗的案例中，还表现在西方现代企业管理中。有一家美国企业，平时一般不会开除员工，有一位名叫杰瑞的老车工师傅，平时经常受到公司的表扬。有一次为了提高工效，在切割台前工作了一会儿之后，他就把切割刀前的防护板卸下来放在一边。这种做法可以多出产品，但有碍于安全，属于违章操作。结果被生产主管偶然发现遭到一顿怒骂，他赶紧重新装上防护板，第二天早上即被公司辞退。

无论是军队还是企业，对于"小奸小恶"都不可掉以轻心，特别是对于违反核心价值观念的"小奸小恶"，更必须除之而后快。一旦发现破窗现象，必须立即消除，防止蔓延，绝不姑息，无论多少人担保求情也不给面子。对于上文中生产主管似的人物要给予支持器重，营造企业文化，防患于未然。笔者有一个朋友，办了一家公司，虽然规模不大，但经营红火，受到业内嘉许。没想到员工宿舍有安全隐患，发生了煤气泄漏事故，造成员工死亡，公司受到重创。后来又出现类似事故，造成公司破产，这位朋友悔之莫及，觉得公司的问题真是防不胜防，令人心伤。我们如果想防止出现这种惨败的结局，就要重视各种隐患，重视一些似乎微不足道的细节。在英国历史上，有一个理查三世和亨利决战的著名故事，冲锋陷阵的理查国王仅因为坐下战马的马掌掉了，而这是战前应该做好的准备工作之一，可惜理查三世的马夫没有把这项准备工作做好，结果理查三世转胜为败，输掉了一场战斗，亡掉了一个帝国。这个故事诠释了破窗效应。

小若忍则乱大谋的道理同样可以用心理学中的蝴蝶效应来诠释。该效应还可以在《三国演义》的吕蒙取荆州的故事中得到印证，对此笔者另有专文讨论，这两篇文章互为补充、互相印证，可谓是姐妹篇。更多案例用在下文，请继续阅读。

2022 年 5 月 17 日

蝴蝶效应与小题大做

　　心理学中有个蝴蝶效应，这个效应乍看似乎让人觉得有些不可思议，但已得到越来越多的人的认同。蝴蝶效应的内容是：一只南美洲亚马孙河流域热带雨林中的蝴蝶，偶尔扇动几下翅膀，可能在两周后引起美国得克萨斯州的一场龙卷风。其原因在于，蝴蝶翅膀的运动，导致其身边的空气系统发生变化，并引起微弱气流的产生，而微弱气流的产生又会引起它四周空气或其他系统产生相应的变化，由此引起连锁反应，最终导致其他系统的极大变化。此效应说明，事物发展的结果对初始条件具有极为敏感的依赖性，初始条件的极小偏差将会引起结果的极大差异。

　　解放军的"三大纪律八项注意"中有一条是"不拿群众一针一线"，这"一针一线"是极小的事情，但被规定到庄严的军纪中来了，这是很有眼光的做法。吕蒙在袭取荆州的时候就严厉下令："如有妄杀一人，妄取民间一物者，定按军法。"得胜的士兵乘机杀人抢劫不是一件稀奇的事情，吕蒙严禁杀人放火也很正常，但规定妄取民间一物就按军法处置似乎有点过火。吕蒙不仅这样规定了，而且严格执行，一旦发现这种情况，不管有理无理，立即军法处置。请看下面的故事。

　　一日大雨，蒙上马引数骑点看四门。忽见一人取民间箬笠以盖铠甲，蒙喝左右执下问之，乃蒙之乡人也。蒙曰："汝虽系我同乡，但吾号令已出，汝故犯之，当按军法。"其人泣告曰："某恐雨湿官铠，故取遮盖，非为私用。乞将军念同乡之情!"蒙曰:"吾固知汝为覆官铠,然终是不应取民间之物。"叱左右推下斩之。枭首传示毕,然后收其尸首,泣而葬之。自是三军震肃。

在中国人的传统观念中,"老乡"是一个颇有分量的概念。吕蒙执法不仅全然不顾同乡情分,也不管是非来由,只看结果,这更是严得出奇。这位士兵虽取民间箬笠却是为了不让官铠被淋湿,然而吕蒙非常明白地告诉他:号令已出,既然违令就必须斩首,没有理由可讲。

吕蒙斩老乡、钟会斩许仪,都有小题大做的意味,然而效果都是显而易见的:"三军震肃",再也没有人敢掉以轻心拿军纪当玩笑了。吕蒙、钟会如果得过且过,军纪就会逐渐松弛,军队的执行力逐渐下降,士气不振,就会在大敌当前、大局未定的情况下走向失败。

刘备在白帝城交班时谆谆告诫刘禅:"勿以恶小而为之,勿以善小而不为。"实乃毕生精华所谈。老子说:"天下难事,必作于易;天下大事,必作于细",都是强调小事的重要性。汪中求有一本畅销书叫《细节决定成败》,也是讲小事和细节对于大局乃至全局的重要作用。这对于我们防止破窗效应的出现和蔓延、警惕蝴蝶效应的危害有重要指导作用。对于小事是予以包容还是零容忍,我们要从大局来把握。危害大局、威胁大局的要严厉处理,绝不心慈手软,以防"小若忍则乱大谋",而"两害相权取其轻";《孙子兵法》有言"势必有损,损阴而益阳",对于不会危害大局的"硬伤",主要是对于外部事物的局部牺牲,我们要舍得付出,敢于担当,防止"小不忍则乱大谋"的情况出现。

2022 年 5 月 17 日

用心理学原理系统解读失败与成功的因果关系

"失败乃成功之母",这是老祖宗留给我们的古训。这句古训经过大人物的引用,数以亿计的人的反复学习,更加深入人心了。它恐怕已成了一句口头禅,以致成为一些人的思维定势了。

这句古训有问题吗?——没问题!

这句古训有道理吗?——有道理!

非但没问题、有道理,而且用心良苦,实属谆谆教诲,颇具智慧。

但是,如果我们只知执其一端,只知其利,只知其智,而不能多角度、全方位地思考问题的话,这句古训可能会局限我们的视野、束缚我们的思想,乃至影响我们的决策和行动。

用失败和成功两个元素可以构成四个因果链。

(1) 失败乃成功之母。

(2) 成功乃失败之母。

(3) 失败乃失败之母。

(4) 成功乃成功之母。

这四个因果链,不仅在逻辑上、理论上可以同时成立,而且在古往今来的人类实践中,出现的概率也不一样。如若调整并按出现的概率由大到小排序的话,先后顺序应该如此。

(1) 成功乃成功之母。

(2) 失败乃失败之母。

（3）成功乃失败之母。

（4）失败乃成功之母。

失败导致成功是最难的。这不仅需要智慧和努力，还需要坚持和顽强的毅力。人们往往需要诸多失败才能获得成功；而由成功导致失败、由失败导致失败或由成功导致成功则往往要简单得多、直接得多。这主要是受情绪和心态的影响，受外部的影响，而在"成功乃成功之母"方面也需要一些智慧和努力，但这种努力比"失败乃成功之母"的努力要轻松多了。

纵使你有不同看法，也不能只知其一，不知其二、其三、其四。今试析之。

一、成功乃成功之母

这种现象可谓司空见惯。所谓胜者通吃、声势浩大、势不可当、顺势而为等皆适于"成功乃成功之母"。你的品牌打响了，优秀经销商都想代理你的品牌、加盟你的旗下，这就是"成功乃成功之母"的具体体现。战争爆发，双方激战，双方都会尽量夸大自己的战果、渲染对方的惨败，这就是在应用"成功乃成功之母"的道理。

1968 年，美国著名科学史研究者罗伯特·莫顿提出了"马太效应"理论。马太效应是指，任何个体、群体或地区，一旦在某个方面（如金钱、名誉、地位等）获得成功和进步，就会产生一种积累优势，就会有更多的机会取得更大的成功和进步。所谓"天之道，损有余而补不足"说的就是马太效应。于是就会出现人们经常看到的"穷者越穷，富者越富"的现象，就会看到成功人士"滚雪球"现象。马太效应不仅表现在有形资产方面，还表现在无形资产方面。一个人有地位、有名誉、有影响力，他会有更多的机会得到社会资源，他的思想、成果会有更大的落实空间。这也体现了"成功乃成功之母"。

成功不仅会使人信心倍增、团队士气大振，还会使竞争对手士气低落，甚至望风而降。刘表的后人占据荆州，人多势众、沃野千里，可是在连战皆捷的曹操大军面前不战而降、束手就擒，曹操的成功得益于其军事上的成功。

孟达响应诸葛亮北伐，邓艾"和平解放"成都，皆属于"成功乃成功之母"。尽管孟达的反叛计划没有成功实现，但对于当时的蜀汉集团来说，确实是大大增强了其成功因素。七擒孟获也是如此。

二、失败乃失败之母

马太效应也可以诠释"失败乃失败之母"。马太效应不仅揭示了强者越强，还揭示了弱者越弱。

"多米诺骨牌效应"更是"失败乃失败之母"。

传教士多米诺为了让更多的人玩上高雅的骨牌游戏，制作了大量的木制骨牌。不久，木制骨牌就迅速地在意大利及整个欧洲传播开来，骨牌游戏成了欧洲人的一项高雅运动。人们为了感谢多米诺，就把这种骨牌游戏命名为"多米诺"。到19世纪，多米诺已经成为世界性的游戏。后来，人们把各个领域产生的一倒百倒的连锁反应称为"多米诺骨牌效应"。

多米诺骨牌效应警示我们：一个细节处理不好，往往会因为连锁反应而影响整件事。

邓艾偷袭阴平天险，江油城守将马邈投降，最后蜀国皆降，这就印证了"失败乃失败之母"。

袁绍集团在官渡之战失败后，依然占据有河北的广大地盘，可谓兵多将广，但其在心理上失去了信心，因此连续失败，直至消亡。

诸葛亮首出祁山无功而返，造成了巨大的心理阴影，后多次出征失败，在心理上逐渐适应了无功而返。这也是"失败乃失败之母"。

三、成功乃失败之母

至于"成功乃失败之母"，可以用墨菲定律来解释：如果坏事可能发生，那它就一定会发生。成功会助长骄傲之气，让人忘乎所以；成功会使得同僚难以进谏忠言，堵塞言路；成功会打破平衡，以致引发妒忌，产生新的破坏因素导致失败。所以，关羽擒于禁、斩庞德，水淹七军，威震华夏之后，更加心高气傲，大军师诸葛亮也不便提醒他了。司马懿则引诱孙权，召吕蒙偷袭荆州，最后关羽兵败麦城。

上述原理无疑都能成立，也无妨我们坚持"失败乃成功之母"的古训。

这三条原理之所以有更大的市场，有更大的出现概率，是因为这三条原理无论对凡夫俗子还是英雄人物都普遍适用。而"失败乃成功之母"是鼓励少数内心强大的人士或内心能够走向强大的人士的金玉良言，受众相对较少。

在三国英雄人物中，刘备更适合"失败乃成功之母"这条原理。

刘备一生追求理想，百折不挠，不断进取。张昭笑他："曹兵一出，弃甲抛戈，望风而窜；上不能报刘表以安庶民，下不能辅孤子而据疆土；乃弃新野，走樊城，败当阳，奔夏口，无容身之地。"刘备自己也对一众亲信说过："诸君皆有王佐之才，不幸跟随刘备。备之命窘，累及诸君。今日身无立锥，诚恐有误诸君。君等何不弃备而投明主，以取功名乎？"但是刘备能坚持不懈，不断进取、克服短板，终于得到徐庶、诸葛亮等人的辅佐，最终走向成功。

刘备成功的原因除了坚持还有改变，值得我们学习借鉴。

2022 年 3 月 14 日

阿喀琉斯之踵助你四两拨千斤

俗话说："鸡蛋不能碰石头。"这是前人吃够了苦头的经验之谈，意思是做事要量力而行，不要不自量力，否则是要吃大亏的。佛教中也有"没吃三天素，就想上西天"的说法，也是说做事要讲究实际。兵法一贯强调集中优势兵力，逐个歼灭敌人。这个"优势兵力"就是"石头"，而势单力薄的"敌人"就是"鸡蛋"。如此战术，稳操胜券。

我们不仅要感谢和领会前人的苦心与好意，还应该承认前人的智慧和认知。但是，如果我们把古训生搬硬套，一成不变，则会错失机遇，甚至一生平庸。

事实上，我们对"鸡蛋不能碰石头"也有相反的说法。比如，"四两拨千斤""空手套白狼"等等。这都是对以弱胜强、以一当百的高度肯定和赞扬，也是说"鸡蛋"可以碰"石头"。

《三国演义》第 67 回中，孙权率精兵强将先取和州，又猛攻防守坚固的皖城，凭高昂的士气攻而克之，继而率十万大军欲取合肥。合肥守将有张辽、李典、乐进三人，张辽依曹操指令欲主动出城迎敌，挫其锐气。而李典、乐进因为兵少势弱，又与张辽不和，不愿冒险出战。因此，张辽力量相对较弱，但张辽仍坚持独自率兵出战迎敌。这无异于"鸡蛋碰石头"，简直是活得不耐烦了。张辽的英雄豪气终于感动了李典、乐进，二将因此乐意配合张辽。三将合力还是寡不敌众，双方力量悬殊，但张辽人马同心同德、死里求生，杀得孙权十万大军一败涂地，孙权惊惶逃命，险些丧生。这一仗"杀得江南人人害怕，闻张辽大名，小儿也不敢夜啼"。

张辽大胜后，曹操又率四十万大军来合肥助阵。孙权江南人马也有共识，必须挫其锐气。因此，凌统、甘宁二将欲率少量军马迎击曹操大军，最后甘宁仅率一百人马夜袭曹操大军营寨。曹兵措手不及、惊慌失措、不知虚实，被甘宁一百人马左冲右突，无人敢当，曹兵大败，结果甘宁一百人马毫发未损，大胜回营。

《三国演义》第108回，魏兵乘孙权新亡之机，分三路兵马攻打吴国，每路十万人马，而"东吴最紧要处，惟东兴郡也"。东吴老将丁奉说："东兴乃东吴紧要处所，若有失，则南郡、武昌危矣。"于是率三千水军，分作三十艘船，在光天化日之下，当着十万魏兵的面"众军脱去衣甲，卸了头盔，不用长枪大戟，止带短刀"，砍入魏寨，杀得魏兵落荒而逃。"奔上浮桥，浮桥已断，大半落水而死，杀倒在雪地者，不计其数"，"鸡蛋"大获全胜，"石头"碎成数块。

张辽、甘宁、丁奉三位"鸡蛋"的大胜都得益于出其不意。特别是甘宁的夜袭，而丁奉的大胜让人有些不可思议，光天化日之下明火执仗，以少胜多！这三场战斗的胜利都是得益于士气、豪气、胆气。可见，"鸡蛋"碰"石头"要碰出火花来，碰出硕果来，必须要有豪气，要敢想、敢说、敢做、敢赢。

赤壁之战中周瑜又何尝不是"鸡蛋"碰"石头"，将"石头"碰得粉身碎骨！而赤壁之战的胜利不像上述三场战斗那样速战速决，不仅要多次斗智斗勇，还要斗耐心，而且要系统性地斗，这就使得"鸡蛋"可以碰"石头"有更广泛的应用场景。

过去常说，"小米加步枪"的解放军打败了拥有八百万名美式武装的国民党军队。以此论之，岂不是"鸡蛋"可以碰"石头"？

"鸡蛋可以碰石头"的观点也可以用心理学原理来解读。

在希腊神话中，有这样一个意义深刻的故事。

阿喀琉斯是希腊神话中最伟大的英雄之一。他的母亲是一位女神，在他降生之初，女神为了使他长生不死，将他浸入冥河洗礼。阿喀琉斯从此刀枪不入，只有一点除外——他的脚踵被女神提在手里，未能浸入冥河，于是脚踵就成了这位英雄的唯一弱点。

在漫长的特洛伊战争中，阿喀琉斯一直是希腊人最勇敢的将领。他所向披靡，任何敌人见了他都会望风而逃。但是，在战争快结束时，敌方的将领帕里斯在太阳神的示意下抓住了阿喀琉斯的弱点，一箭射中了他的脚踵，阿喀琉斯最终不治而亡。

与"阿喀琉斯之踵"类似，任何事情或组织都有其最薄弱之处，而问题往往又是由这里产生。那么，如果我们把这个最薄弱之处解决掉，问题往往就迎刃而解了。

张辽、甘宁、丁奉三人找到的"阿喀琉斯之踵"，就是勇气，就是一往无前的精神，就是迅雷不及掩耳之势。如果有足够快的速度，"鸡蛋"可以把"石头"碰得粉身碎骨。"兵贵神速。"他们就是神速，在他们的神速面前，强大的敌手还没缓过神来就彻底溃败了。

这也是张辽、甘宁、丁奉在强大的敌军面前找到的成功"钥匙"，他们懂得敌军的心，因此能够四两拨千斤、结果"鸡蛋"把"石头"碰得粉身碎骨。

赤壁之战的胜利更是因为周瑜系列化探索找到曹操的"踵"之所在，一把火烧得对方"片甲不留"。曹军也是沉重的巨锁，用蛮力是无法打开的。

心理学中的钥匙理论，也可以解读这种现象。钥匙理论另文分析。

2022 年 3 月 21 日

社庆之日谈测不准定律

德国物理学家海森堡的量子力学的测不准定律，带来了物理学上的革命，他也因此获得诺贝尔奖。这一定律冲破了牛顿力学中的死角，表明人类观测事物的精准程度是有限的，或者说错误难免，任何事皆有可能。

这段话源自吉林文史出版社李原编著的《墨菲定律》一书。这是一本心理学著作，把物理学定律引入心理学著作是颇有眼光的。笔者在几十本心理学著作（包括十多本《墨菲定律》）中，唯见此书解读了此定律。这本书还从索罗斯发现的"经济学的测不准定律"，从股市、石油价格，甚至用美国自由女神像翻新时留下的废料"变废为宝"的案例来解读"测不准定律"。这种解读有点匠心独具的味道，在这里，笔者想对"测不准定律"另作一番解读。

一

诸葛亮首出祁山，连夺三郡，先后大败魏国都督夏侯楙、曹真，骂死王朗，喜收姜维，形势大好。此时又有降魏蜀将孟达秘密差人送来书信，欲让金城、新城、上庸三路人马"起义"重归汉室，并"径取洛阳；丞相取长安，两京大定矣"。应该说，这是一个天大的好消息，孟达的谋划也没有大问题，所以"孔明大喜"，厚赏来人。但是，坏消息也随之而来，魏主曹睿重新启用诸葛亮的心腹大患司马懿，"加为平西都督，起本处之兵，于长安聚会"。对诸葛亮造成严重威胁。诸葛亮闻讯大惊，立即修书差人飞告孟达，请他"须万全提备，勿视为等闲也"。

孟达收到诸葛亮谆谆告诫的书信后并不以为然，他用常识回复了诸葛亮。

> 适承钧教，安敢少怠。窃谓司马懿之事，不必惧也：宛城离洛阳约八百里，至新城一千二百里。若司马懿闻达举事，须表奏魏主：往复一月间事，达城池已固，诸将与三军皆在深险之地。司马懿即来，达何惧哉？丞相宽怀，惟听捷报！

如果按常规推算孟达说的并没有错，但是，诸葛亮收到孟达回信后将书信掷于地上，顿足叹气说："孟达必死于司马懿之手矣"，马谡对此提出疑问，诸葛亮回复道："兵法云：'攻其不备，出其不意。'岂容料在一月之期？曹睿既委任司马懿，逢寇即除，何待奏闻？若知孟达反，不须十日，兵必到矣，安能措手耶？"结果不出诸葛亮所料。司马懿打破常规，不向魏主"打报告"，直接行动。一日走两日路，直取新城，孟达措手不及，兵败身亡。诸葛亮最有希望的一次北伐受到重创。

孟达如果懂得"测不准定律"，就会听从诸葛亮的告诫，小心谨慎，做好准备，防范司马懿大军的奔袭，不至于兵败身亡。

孟达的败亡，源于用常识预测风云变幻的战争，说什么"须表奏魏主：往复一月间事"。战场、商场，乃至自然界的万事万物，不可用常识预测的事太多了。

二

也许有读者说：你不要老是用三国来说事，说点现实的好不好？

好，好，好！谢天谢地！谢谢你的责难！我正想说些现实的事呢。

2022 年 4 月 6 日，是《陶瓷资讯》《厨卫资讯》和陶卫网三大行业媒体诞生 15 周年社庆的日子。这三大媒体在 15 年前对未来命运可真是测不准、测不到啊！

除了陶卫网以外，《陶瓷资讯》《厨卫资讯》都是报纸，《厨卫资讯》以前是以跨版形式夹杂在《陶瓷资讯》中，后来独立成周报。办报纸风险大、耗资多，20 世纪美国人早就有这样的名言：你希望谁破产，就劝谁去办报纸。所以，办报纸犹如打仗，"死生之地，不可不察"。有些资深媒体人士想办报社，但不敢贸然行事：纸张、印刷、发行都要投入大量的费用，而办网络媒体就把这些费用省了。主要费用如人工费、租金、税费等，可控性较强，而这些费用，报社一点都不能少。

因此，有"算命先生"义务算出来了：创始人的资金有限，只能支撑三个月。就算他面子大，得到老板的支持，《陶瓷资讯》最多坚持六个月！

"算命先生"并不是不厉害，可能还特别懂心理学呢，但是他不懂"测不准定律"，如果懂，恐怕他就不会算出这种结果来。

这也难怪，《陶瓷资讯》的创刊号以《更高，更深，更广，更实，更精，更上一层楼》一文开篇，道出了我们的创刊理念和追求。有些人看了不舒服，后来也有人坦诚地对笔者说了当时的感受。

请你读一读文章中的这一段话，或许就会稍稍理解。

总而言之，我们愿意和行业媒体同仁共同努力，和一切关心陶瓷行业、热爱陶瓷的人们一起共同努力，通过良性竞争优势互补、和谐互动，使陶瓷行业新闻媒体更上一层楼，再攀新高峰。

有句名言说："我很丑，但是我很温柔。"虽然我们能力有限，但是我们愿为行业的发展进步竭尽绵薄之力。

有人说："我活过，我爱过，我恨过。"我们羞于被人说：他混过。我们将争取活得真实：敢爱，敢恨，挑战人生，挑战自我！

看明白了吗？人是要有追求、有个性的，企业也是要有追求、有个性的。

人和企业都可能有先天不足，但如果有追求、有个性就不可预测，我先天可能很丑，但是我可以追求并做到很温柔。你用世俗的眼光来打量个性和追求，就难免"测不准"了。如果都仅以现在赚了多少钱来衡量个人的成败，哪里还会有诗和远方？对了，说到诗，笔者还有一首诗可以说明一下这个问题。

咏西樵山四方竹二首

一

身高九尺肤微黄，

谁道吾族貌不扬？

贵客特来发惊叹！

姐妹皆圆我偏方。

二

名山百园不自轻，

个性张扬令人惊。

侏儒不惮撑天竹，

羸弱却胜翠叶青！

15 年来，我们的理念和追求没有变，苍天可鉴，行业有目共睹。我们的理念还在不断深化、细化、明晰。比如，"办最有公信力和建设性的行业媒体""与优秀企业长期合作并良好互动"，等等。创办行业媒体并将理念公之于众的做法委实少见，所以，我们深受行业有识之士的认同和支持，不断创造新的精彩！

对于各位"算命先生"，我们是发自内心感谢的！他们不仅激发了我们拼尽全力办好媒体，为行业提供更多独到服务的热情，还为我们增加了"革命的本钱"，把身体也养好了许多。因为当时"算命先生"根据笔者的身体状况，断言笔者不能坚持这份辛苦得要命的工作。

谁知道身体这家伙也是"测不准"的。笔者自幼体弱，长期身体不好。为了坚持把这份苦差事做下去，笔者就坚持游泳锻炼身体，冬天也游，游了十年有余。笔者的游泳水平越来越高，身体也越来越好，一口气游一万米也不会觉得累，有时候能从游泳池开馆游到闭馆，还游得很快，这令一起游泳的人都很佩服。有一次一个人游完泳也不回家，非要等笔者上岸，对笔者说了一句话才心满意足地回去了："老师傅，你好厉害呀!"

那几年笔者总是一边游泳，一边在水里思考工作、构思文章。回到办公室后文章一蹴而就，健身工作两不误，获益良多。

笔者的知识结构老化、落伍于现代社会远矣，现代人常用的媒体工具都不会使用，就连写文章也不会用电脑，还是"纯手工"写作，颇有一股现代文盲办媒体的味道。不少人都觉得笔者会被这个网络时代淘汰，客观地说：这种看法是公正的。然而，就是这样一个该被淘汰的家伙，居然率先成功地实现了媒体转型，把两份纸质媒体《陶瓷资讯》《厨卫资讯》从报纸变成了微信公众号。由于率先率先太率先，两个微信公众号中阅读量"10万+"的文章数不胜数，阅读量最多的达"40万+"，不仅本行业媒体绝无仅有，今后也难以企及。如果不是在写"测不准定律"的话，就干脆用"不可企及"罢了。因为我们的前瞻性成功，赢得了微信公众号众多"粉丝"的关注，让众多行业精英惊呼：想不到!

除此以外，还有一件"测不准"事件。

当新冠肺炎疫情席卷全国的时候，全国一片沉寂，行业鸦雀无声。《陶瓷资讯》《厨卫资讯》"于无声处响惊雷"，办起了一系列线上论坛，从供应商到经销处乃至整个产业链，我们的创新论坛活跃起来，各位行业领导者的心声，通过我们的传播广为人知，人心大定。

三

"你不要总是说过去测不准的事情吧，你能不能说说未来有什么测不准的事情呢？"

有，还真有！就对你说一件未来测不准的事情吧。很多人现在都觉得不可能，但笔者觉得一切皆有可能，梦想还是要有的。

作为来自瓷都景德镇的陶瓷人，笔者有一个大大的梦想：在景德镇建造一座世界瓷宫。

北有故宫，南有瓷宫。瓷宫是永不落幕的陶瓷行业世博会，在这里每年都要举办生活陶瓷、工业陶瓷、园林陶瓷的"博洛尼亚展"，瓷宫应该有 500座以上的陶瓷博物馆，包括陶瓷产业的葡萄园，瓷宫是人类文明的共同体。过去是乒乓球推动地球转，今后是人类围绕陶瓷转……但是，瓷宫要有巨大的投入，几百亿元总是要的，可能还要更多。谁能拿出这么多钱来？谁又会拿出这么多钱来？政府会支持吗？谁理你？

而且，笔者已年逾六旬，还能折腾多久？

所以，建造瓷宫这件事可以十拿九稳地说：不可能。

笔者也总是会想，这事不可能！这事不可能！有一次想得很累了，迷迷糊糊进入了梦乡。

这时候，一个熟悉的身影健步向笔者走来，小个子、平顶头、中山装，他操着四川口音拍了拍笔者的肩膀说：江西老表，你不要这么想好不好？我68 岁的时候还在你们江西的小县城农机厂里做钳工。后来搞改革开放，88 岁还南巡搞起了市场经济，你那点事讲什么不可能？

对哟，对哟！这还用得上"测不准定律"？

四

我就问你：信，还是不信？服，还是不服？

不信不服，咱们就打个赌，要赌就赌十个亿。像格力的董明珠和小米的雷军一样，赌十个亿！

对了，打赌赢来的钱咱们就做世界瓷宫的启动资金。嘿嘿！

好了，没时间和你说了，干活去。

五

"梦想还是要有的，万一实现了呢？"

这话还有点靠谱，但那个"还"字不好，所以笔者也用了一个"还"字给他——"还有点靠谱"。两个"还"字，负负得正，等于没用。

上面那句话应该改为：梦想必须是要有的，谁说一定不能实现呢？

这样才符合"测不准定律"，飞机、高速铁路、潜艇等，古人是做梦都不敢想的，如今都实现了。如今，只要你敢做梦，说不准就实现了呢。

也许笔者老糊涂了，这瓷宫真的搞不起来，但"测不准定律"一定没错。

2022 年 3 月 7 日

帕金森定律与于禁兵败被擒

帕金森定律与彼得原理、墨菲定律被人们誉为 20 世纪西方发现的三大管理定律，足见帕金森定律的价值非同一般。帕金森定律揭示了人浮于事、机构臃肿的原因，也揭示了为什么一些人干事业会成功，一些人干事业或者干事情会失败，两者的区分就在于能不能用好比自己能力强的人。

帕金森定律指出，一个不称职的官员，可能有三条出路：一是申请退位，把位子让给能干的人；二是让一位能干的人来协助自己工作；三是任用两个水平比自己低的人当助手。这第一条路是万万走不得的，因为那样会丧失许多权力；第二条路也不能走，因为那个能干的人会成为自己的对手；看来只有第三条路最适宜。于是两个资质平庸的助手分担了他的工作，他自己则高高在上发号施令，两个助手不会对自己的权力构成威胁。两个助手既然水平不高，他们就上行下效，再为自己找两个更加无能的助手。如此类推，就形成了一个机构臃肿、人浮于事、效率低下的领导体系。帕金森定律精妙地阐述了机构人员膨胀的原因及其后果。

关羽攻拔襄阳、围攻樊城，咄咄逼人，守将曹仁见形势不妙，赶紧向曹操求救。曹操深知兹事体大，不可轻敌，立即指定心腹大将于禁亲率精锐七军去解樊城之围。于禁不仅武艺出众，而且善于统兵、胸有计谋，堪与关羽匹敌；又深受曹操信任，所以曹操指定于禁挂帅绝非乱点将，而是比较理想的选择。但曹丞相百密一疏，有欠深察，犯了一个难察而又不小的错误，他不知道由于自己过于敬重关羽、张飞，致使部下在关羽、张飞面前都有一种特殊的"恐高症"。他们觉得关羽、张飞太高大了，以至于夏侯杰在长坂坡前被张飞大吼一声竟然跌下马来，肝胆俱裂而死。战斗结束后，曹操既不组织部下去"体检"，也不找"心理医生"来对将领进行诊疗，结果有些人对关、张的"恐高症"一直未好。这一次于禁受到指令，不敢推辞，而其"恐高症"又随即复发。他要求曹操安排一个先锋大将随行，以避免直接与关羽对阵。机智多疑的曹丞相这一回又欠缺思量，也是出于对于禁的深信不疑，他问部下谁愿做先锋？一问之下立即得到了一个理想的人选，原西凉名将庞德！

这庞德和于禁都身经百战、有勇有谋，凭本事与关羽棋逢敌手、将遇良才，更可贵的是，庞德没有患关、张"恐高症"，而且实至而名未归，名望、地位都有待于进一步提升。庞德还想大显身手，因此奋然出列，甘当先锋。曹操自然大喜之情溢于言表，即拜于禁为征南将军，庞德为征西都先锋，率精锐七军驰援樊城曹仁，抵敌关羽。

按照常理，于禁加庞德，再加上樊城的曹仁及其守军，不说轻松地压倒关羽大军，至少逼退关羽大军或与之相持是没有问题的，但帕金森定律就是揭示此时是容易出问题的。于禁位高权重，是庞德的顶头上司，庞德本领高强，又锋芒毕露，于禁不仅对外有"恐高症"，对内更有"帕金森症"，这种病不易察觉，但其害甚于"恐高症"。于禁一上任，"帕金森症"就发作了，部下两员将校董衡、董超就打"小报告"上来了，说庞德故主马超在西蜀是五虎上将之一，而庞德的亲兄庞柔也在西川为官，庞德难免"身在曹营心在汉"。于禁又向曹操转交了"小报告"，于禁转交"小报告"难免有帕金森定律中第二条的原因：不能让一位能干的人协助自己工作，以免失去自己的权力。而曹操毕竟聪明豪爽，在庞德慷慨陈词之后，立即表达了对庞德的完全信任，结果这次节外生枝倒刺激了庞德，使庞德决心要与关羽决一死战。

对于这场军事行动来说，庞德的态度对曹军有利好的一面，只要主帅于禁把握得当实在是一股难得的战斗力。果然一开战，庞德就勇挫关羽，创造了旗开得胜的大好局面，而于禁见庞德射中关羽，却"恐他成了大功，灭禁威风，故鸣金收军"，致使庞德慨然叹曰："若不收军，吾已斩了此人也！"后来庞德又连续向关羽挑战十余日，心高气傲的关羽却不出来迎战。庞德于是又来和于禁商议说："眼见关公箭疮举发，不能动止，不若乘此机会，统七军一拥杀入寨中，可救樊城之围。"于禁担心庞德成功，"只把魏王戒旨相推，不肯动兵"。庞德多次欲动兵，于禁都不同意，"乃移七军转过山口，离樊城北十里，依山下寨，禁自领兵截断大路，令庞德屯兵于谷后，使德不能进兵成功。"

庞德的建议明显是正确的，但既得利益者于禁担心庞德会威胁自己的地位，所以借故阻扰庞德。战场形势瞬息万变，关羽借连日大雨，于禁率兵移驻罾口川低洼之地的机会，放襄江之水巧淹于禁七军，"恐高症"患者于禁主动请降。搬弄是非"打小报告"的将校董衡、董超劝庞德投降，愤怒的庞德亲斩二将，决意死战到底，不幸掉水被俘，誓死不降。从过程和结局可知，董衡、董超就是想通过"小报告"而提升成于禁助手的小人，于禁不敢用比自己能力强的庞德，在强敌面前难免贻误战机，终致兵败被俘。若是在和平年代或商业竞争中，这至少必然造成机构臃肿、人浮于事，企业缺少竞争力。

刘备重用比自己能力强的文臣武将而夺得三分天下；孙权重用比自己能力强的人才而保有江山；曹氏三代重用司马懿而屡屡逢凶化吉，至于司马懿后来的变化则另当别论；鲍叔牙力荐管仲而成就了齐桓公的春秋霸业；梁启超盛赞陈寅恪并力荐其为清华国学研究院导师，可见其高风亮节，这些案例都是于禁之流的宝贵借鉴。

帕金森定律带给我们的思考探索应该不止于此，人才长期受到压抑，才能得不到发挥，不仅可能产生庞德式的悲剧，还可能使其内心发生变化，甚至走向反面，比如魏延、司马懿。

2023 年 12 月 26 日

彼得原理以及于禁之败和 "魏延定律"

彼得原理是美国学者劳伦斯·彼得在对组织中人员晋升的相关现象进行研究后得出的一个结论：在各种组织中，由于习惯于对在某个等级上称职的人员进行晋升提拔，因而雇员总是趋向于被晋升到其不称职的职位。简言之，彼得原理告诉我们，在任何层级组织里，每一个人都将晋升到他不能胜任的阶层。

如果你对彼得原理有什么疑虑，有什么难以理解和接受的地方，审视一下于禁的经历就明白了。

曹操还势单力薄、招贤纳士的时候，于禁率数百人来投拜曹操："操见其人弓马熟娴，武艺出众，命为点军司马。"于禁不仅一见曹操就得到了重用，而且加入团队后发挥良好、建功立业，深受曹操赏识和信赖，不断得到重用和升迁。于禁不仅任劳任怨，还能任疑而不乱，事过之后真相大白，曹操大为赞赏。所以刘琮母子献荆州而投曹操并没有得到曹操的宽恕和优待，心狠手辣的曹操为除后患要杀其全家。这种见不得人的龌龊事，曹操就是委任于禁来干的，足见曹操对于禁深信不疑。曹操和周瑜对峙长江，中了周瑜借刀杀人之计，误斩水军都督蔡瑁、张允。举足轻重、生死攸关的水军缺帅，曹操毫不迟疑地指任毛玠、于禁为水军都督。至此，彼得原理已经完全适用于于禁了，他已经从一个得心应手的大将晋升到他不能胜任的阶层了。所以，周瑜、鲁肃、诸葛亮都额手称庆，认定新上任的水军都督毛玠、于禁必送了曹军水兵的性命。只是赤壁之战后，曹操需要检讨反思的经验教训太多了，还来不及反思过度重用毛玠、于禁的错误。及至曹仁告急、关羽紧逼，又将于禁委任为七军都督，抗羽救仁。岂不知于禁久居高位，养尊处优，还患上了不易察觉的"恐高症"，对武圣关羽有一种特殊的阴影，于禁又一次不得已地晋升到了自己不能胜任的岗位。

　　于禁不仅是一位人才，而且文武双全，心理素质也好，所以能够建功立业、屡打胜仗。但是当曹操过度提拔重用，又不知不觉树立了关羽的高超形象后，于禁就产生了心理障碍，在关羽面前得不到成长，以致不能称职，在大好局面之下转胜为败，兵败被擒，令人大跌眼镜，使曹操叹息不已。彼得原理在该案例中得到了完美的诠释。

　　对于禁过度的提拔重用给曹操的事业造成了重大危害，反映了曹操知人不明的不足，也反映了于禁自知不明的不足。赤壁之战结束后，周瑜和曹仁围绕争夺荆襄九郡展开了激烈的拉锯战，有一次周瑜需要亲自率兵去救援彝陵，但又需要有一位大将率兵守卫营寨，于是找到了凌统。凌统说："如果要我守十天的话，我可以胜任，如果要我守十天以上的话，我就无能为力了。"周瑜闻言大喜，即安排凌统担当坚守营寨十天的任务，自己率兵救援彝陵，十天内回军守卫营寨。周瑜任命凌统的过程值得后人借鉴，他不是和曹操两次任命于禁一样直截了当、难以商量，而是吕蒙提名凌统代替周瑜守卫营寨，以十日为期，而周瑜仍不勉强，只是和凌统商量："你可以暂代我守营十天吗？"直到凌统明白地回复"若十日为期，可当之，十日之外，不胜其任矣"，周瑜才放心地率大军赴彝陵救援甘宁，周瑜的托付过程十分民主，赴任人凌统自然尽职尽责，竭尽全力完成任务。而曹操不假思索、不容商议，直接指派于禁担当重任，倘若用民主协商或激将法之类的办法委之以重任，或许又是一种结果。

　　于禁两番得到过度重用，魏延却总是受到压抑得不到重用，结果都酿成了悲剧，而魏延的悲剧是不是让我们可以得到更多的思考？魏延式的人才不仅难以晋升到他不能胜任的高层位置，连其可以胜任的位置也到不了，至少和那些靠吹捧、凭关系的庸才相比是如此。或许我们应该产生一条"魏延定律"了。这条定律姑且可拟为：一个积极进取的人如果恃才傲物、不会做人，冲撞了强势领导，就难以走上更高的岗位。

2023 年 12 月 28 日

"下坡容易"定律与曹操对于禁大失所望

于禁是曹操的得力干将，对于曹操来说，于禁无论是勇、智，还是忠心，都相当出众，为曹操立下过汗马功劳。曹操对于禁的第一印象很好，他在兖州招兵买马第一次见到于禁时因其"弓马熟娴，武艺出众，命为点军司马"（第 10 回）。后来张绣反叛曹操，杀死曹操的首席猛将典韦与曹操长子曹昂，曹操惨败而逃，逃亡途中，闻于禁亦造反，而且于禁兵马就在眼前，倘与张绣的兵马合击曹操，后果不堪设想！曹操大惊，准备整兵迎之。

> 却说于禁见操等俱到，乃引军射住阵角，凿堑安营。或告之曰："青州军言将军造反，今丞相已到，何不分辩，乃先立营寨耶？"于禁曰："今贼追兵在后，不时即至，若不先准备，何以拒敌？分辩小事，退敌大事。"安营方毕，张绣军两路杀至。于禁身先出寨迎战，绣急退兵。左右诸将，见于禁向前，各引兵击之，绣军大败，追杀百馀里。绣势穷力孤，引败兵投刘表去了。曹操收军点将，于禁入见，备言青州之兵肆行劫掠，大失民望，某故杀之。操曰："不告我，先下寨，何也？"禁以前言对。操曰："将军在匆忙之中，能整兵坚垒，任谤任劳，使反败为胜，虽古之名将，何以加兹！"乃赐以金器一副，封益寿亭侯，责夏侯惇治兵不严之过。

这个故事是于禁最光彩夺目的一个案例。于禁处变不惊、遇危不乱，进不求功、退不避罪，敢于担当、善于制胜，不仅深受曹操信任，亦使闻者叹服。所以曹操轻取荆州之后，又把诛杀蔡夫人和刘琮全家的不可告人的重要任务交给了于禁。于禁又轻松漂亮地完成了任务。后来关羽急攻樊城，形势危急，战报到了曹操手上。曹操手下人才济济，但他又不假思索地指定于禁去解樊城之围。

毫无疑问，知人善任、用兵如神的曹操认为于禁是对付关羽的最佳人选，两人旗鼓相当。于禁也没有推辞，只是要求再安排一员大将为先锋，结果求风得风、求雨得雨，曹操帐下一员大将主动请缨。曹操一看，喜出望外，禁不住大加赞赏，深以为可抵敌关羽，此将就是庞德，和当年在长沙大战关羽的老将黄忠一样，庞德确实是不逊于关羽的一员良将。

结果却让人大跌眼镜，尽管曹操派了最精锐的部队七军随于禁出征，庞德也表现不俗、力挫关羽，最终七军和庞德却在于禁的荒唐指挥下转胜为败，以致全军覆没。于禁、庞德被擒。庞德视死如归，求仁得仁。久经沙场、身负重任的于禁却贪生怕死，被下狱后东吴袭取荆州，后被东吴送回曹魏，于禁受到曹丕的羞辱，羞愧而死。

于禁、庞德率兵与关羽对峙后，庞德务必取胜，状态甚佳，第一天与关羽之子关平大战三十回合，不分胜负。关羽听闻二人不分胜负，怒而出战，与庞德大战一百多回合，"精神倍长。两军各看得痴呆了。魏军恐庞德有失，急令鸣金收军。关平恐父年老，亦急鸣金。二将各退。庞德归寨，对众曰：'人言关公英雄，今日方信也。'正言间，于禁至。相见毕，禁曰：'闻将军战关公，百合之上，未得便宜，何不且退军避之？'德奋然曰：'魏王命将军为大将，何太弱也？吾来日与关某共决一死，誓不退避！'禁不敢阻而回。"

第二天关羽、庞德又大战五十多回合，庞德设计一箭射中关羽左臂，关平救驾，败回本营。庞德乘胜追击欲杀入汉营，本是上策，于禁妒忌庞德，"只把魏王戒旨相推，不肯动兵"，并"自领兵截断大路，令庞德屯兵于谷后，使德不能进兵成功"，关羽缓过神来，以水相淹，大获全胜。

于禁率七军出征后与以前的表现判若两人，何也？

心理学中有一个"下坡容易定律"可以解释这种现象。在上坡时，我们觉得很吃力，下坡却很容易。其实，人生也有"上坡"和"下坡"，"上坡"就好比"学好的过程"，而"下坡"就好比"学坏的过程"，于是就有了人们常说的"学坏容易学好难"。的确，一个人要想养成好的习惯、做到严守纪律，远比犯错误要难得多。

那么，人为什么学坏容易，学好却比较难呢？人类学家是这样解释这种现象的：人虽然是高等动物，但并未摆脱动物攻击、放纵、破坏的本能，如果没有意志力的控制，这些本能随时会爆发出来。相反，很多优良行为，比如讲信用、爱干净、勤奋、好学等，则是人类特有的行为，是需要人们刻意培养才能形成的，而在培养优良行为的过程中，人需要对自己的本能加以约束，因而就会比较困难。

于禁在对战关羽前未尝遇过强敌，在心理上占有优势，也就发挥得很好，自身又有一定的实力，所以多次取胜。当遇到关羽这个强敌，于禁在心理上处于下风，想得太多，以致畏首畏尾。一不怕苦，二不怕死的庞德被激发出了冲天干劲，和于禁形成了鲜明对比，于禁又怕庞德威胁到自己的地位，重重顾虑之下，人性的丑陋一面逐渐显现出来。从畏敌到妒忌，从退缩到怕死，于禁一世的英名毁于一旦，出乎意料却又在情理之中，人的一面是天使，另一面是魔鬼，有些人的一生展示了天使的一面，有些人的一生展示了魔鬼的一面。作为一位军事将领，于禁先是展示了其天使的一面、良将的一面，最终又展示了其魔鬼的一面，以及其畏敌如虎、嫉贤妒能、贪生怕死的一面。

曹操素爱关羽。从十八路诸侯讨伐董卓力挺关羽迎战华雄开始，曹操总是在各种场合对关羽褒奖有嘉，而且爱屋及乌，又客观有效地为张飞大做"广告"，吩咐部下在他的衣袍下记下"在百万大军中取上将首级如探囊取物"的张飞的大名，结果使部下对关、张两位大将产生了畏惧心理。长坂坡前张飞一声怒喝就将曹操部下夏侯杰"惊得肝胆碎裂，倒撞于马下"，曹操百万大军"马似山崩，自相践踏"，曹操也在惊惧之下望西而逃，造成了恶劣的后果。于禁产生如此转变，细究之下，也就不足为奇了。于禁的结局当然要由他自己承担责任，但是，曹操和后世领导者也应该总结一下其中的经验教训。

"学好千日不足，学歹一日有余。"一个人要学坏，真快！

2023 年 4 月 17 日

第三章

沉痛教训

刘璋的败亡和简单问题复杂化

刘璋世受皇恩，本是正经的皇室宗亲，绝不会受到张昭之类人士的质疑和责难。刘璋心怀仁慈，广布恩德，拥有天府之国西川四十一州郡，沃野千里、民殷国富、兵精粮足、人才济济，进可高举皇旗而夺天下（届时曹操、刘备不知道该怎么说了），退可自守传代而待天时，可谓进退自如，结果却被所谓同宗刘备取而代之，令人唏嘘不已！

刘璋败亡的原因可做多方面探讨，即使从心理学角度也可以从投射效应、刺猬效应等角度去讨论，本文仅从他简单问题复杂化，从奥卡姆剃刀定律来讨论。

由于刘璋禀性暗弱、处事糊涂，才不足而地广大，所以一些有志之士，一些野心家、阴谋家早就对他虎视眈眈。不仅张鲁、曹操随时准备吞并他的地盘，当诸葛亮还是一个"农村知识青年"的时候就看准了可以先夺取他的基业，进而占据天下。一些人早就看清刘璋才不配位，胆识难居其任，早晚必失基业，因此早作打算。刘璋部下益州别驾张松主动借机去许昌投靠曹操，却因缘分未到，又转投刘备，尽献宝图方略，极大地节省了刘备的时间成本，名士法正、孟达亦与张松一拍即合，共同策反。

刘璋遇到的问题本来并不大。东川之主张鲁过去与他有仇，后来欺负他不能自守，欲兴兵取而代之，张鲁本来也算不上什么大英豪，何况刘璋坐拥的西川财富粮足、四面险固，刘璋部下人才济济，不仅拥有忠心耿耿、卓识不凡的谋士王累、黄权、李恢、刘巴等，还有一班能征善战的武将，如严颜、张任、李严等，何况与刘备征战中有良机数次，妙计迭出，足以拒敌自保，而刘璋却一开始就将简单的问题复杂化，后来又一错再错，终于败亡。

刘璋的错误是从东川张鲁有意兴兵取西川开始的，有意而已，并未兴兵；但刘璋部下张松借机恶意传谣，闹得人心不安。张松、法正也乘机劝刘璋邀刘备来助力防备张鲁，刘璋果然上当。其实即使张鲁来犯，也是小事一桩，东川和西川谁也不怕谁。而给刘备机会入川，就请神容易送神难，麻烦大了！黄权、王累都说得很透彻：张鲁来犯，可以"闭境绝塞，深沟高垒，以待时清"，况"张鲁犯界，乃癣疥之疾；刘备入川，乃心腹之大患"。用今天的话来说，用刘备来对付张鲁就是简单问题复杂化，因为小麻烦招致大麻烦，最后只好出局。

心理学中有个奥卡姆剃刀定律，奥卡姆剃刀定律是由 14 世纪逻辑学家、圣方济各会的修士威廉·奥卡姆提出的，这个定律被人们简化为"如无必要，勿增实体"，即"简单有效定律"。这个定律原本用于哲学领域，因为威廉对哲学中的"共相""本质"之类的争吵感到厌倦，于是提出了唯名论，即只承认确实存在的东西，认为那些空洞无物的普遍性要领都是无用的累赘。

后来人们把这个定律普遍用于生活中的方方面面，比如管理领域的化繁为简，军事方面的"精兵简政"，几乎在生活的方方面面都可以看到人们利用这个定律找到最简单的做事方法。这个定律看似简单，但是在我们的生活与工作中得到了广泛的应用，政治、军事、经济、文艺或者经营、管理等概莫能外，删繁就简应该是人们制胜的法宝，我国数学家陈景润攻克著名数学难题"哥德巴赫猜想"，就是把自己冗长的论文做了大幅度的删减才走向成功的。无数大师都是推崇极简的，比如齐白石绘画惜墨如金，主张以"少少许胜多多许"。

在笔者最近二十多年的职业生涯中，发现许多成功的企业家都喜欢将复杂问题简单化，办事简单明了高效；没有许多繁文缛节，开大会讲话也简单实在，不讲过场话和套话，不讲"假大空"的废话，无论思路正确与否都有自己的逻辑。一些爱折腾、爱表现的职业经理人、职业咨询策划人，许多领导喜欢将简单问题复杂化，摆弄一些唬人的新名词、新术语，引用一些似是而非的数据，抄袭一些不可复制的套路，证明自己高人一等，以获得高薪、厚酬。这些人从宣传介绍中、从台面上看都是"高大上"的人，但就是不做或做不好老板。其实成功的老板才是真正的高人，能使企业健康地"活"下来的也是高人，他们都善于将复杂问题简单化。

老板如果不把复杂问题简单化，而把简单问题复杂化，那是非常危险的，企业可能会"活"不下去。刘璋就是如此，在刘璋的"企业集团"里有一批将复杂问题简单化的高手，比如黄权、王累、李恢等，这些人看问题洞若观火、明察秋毫，无私无畏、深明大势。但是"老板"刘璋却不能醒悟，不能善用人才，因此也不能自保，反而将简单问题复杂化，"穿蓑衣救火——惹火上身"。这倒不是因为刘璋像某些当代职业经理人、策划大师、领导一样要表现自己的高超水平，而是他缺少自信，缺少自主精神，他需要"大救星"的庇护。岂不知有些人坚信没有永远的朋友，只有永远的利益，在利益面前朋友是随时可以出卖的。刘璋败亡的悲剧意义在于告诉我们，老板也是会将简单问题复杂化的，实实在在的人也是会将简单问题复杂化的，因为他缺少自信，迷信英雄，一旦遇到危机就会去找靠山，去找神仙皇帝。

《三国演义》第2回中宦官十常侍作乱，把持朝政。国舅何进本来仗皇威、掌兵要，要灭宦官十常侍只是小事一桩，但何进没有主见，缺少决断，反而听从袁绍之言"召四方英雄之士，勒兵来京，尽诛阉竖"，这也是典型的将简单问题复杂化，违背了奥卡姆剃刀定律，何进的决断也遇到了高人的坚决反对。主簿陈琳曰："不可！俗云：'掩目而捕燕雀'，是自欺也。微物尚不可欺以得志，况国家大事乎？今将军仗皇威，掌兵要，龙骧虎步，高下在心，若欲诛宦官，如鼓洪炉燎毛发耳。但当速发雷霆，行权立断，则天人顺之。却反外檄大臣，临犯京阙。英雄聚会，各怀一心，所谓倒持干戈，授人以柄，功必不成，反生乱矣。"曹操也说："宦官之祸，古今皆有；但世主不当假之权宠，使至于此。若欲治罪，当除元恶，但付一狱吏足矣，何必纷纷召外兵乎？欲尽诛之，事必宣露。吾料其必败也。"何进怒曰："孟德亦怀私意耶？"曹操只好退下，对旁人说："乱天下者，必进也。"身居高位、养尊处优而缺少自信、缺少自主精神的何进哪里听得进去，执意将简单问题复杂化，舍近求远，结果引火上身，引董卓进京，致使天下大乱！

何进与刘璋的悲剧都是舍近求远，将简单问题复杂化造成的。

2023 年 10 月 11 日

刘璋的败亡与将心比心

　　刘璋的败亡不仅与其简单问题复杂化的处事方式分不开，也与其将心比心的思维习惯有关。

　　将心比心本来是一种做人的境界，它要求人设身处地为他人着想。这种境界对于做生意、交朋友都有重要意义。但将心比心也要用对地方，适可而止，如果用错了地方就可能铸成大错，悔之晚矣。刘璋就是如此。

　　张松以张鲁、曹操将吞并西川为借口，对刘璋大力"洗脑"，同时塑造刘备的光辉形象，说刘备"与主公同宗，仁慈宽厚，有长者风"，极力劝说刘璋请刘备相助，为刘备夺取西川创造条件。糊涂懦弱的刘璋果然按张松的意思遣法正、孟达率人引刘备入川相助。刘璋府下主簿黄权汗流满面地闯进来说："主公若听张松之言，则四十一州郡，已属他人矣！"继而又回复刘璋说："某素知刘备宽以待人，柔能克刚，英雄莫敌。远得人心，近得民望，兼有诸葛亮、庞统之智谋，关、张、赵云、黄忠、魏延为羽翼。若召到蜀中，以部曲待之，刘备安肯伏低做小？若以客礼待之，又一国不容二主。今听臣言，则西蜀有泰山之安，不听臣言，则主公有累卵之危矣。张松昨从荆州过，必与刘备同谋。可先斩张松，后绝刘备，则西川万幸也。"黄权的谏言非常到位，礼节上也没有什么问题。后来的事情更证明了黄权的谏言是完全正确的，但身居高位、不敢担当的刘璋却听不进去，他需要的是顺从、救星。因而继续派法正去迎接刘备，又有从事官王累顿首进言说："张鲁犯界，乃癣疥之疾；刘备入川，乃心腹之大患。况刘备世之枭雄，先事曹操，便思谋害；后从孙权，便夺荆州。心术如此，安可同处乎？今若召来，西川休矣！"

　　黄权和王累对刘备的评价摆事实、讲道理，没有夸大其词，对于可能发生的恶果，一语中的。其破解西川之困的方法亦切实可行。然而执迷不悟的刘璋仍然认为"玄德是我同宗，他安肯夺我基业"，犯下了大错。

　　从禀性上来说，刘璋不会侵犯刘备是真的，而刘备不会侵犯刘璋则大谬不然。早在刘备三顾茅庐时，就接受了诸葛亮先占荆州两川为基业，再伺机夺取天下的宏伟蓝图；然后又千方百计勾结张松，取得军事地图，建立"地下组织"，积极准备夺取西川。然而，昏庸的刘璋对此浑然不觉，不仅派孟达、法正为使迎接刘备，还派孟达率五千兵马去涪城迎接刘备大军。这还不够，刘璋还要大张旗鼓亲自去涪城迎接刘备。这真是被人卖了还要帮人家数钱，刘璋只知道害人之心不可有，却不知防人之心不可无。难怪诸葛亮、张松、孟达、法正等人都知道刘璋早晚会被人取而代之，然而刘璋的基业稳固，恩泽太广，中国的忠君思想又太浓厚。所以主簿黄权三次苦谏刘璋说："主公此去，必被刘备之害，某食禄多年，不忍主公中他人奸计。望三思之！"甚至"叩首流血，近前口衔璋衣而谏"。

　　黄权叩谏、哭谏，三谏没有效果，后有名士李恢苦谏，又有王累死谏，王累谏璋曰："窃闻'良药苦口利于病，忠言逆耳利于行'。昔楚怀王不听屈原之言，会盟于武关，为秦所困。今主公轻离大郡，欲迎刘备于涪城，恐有去路而无回路矣。倘能斩张松于市，绝刘备之约，则蜀中老幼幸甚，主公之基业亦幸甚！""刘璋观毕，大怒曰：'吾与仁人相会，如亲芝兰，汝何数侮于吾耶！'王累大叫一声，自割断其索，撞死于地。后人有诗叹曰：倒挂城门捧谏章，拚将一死报刘璋。黄权折齿终降备，矢节何如王累刚！"

　　李恢大义分明，王累引经据典，道理明明白白，事实清清楚楚，然而量子理论却告诉我们：人不是生活在客观世界里，而是生活在臆想世界里，所以黄权、王累、李恢等人心目中过河拆桥、"借鸡生蛋"的刘备在刘璋心目中不仅有同宗之情，而且是"仁人""如亲芝兰"，是一个"不吃鱼儿的好猫"，理当与之结伴而行。

刘璋的将心比心，在心理学上叫作"投射效应"，其思维方式是以己度人，将心比心。

心理学研究发现，人们在日常生活中常常不自觉地把自己的心理特征归属到别人身上，以己度人，认为自己具有某种特性，别人也一定会有与自己相同的特性，从而把自己的感情、意志、特性投射到他人身上并强加于他人。

在人际认知过程中，人们常常假设他人与自己具有相同的特性、爱好或倾向，认为别人理所当然地知道自己心中的想法。例如，自己喜欢说谎，就认为别人也是在骗自己；自我感觉良好，就认为别人也都认为自己很出色……心理学家称这种心理现象为"投射效应"。苏东坡与佛印和尚对视对话的故事也被一些人视为投射效应，这些人借苏小妹之口说佛印和尚比苏东坡修行更高一筹。

以己度人、将心比心的思维方式简单省事，且往往行之有效，是许多人的一种思维定势，也能对一些偏激分子起到规劝作用，但要防止这种思维方式过于简单。我们常常指责一些人以小人之心度君子之腹，这就是提醒我们注意预防投射效应带来的恶果。而刘璋痛失西川四十一州郡的故事告诉我们，以君子之心度小人之腹更是错误的，可能会吃大亏、上大当。俗话说，"兵来将挡，水来土掩"，"吃一堑，长一智"，操之过急也会误事。

马克思说："一旦有适当的利润，资本就胆大起来。如果有10%的利润，它就保证到处被使用；有20%的利润，它就活跃起来；有50%的利润，它就铤而走险；为了100%的利润，它就敢践踏人间法律；有300%的利润，它就敢犯任何罪行，甚至冒绞首的危险。"

大权在握、重任在肩的人物如果要预防投射效应带来的恶果，就要多动脑、多吃苦，多听不同的意见，杜绝简单了事。刘璋如果可以做到这几点，就不会引狼入室。刘备人马攻占雒城之后，刘璋慌忙聚众商议对策。从事郑度献策曰："今刘备虽攻城夺地，然兵不甚多，士众未附，野谷是资，军无辎重。不如尽驱巴西梓潼民，过涪水以西。其仓廪野谷，尽皆烧除，深沟高垒，静以待之。彼至请战，勿许。久无所资，不过百日，彼兵自走。我乘虚击之，备可擒也。"这本来是一条切实可行的以逸待劳、以静制动的妙计，过惯了轻松日子的刘璋却说："吾闻拒敌以安民，未闻动民以备敌也。"刘璋又想打轻松仗，过快活日子，承诺送二十个州郡给东川张鲁，请张鲁出兵赶走刘备，结果未能如愿，最后投降刘备。

幸亏刘璋没有和刘琮、蔡夫人一样，被追赶而来的于禁等轻骑杀个一干二净。刘备毕竟比"宁可我负天下人"的曹操仁慈多了。

2023 年 10 月 12 日

刘璋的败亡与过度抱团取暖

现代企业多注意抱团取暖，往往认为"1+1>2"，常上演"借壳上市"等节目，注意横向联合，纵向竞争；你中有我，我中有你。这些概念确实很好，若操作得当，对企业发展大有裨益。

但不管什么事情都有个度，如果玩过了头，企业可能会受到伤害，出现"1+1<1"或"1+1＝0"的情况。因为你的"1"没有了，那就可以视为"0"，尽管人家的"1"不仅还在，还玩大了。

刘璋四十一州郡归零，就是玩"1+1"玩过了头。

张松吓唬刘璋说：张鲁、曹操要来打我们了，刘备是我们的本家，又有本事，请刘备来帮我们吧。

刘璋心理素质差，不能明辨真假，于是信谣、传谣，就信从张松的话去和刘备横向联合，以抵抗还在家里"睡觉"的张鲁、曹操的"入侵"。结果是"剃头挑子一头热"，刘璋一厢情愿，力排众议结交刘备，直到刘备翻脸，夺涪关、占雒城，兵逼成都，杀得西川损兵折将、危在旦夕，东川张鲁才在刘璋、黄权的力邀之下派马超率兵进入西川，不是为了灭刘璋取而代之，而是为了帮助刘璋赶走刘备这个"白眼狼"。直到刘备夺了成都，尽夺西川四十一州郡，曹操也没有派一兵一卒到过西川。甚至曹操灭了张鲁、占了东川，司马懿建议曹操乘胜追击时，曹操仍按兵不动。刘璋至败至死也没见过一个曹兵。

曹操已得东川，主簿司马懿进曰："刘备以诈力取刘璋，蜀人尚未归心。今主公已得汉中，益州震动。可速进兵攻之，势必瓦解。智者贵于乘时，时不可失也。"曹操叹曰："'人苦不知足，既得陇，复望蜀'耶？"刘晔曰："司马仲达之言是也。若少迟缓，诸葛亮明于治国而为相，关、张等勇冠三军而为将，蜀民既定，据守关隘，不可犯矣。"操曰："士卒远涉劳苦，且宜存恤。"遂按兵不动。

想当初，刘璋对刘备的感觉和想象是多么美好啊，虽然他也没见过这位所谓的"本家"，却对朝夕相处、忠心耿耿的部属黄权、王累、李恢等人弃之如敝屣。

刘璋的错误在心理学上是违反了刺猬法则，没有与刘备保持适度的距离。心理学家做过这样一个试验：在一个下着大雪的冬天，两只小刺猬因为寒冷而抱在一起，想要彼此取暖。但它们的身上长满了尖刺，紧紧挨在一起会刺痛对方。它们挪开了一段距离，可寒意太浓，它们又冷得打哆嗦。于是，它们又向彼此靠近一点……这样反复调整了好几次，它们终于找到了一个最适当的距离——既能够感觉到彼此的温度，又不会被对方刺伤。这便是人际交往中的刺猬法则，也称为"心理距离效应"。

这个实验告诉大家：抱团取暖也要适可而止，不能靠得太近，甚至零距离，否则就会受到伤害。刘璋的结局告诉我们：如果一强一弱、一有心一无意其中一方可能会被吞并归零。反观孙权、刘备，双方既相互勾结，又彼此争夺，你刺我一下，我回你一下，一旦大事不好，便共同对敌。反而打打和和几十年，双方都是赢家。刘璋采取"一边倒，爱你没商量"的态度，结果被吞并归零了。

刘璋完全可以与刘备保持距离，维持节奏，做好准备，以逸待劳，等待张鲁、曹操杀到家门口再行动，至少也应在张、曹整装待发或粮草先行时再拉刘备内外夹击敌军，刘备大军入川以后不打刘璋还能打谁呢？这真是荒诞莫名！

人和人之间，企业和企业之间，企业和政府之间，企业的供应商之间，都是要保持适当距离的。

交往适度，心理上保持距离，往往能够互利互惠；过度依赖、过度示好，往往会自降身价，难得善果。"升米养恩，斗米结仇"也是告诫人们不可对人过分友好。如果待人过分友好，即使短期内还可以过得去，但当你遇到困难需要帮助的时候，你很可能得不到适当回报；或者人家根本不把曾经得到的恩惠当一回事，你的心理就会产生严重的不平衡，就会伤心难过。若你只是付出过小恩小惠，就不会受到那么大的心理伤害。

有一句话叫作"情深不寿"，他告诫人们感情上不能太投入，否则难免受到伤害，感情亦难以长久。刘璋正是对刘备的感情投入太深，所以不得长久。

刺猬效应告诉我们：爱是要有节制的，距离产生"美"，刘璋的遭遇也印证了这个道理。

2023 年 10 月 11 日

人多力量小

——十八路诸侯讨伐董卓失败与旁观者效应

　　心理学中有一个旁观者效应，也叫"责任分散效应"。它说的就是人多力量小，"一个和尚挑水吃，两个和尚抬水吃，三个和尚没水吃"。和尚不是没有打水的能力，而是在力量激增后，团队没有内聚力，也没有群体规范，成员似乎都有责任，又都没有具体责任，都在期待其他人承担责任。个人的努力、贡献与团体绩效、奖惩机制没有相应关系。团队成员心理懈怠、敷衍了事、得过且过，结果力量看似增加了，绩效反而下降以致失败，最终造成三个和尚没水喝的局面。

　　用这种效应就不难解释十八路诸侯讨伐人神共愤的董卓为什么会失败了。

　　董卓本是西凉刺史，借十常侍作乱之机，率兵入京，控制朝廷，废少帝而立献帝，擅杀忠臣，曹操在谋杀董卓未遂逃回家之后，起义兵发檄文讨伐董卓，各路诸侯迅速响应，共聚集了十八路诸侯讨伐董卓。"诸路军马，多少不等，有三万者，有一二万者，各领文官武将，投洛阳来。"共推汉朝名相之裔袁绍为盟主。

　　出兵之后，由于曹操、孙坚、刘备、关羽、张飞等人的努力，董卓受挫，从洛阳迁都去长安，形势有利于人多势众、顺天应人的同盟大军，但是，盟主袁绍和各位诸侯却错失良机，放弃乘胜追击，"曹操来见袁绍曰：'今董贼西去，正可乘势追袭。本初按兵不动，何也？'绍曰：'诸兵疲困，进恐无益。'操曰：'董贼焚烧宫室，劫迁天子，海内震动，不知所归，此天亡之时也，一战而天下定矣。诸公何疑而不进？'众诸侯皆言不可轻动。"曹操只得引本部军马万余人追击董卓，受到伏击，兵少力薄的曹操在外无援兵的情况下惨败而归，同盟大军任由董卓劫持大量财富，妇女迁往长安。

这还是为了塑造刘、关、张英雄形象的演义描述。历史上的军事行动情况应该更糟，曹操对此就有"军合力不齐，踌躇而雁行"的诗句。无论如何，这都是一次优势明显、形势有利的围歼奸臣董卓的好机会，可惜由于人多心不齐而未能成功。

在正常情况下，如果以曹操一方的实力单挑董卓必定是力量不足的，所以曹操要聚集各路诸侯共同行动。诸侯聚集后又不能形成合力，负责总督粮草的"后勤部长"袁术甚至故意不给先锋大将孙坚的军队发放粮草，致使"孙坚军缺食，军中自乱"。袁术后来又打压有功无过，但地位低下的刘、关、张兄弟三人。孙坚则为了玉玺，径回江东，与袁绍结怨。

曹操追击董卓，失败而回，宴饮期间发出一番感叹。

> 战于荥阳，大败而回。绍令人接至寨中，会众置酒，与操解闷。饮宴间，操叹曰："吾始兴大义，为国除贼。诸公既仗义而来，操之初意，欲烦本初引河内之众临孟津；酸枣诸将固守成皋，据敖仓，塞辕辕、太谷，制其险要；公路率南阳之军，驻丹、析，入武关，以震三辅。皆深沟高垒，勿与战，益为疑兵，示天下形势，以顺诛逆，可立定也。今迟疑不进，大失天下之望。操窃耻之！"绍等无言可对。既而席散，操见绍等各怀异心，料不能成事，自引军投扬州去了。

曹操开始想得很简单，以为此次伐董稳操胜券，"诸公既仗义而来"，又占有明显的优势，为什么会"迟疑不进，大失天下之望"呢？曹操想不明白，又见他们"各怀异心"只好"自引军投扬州去了"，各路诸侯也纷纷散伙。

心理学上通常讲的旁观者效应是讲一种看客心态，每个人都希望有人承担这个责任，而自己可以逃避责任，在利益面前旁观者效应则更加复杂，它不仅冷漠无情，而且趋利避害，还会使"煮熟的鸭子飞了"，到手的好事黄了。一些生意合伙人之所以分手并不是没有天时地利，而是没有人和。

　　大家都能理解"三个和尚没水吃"的道理，但如果说到人多力量小就不大能接受了。其实这只是一件事情的两种说法。在抉择面前，我们更应注意预防人多力量小的怪事发生。我们过去总说"人多力量大"，但很多情况下并非如此。农村的包产到户的农民的生产积极性就比公社制的农民的积极性高，劳动生产率也更高。如果我们对旁观者效应、责任分散效应引起足够的重视，人多的力量优势可能就发挥得比较充分，"人多力量小"可能会变成"人多力量大"。

2020 年 4 月 20 日

袁绍集团的衰败与关卡效应

东汉末年，黄巾作乱，董卓专权，汉室衰微，诸侯雄起。在当时的形势下，北方豪强袁绍显然占据了明显的政治军事优势，四世三公，兵多将广，地大粮足。所以，当十八路诸侯联合起来讨伐董卓时，袁绍被理所当然地推为十八路诸侯的盟主。后来曹操问刘备谁是当今天下的英雄时，刘备就说："河北袁绍，四世三公，门多故吏，今虎踞冀州之地，部下能事者极多，可为英雄？"刘备的看法是颇有代表性的。曹操却笑袁绍说："袁绍色厉胆薄，好谋无断，干大事而惜身，见小利而忘命，非英雄也。"曹操置硬实力而不顾，从袁绍的个人素质着眼，否定了袁绍。后来，荀彧、郭嘉也从袁绍的个人素质着眼，认定袁绍必败。结果不出他们所料，实力最强的袁绍集团被力量弱小的曹操集团取而代之，退出了历史舞台。

郭嘉在分析袁绍素质低劣时总结了十条之多，其中有两条是："绍听谗惑乱，公浸润不行，此明胜也；绍是非混淆，公法度严明，此文胜也。"

一个大权在握的决策者"听谗惑乱""是非混淆"，焉得不败乎？袁绍为什么如此昏庸呢？他又有些什么表现呢？

医学上有一个专用术语叫作"关卡效应"，它原本是指某些药物经肝脏代谢后，进入人体循环的有效药量会减少，产生药效降低的现象。

心理学家研究发现：在社会生活中，原本的客观现象经过传播，往往会发生过滤、变形、失真，甚至最终与事实真相大相径庭、面目全非。这种现象类似于关卡效应，因此，我们在传播信息时要注意防止其失真；接收信息时，要注意分辨、选择、鉴定，注意传播者的立场、习惯、目标、导向等主观因素，在必要时加以比较、辨析，突破关卡效应，找准有效信息，做出合理决定。

孔融说："袁绍土广民强。其部下如许攸、郭图、审配、逢纪皆智谋之士；田丰、沮授皆忠臣也；颜良、文丑勇冠三军；其余高览、张郃、淳于琼等俱世之名将。"这些话不无道理，袁绍集团确实可谓人才济济，但人才往往有两面性，甚至多面性。拥有人才还要善用人才，若不能善用人才，则人才虽多而无用。荀彧不仅看清了袁绍不会使用人才，而且看到了袁绍帐下人才的弱点和毛病。他说："绍兵多而不整。田丰刚而犯上，许攸贪而不智，审配专而无谋，逢纪果而无用：此数人者，势不相容，必生内变。颜良、文丑，匹夫之勇，一战可擒。其馀碌碌等辈，纵有百万，何足道哉！"

孔融的话不无道理，荀彧的观点亦然不错，他们都道出了袁绍部下人才的某一方面；而荀彧看到了袁绍"听谗惑乱"的特点，断定其人才无用。事实证明，荀彧的确略高一筹。这个袁绍，每逢大事，也和孙权一样发扬民主，请文臣武将都发表意见，但孙权听完他人的意见后总能力排众议、择善而从，而袁绍总是做出错误的选择。比如《三国演义》第22回，刘备请大学者郑玄发书求袁绍出兵讨伐曹操。

> 遂聚文武官，商议兴兵伐曹操。谋士田丰曰："兵起连年，百姓疲弊，仓廪无积，不可复兴大军。宜先遣人献捷天子，若不得通，乃表称曹操隔我王路，然后提兵屯黎阳。更于河内增益舟楫，缮置军器，分遣精兵，屯扎边鄙。三年之中，大事可定也。"谋士审配曰："不然。以明公之神武，抚河朔之强盛，兴兵讨曹贼，易如反掌，何必迁延日月？"谋士沮授曰："制胜之策，不在强盛。曹操法令既行，士卒精练，比公孙瓒坐受困者不同。今弃献捷良策，而兴无名之兵，窃为明公不取。"谋士郭

图曰："非也。兵加曹操，岂曰无名？公正当及时早定大业。愿从郑尚书之言，与刘备共仗大义，剿灭操贼，上合天意，下合民情，实为幸甚！"四人争论未定，绍踌躇不决。忽许攸、荀谌自外而入。绍曰："二人多有见识，且看如何主张。"二人施礼毕，绍曰："郑尚书有书来，令我起兵助刘备，攻曹操。起兵是乎？不起兵是乎？"二人齐声应曰："明公以众克寡，以强攻弱，讨汉贼以扶汉室，起兵是也。"绍曰："二人所见，正合我心。"便商议兴兵。

袁绍这场重要的高级军事会议开局很好，田丰率先发表了有理有据、科学到位的精彩言论，若是行事果决的曹操，恐怕当即拍板决策了。然而，袁绍听不出个所以然来，所以会议还得继续开。急于求胜又自我感觉良好的审配谋士就发表相反意见了，田丰的意见具体到位却不顺耳，审配的看法笼统武断，却让袁绍听得开心，所以袁绍虽未表态，却实有倾向。直至谋士沮授、郭图又意见相左，争论未定，袁绍仍踌躇未定，但袁绍的情感实已倾向于兴兵伐曹，所以当许攸、荀谌加入讨论，赞成以众克寡起兵伐曹时，袁绍就说"正合我心"，于是做出了错误决策。

田丰、沮授的意见，客观、科学、可行，但不甚顺耳，涉嫌"刚而犯上"，特别是沮授，不仅赞扬了曹操，还说这是"兴无名之兵"，袁绍听了更加逆耳。作为进言者，田丰、沮授可能要花些工夫思考表述方法。决策者袁绍则必须负主要责任，人家讲得入情入理，你就听不明白，人家公而忘私，不惜犯上直言，你就不能明察！而许攸、荀谌一顿吹捧，你就忘乎所以，做出了重大的错误决策！

袁绍这个决策过程如果和孙权的决策过程做个比较的话，至少有两点不同：第一是处境不同，袁绍是以强对弱，以主动对被动；孙权是以弱对强，以被动对主动。第二是袁绍选择了一条轻松的路，选择田丰的应对之策，不仅时间漫长，而且操作麻烦，而孙权选择了一条艰难的路！每一步都要小心翼翼，操之不慎，便可能遭灭顶之灾。孙权是迎难而上，袁绍是仗势欺人，又不知彼知己，故战而不胜。袁绍此番征战，由于曹操只取守势，甚至以虚对实，暗回许都，并未对袁绍形成较大打击。袁绍只是劳而无功，"花钱赚吆喝"，所以没有去总结反思，以致后来一错再错，终致衰亡。

我们简要地看一下袁绍后来的几次决策失误。

在《三国演义》第 24 回，曹操发兵二十万，东征徐州刘备，许昌空虚，刘备向袁绍求救。田丰力主袁绍乘机攻打许昌，上保天子、下救万民，还可以做个顺水人情帮一下刘备。袁绍却因爱子生疥疮，生命垂危，拒绝出兵，错失良机。

在《三国演义》第 25 回，丢了徐州、大败而逃的刘备不得已投靠袁绍，想找机会唆使袁绍进攻许昌。田丰据理反对，劝告已错失良机的袁绍不可轻易冒犯风头正盛的曹操，应该固守待机。没有主意的袁绍又听从刘备的教唆欲担当天下大义，兴兵讨曹，并囚禁执言苦谏、忠心耿耿、极富远见卓识的田丰于大牢，谋士沮授触景伤情，尽散家财，准备诀别。

袁绍出征后，又拒绝沮授的正确建议，独派性狭的颜良为先锋大将。颜良被关羽斩杀大败后，又遣上将文丑率十万大军渡黄河，为颜良报仇。沮授力谏不可，认为当留守延津，分兵官渡，固守待机。袁绍不从而怒斥，沮授"遂托疾不出议事"。袁绍的两位优秀谋士田丰、沮授皆被摒弃。

袁绍最引以为傲的上将颜良、文丑被斩杀，锐气已失、势头不妙，本当重新审时度势、调整策略，慎于征战，然而不识时务的袁绍仗着人多势众、地广粮多，又发起"冀、青、幽、并等处人马七十馀万，复来攻取许昌"，向官渡进发，再次做出了错误决策。袁绍集团的大溃败由此开始，形势趋于危急，因此，被囚禁在牢狱中的田丰不得不写信给袁绍，劝他"今且宜静守以待天时，不可妄兴大兵，恐有不利"。已托疾不出议事的沮授也情不自禁地再劝袁绍："我军虽众，而勇猛不及彼军；彼军虽精，而粮草不如我军。彼军无粮，利在急战；我军有粮，宜且缓守。若能旷以日月，则彼军不战自败矣。"

这都是知彼知己的真知灼见，然而谋士逢纪挑唆道："主公兴仁义之师，田丰何得出此不祥之语！"惹得袁绍大怒，欲斩田丰，幸亏众官求情告免，对于沮授，袁绍怒道："田丰慢我军心，吾回日必斩之。汝安敢又如此！"叱左右："将沮授锁禁军中，待我破曹之后，与田丰一体治罪！"于是双方会战官渡，北方统一的大战开始了。

在官渡之战相持阶段，势单力薄粮少的曹操不断采纳良言妙计，成功抵敌袁绍。而袁绍拒绝听取谋士许攸的绝妙计谋，迫使许攸投靠曹操，使势头产生根本逆转，并再次拒绝冒死建议重防乌巢屯粮之所的沮授，导致粮草被烧，兵马大败；又相信谋士郭图的诬告，迫使提出正确建议而未被采纳的大将张郃、高览投靠曹操。袁军大败，走向灭亡。

袁绍大败后，深悔当初不听田丰劝谏。谋士逢纪又造谣说田丰在狱中闻袁绍大败而幸灾乐祸、拍掌大笑。袁绍转悔为怒，命斩田丰，致使田丰自刎。

袁绍优柔寡断，因此其帐下各方都有机会发言，而最终袁绍总是采纳错误意见进行决策。孙权则总是采纳正确意见进行决策。若将两人听取意见，精选决策的过程进行比较，更容易看清楚问题的实质。孙权说张昭等人"各顾妻子，挟持私虑，深失所望"，他善于从发言者的动机、目的来考虑其意见、建议，也注意发言者所说的论据甚至数据，更注意考虑建议可能带来的结果；而袁绍更多的是喜欢顺耳好听、投其所好的意见，喜欢受人吹捧。除此以外，如有人假公济私、攻击同僚以谋私，袁绍会立即信以为真，怒而决策。其实发言者即使有经济问题甚至人品问题也不等于其看法、意见、建议是错误的。而田丰、审配说话逆耳就更值得考虑其为什么不惜犯上进言，为什么不惜被关押、砍杀也要死谏，特别是官渡之战失败后，终于证实了田丰的远见。然而，逢纪一造谣说田丰幸灾乐祸，袁绍就不分青红皂白，不调查研究、不反思追究，立即又做出错误决策：诛杀能够曲突徙薪的谋士田丰。最终残局无人收拾，袁绍集团彻底走向灭亡。

辨析袁绍的决策过程，有助于我们理解心理学中的关卡效应，帮助我们过滤虚假信息，避免错误决策的产生。参考孙权乃至曹操的决策过程，效果更佳，更可以帮助我们科学决策。

2024 年 3 月 1 日

袁绍的谋士众多，为什么成事不足、败事有余

——酒与污水效应的教训

曹操问刘备天下谁是英雄，刘备说："河北袁绍，四世三公，门多故吏，今虎踞冀州之地，部下能事者极多，可为英雄？"刘备说的是事实，可是被曹操毫不犹豫地否决了。

"部下能事者"说的是文臣武将，袁绍不仅有颜良、文丑、张郃、高览等众多勇将，还有一群腹有韬略机谋的谋士，有些谋士甚至达到了一流水平，比如许攸、田丰、沮授，还有才子书记官陈琳等。在袁绍兵发官渡之际，田丰、沮授分别提出了卓越的见解。袁、曹相持官渡期间，曹操兵少势弱，粮草已尽，许攸向袁绍献计分兵攻占许都，又是妙棋一着，足以大胜。但这些优秀谋士的计谋均不见采纳，唯有陈琳拟就檄文一篇见效，可惜檄文毕竟不是奇兵，不能解决战场相持大事，如果袁绍手下的优秀谋士能发挥作用，袁绍前途不可限量！

袁绍势力那么强大，人才那么多，为什么这些人才不能发挥作用呢？曹操的谋士荀彧说得好："绍兵多而不整。田丰刚而犯上，许攸贪而不智，审配专而无谋，逢纪果而无用；此数人者，势不相容，必生内变。"荀彧虽然说得有理，但没有说到沮授，这是不公道的。沮授是袁绍手下最优秀的谋士之一，他在官渡时向袁绍献计说："我军虽众，而勇猛不及彼军；彼军虽精，而粮草不如我军。彼军无粮，利在急战；我军有粮，宜且缓守。若能旷以日月，则彼军不战自败矣。"这些话真是知彼知己，行之有效。荀彧不说沮授，可能是

为了鼓舞己方的士气。郭嘉把曹操和袁绍作对比时所做的十胜十败论说得很直接，其中就有："绍听谗惑乱，公浸润不行，此明胜也。"

郭嘉说到了问题的关键，有人喜欢把这类语言叫作"点穴"。郭嘉所说符合心理学上的"酒与污水效应"。

在心理学中，酒与污水效应是指，如果把一匙酒倒进一桶污水中，你得到的是一桶污水；如果把一匙污水倒进一桶酒中，你得到的仍是一桶污水。

田丰、许攸、沮授等谋士在袁绍这里得不到重用，除了袁绍自身素质低劣、不识贤愚、缺乏胸怀以外，还有一个重要原因就是他的谋士群好比一坛美酒，但有些污水被倒进酒坛里面去了，因而虽有酒味酒香，其依然是一坛污水。比如《三国演义》第22回，袁绍与众谋士商议是否应发兵助刘备攻打曹操，田丰、沮授都提出了不宜进兵的正确建议。但郭图、审配两位谋士一味奉承迎合袁绍，不顾发兵会兴师动众、劳民伤财。正在袁绍拿不定主意的时候，又来了许攸、荀谌两位谋士，袁绍又问计于这两位谋士，结果许攸、荀谌也不负责任地劝袁绍"以众克寡，以强攻弱，讨汉贼以扶汉室"，说得袁绍不知天高地厚，否决了田丰、沮授的正确意见。后来在官渡决战的关头，许攸向袁绍提出了破曹妙计，尚未见用，审配又托使者送来书信，说许攸在冀州贪污受贿，导致袁绍怒斥许攸，许攸不禁仰天长叹："忠言逆耳，竖子不足与谋！"结果许攸弃袁投曹，助曹操反败为胜，大破袁军，直到官渡之败后，袁绍大悔不听田丰之言，逢纪落井下石进献谗言说：田丰在狱中听说主公兵败，拍掌大笑说'果然不出我之所料'，导致刚刚有些觉醒的袁绍怒杀了田丰。

逢纪、郭图不仅排斥、打击、陷害文臣谋士，对武将也不放过，官渡兵败后，郭图因排斥张郃的正确意见导致大败，害怕张郃、高览回寨后证对是非，又对袁绍进献谗言说："张郃、高览见主公兵败，心中必喜"，"二人素有降曹之意，今遣击寨，故意不肯用力，以致损折士卒"。又派人告诉张郃、高览说："主公将杀汝矣。"导致二将率兵叛袁投曹。这样的谋士多则何益？有一个也要坏一窝。正所谓"一粒老鼠屎，坏了一锅汤"。一筐苹果里出了一两个烂苹果，其他苹果不仅会掉价，还容易变质。

"燕赵之地多慷慨悲歌之士"，袁绍旗下，谋臣武将，人才济济，忠心报主之士不乏其人。孔融对袁绍的评价基本上是有根据的，孔融说："袁绍土广民强。其部下如许攸、郭图、审配、逢纪皆智谋之士；田丰、沮授皆忠臣也；颜良、文丑勇冠三军；其馀高览、张郃、淳于琼等俱世之名将。何谓绍为无用之人乎？"

后来田丰、沮授、审配、许攸、张郃等先后为袁绍献上了很好的计谋和建议，沮授死忠袁绍，至死"神色不变"。审配也宁死不降，"配曰：'吾生为袁氏臣，死为袁氏鬼，不似汝辈谗谄阿谀之贼！可速斩我！'操教牵出。临受刑，叱行刑者曰：'吾主在北，不可使我面南而死！'乃向北跪，引颈就刃。后人有诗叹曰：河北多名士，谁如审正南：命因昏主丧，心与古人参。忠直言无隐，廉能志不贪。临亡犹北面，降者尽羞惭。"

袁绍之子袁谭死后，曹操将其头挂于北门外，下令："敢有哭者斩！"青州别驾王修冒死痛哭，面对曹操的质问，他回答说："我生受其辟命，亡而不哭非义也。畏死忘义，何以立世乎！若得收葬谭尸，受戮无恨。"操曰："河北义士，何其如此之多也！可惜袁氏不能用！若能用，则吾安敢正眼觑此地哉！'遂命收葬谭尸，礼修为上宾，以为司金中郎将。"

袁绍死后有诗评议他说："空招俊杰三千客，漫有英雄百万兵。"这种评价很有见地，让人警醒。为什么会"空招"？为什么会"漫有"？这都是污水效应的结果。如果我们不把"烂苹果"清除出去，不把害群之马踢出群，庞大的团队就会自相倾轧，不战自乱。

一个组织、一个团队，难免有各种人混入其中，一个人也会有多面性，有优点也有缺点，还有的人就像郭图、逢纪一样人品不好，专门逢迎领导，不顾大家死活，不顾未来前景，只要自己能得到好处、得到政治资本就会钻天打洞，无孔不入。偏偏这种人又很容易得到某些领导的喜欢，容易恃宠而骄，而一个团队中有了一个这种人就可能有一群这种人，至少会误一群人、坑一群人。因此，真心做事业的领导者要十分警惕，提防这种害群之马，压制他们邪恶不良的一面，发挥他们的优势，或者干脆将他们踢出团队。他们的标签是"善于讨好领导""两面三刀""喜欢打击忠良"；而忠良人士往往不拘小节，敢于直言，这就需要领导者有识别，有担当，有胸怀。

2022 年 4 月 18 日

2022 年 6 月 10 日改

从马谡自告奋勇守街亭想到的

——从苏东坡效应看知己知人之难

诸葛亮首出祁山，连战皆捷，形势大好，而且越来越好，可惜先因孟达大意失去攻势，后因马谡街亭失守，大局转危。退兵汉中后，诸葛亮挥泪斩马谡，以正军法，马谡亦知罪认罪，"自缚跪于帐前"，甘愿伏法。

马谡是自告奋勇挑起坚守街亭的重任的，并再三力争，立下了军令状；而诸葛亮慎之又慎，调兵遣将，以助马谡。马谡率兵到防街亭后，信心满满，决心要把魏兵杀个片甲不留。结果却兵败如山倒，丢失了战略要地街亭。如果马谡理解诸葛亮的安排，听从副将王平的劝告，街亭必不会失守。司马懿尚在城中未到街亭时，听说街亭已有蜀兵把守就对诸葛亮用兵如神叹服不已，以为将无功而返，只是听说守将是马谡时方才大笑而进兵。

马谡为什么兵败街亭？

因为马谡自视甚高，过高地评估了自己的能力。生搬硬套、大意轻敌，什么"休道司马懿、张郃，便是曹睿亲来，有何惧哉"，什么"某自幼熟读兵书，颇知兵法。岂一街亭不能守耶"，甚至认为"丞相诸事尚问于我，汝奈何相阻耶"，以致把王平的金玉良言拒之门外！

马谡的心理在心理学上叫"苏东坡效应"，这效应源自苏东坡的一首名诗——《题西林壁》。

横看成岭侧成峰，远近高低各不同。

不识庐山真面目，只缘身在此山中。

这首诗明看写山，暗喻识己。一个人最难的就是认清自己。苏东坡效应就是说人总是难以客观地、全面地认识自己，就好比人站在"此山中"反而看不到此山的全貌一样，要跳出此山才能看清此山。"当局者迷，旁观者清"即是此理。

国外还有调查公司做过研究，结果显示，公司员工普遍性地会高估自己的绩效，平均高估 20%，而公司的绩效总额低于员工评估绩效之和的 20%；还有一些人自我评估的绩效远远超过了公司评估的绩效。

一些人对自己的能力、学识、作用的评估也远远超越了其客观性，马谡就是如此。

在《三国演义》里，夏侯渊之子夏侯楙也是过高估计自己、过低评估对手。当用兵如神的诸葛亮率三十万大军首出祁山、北伐中原时，这位不知道天高地厚的膏粱子弟要为父报仇，其实也是为了显露自己的才干，竟然要迎战蜀军，甚至要"生擒诸葛亮"。他也是自以为"吾自幼从父学习韬略，深通兵法"，因而信心满满。结果一触即溃、丧师失地，被蜀将王平生擒活捉。

马谡、夏侯楙读书的时候应该有过一些自我良好的感觉，然而这种感觉被过分放大，终于酿成悲剧。

古往今来，许多军事领袖、企业老板都有过形形色色的自我感觉太好、轻敌冒进、藐视同行，结果导致惨败的经历。

"路遥知马力，日久见人心"说明识人难，识己更难。自卑是不识己，自我感觉太好也是不识己，但过高评估自己的这种不识己之人，在掌握了实权之后往往会更误事！

《邹忌讽齐王纳谏》中的邹忌和齐王，其难能可贵之处就在于他们能勇敢地审视自己，虚心地征求别人的意见，终于打造了强大的齐国。

老子说："信言不美，美言不信。"有些人掌握了一些权力，被别人捧得飘飘然，没有像邹忌那样用镜子照一照自己，客观地与美男子徐公比一比，以得出客观的结论：自己远远比不上徐公。进而客观深入思辨出原因：我的妻子说我漂亮是偏爱我，我的小妾说我漂亮是惧怕我，客人说我漂亮是奉承我。又想到有权有势的人更容易受到蒙蔽，因此向齐王谏言。

像邹忌这种忠心为主的人越来越少了，现实生活中的当权者应该比齐王更加虚心和警惕才好。当权者需要思考一下诸如为什么武松只能当督头，林冲也不过当教头，而高俅却能当太尉这样的问题，认清"武松""林冲""高俅"有助于认清自己。

有些人的财富、地位、权势并不是自己博来的，而是因为与当权者沾亲带故而获得的。如果有些人是像宋徽宗得到皇位一样获得了权势等，那么这样的人就更难认清自己，更难区分"高俅""林冲""武松"，容易在一片令人飘飘然的赞美声中自我感觉过好。

这或许扯远了，也或许能帮助我们对"苏东坡效应"有更深刻的理解。

2022 年 3 月 29 日

魏延、许攸被冤杀的自身原因

——自我服务偏见值得警惕

　　大多数三国爱好者都觉得蜀国名将魏延死得很冤——在国家急需人才之际死于自己人之手。没错，魏延骁勇善战、经验丰富、劳苦功高，长期受诸葛亮压制，最后又死于诸葛亮的诡计，确实死得冤枉！

　　但是，如果我们撇开诸葛亮的偏见不谈，而到魏延的身上来寻找教训，魏延是不是也有过错和不妥之处呢？

　　魏延是被马岱斩杀的，魏延和马岱初次相见时，便是一场恶战。马岱败走，回身一箭射中魏延左臂，幸亏张飞相救方才脱险。据此我们可以视作魏延、马岱有过节，一见面就结下了冤仇。所以处心积虑的诸葛亮暗用马岱伺机突斩魏延。魏延作为蜀汉阵营的"老革命"，在与心胸褊狭、功劳声望不如自己的杨仪产生分歧之后，蜀汉的文臣武将包括吴太后、费祎、蒋琬、董允、姜维、何平等均站在杨仪一边，对魏延颇多非议，说得最多的就是："魏延平日恃功务高，人皆下之（大家都退让他，由他占先）"，董允也说："魏延自恃功高，常有不平之心，口出怨言。"甚至都说杨仪不至背反，而魏延背反。杨仪是什么人？心胸狭窄，不能容人！但两害相权取其轻，在这紧要关头，大家不站在一起出生入死的老战友魏延一边，而站在投机取巧捡便宜的杨仪一边，这里面固然有诸葛亮的影响，但魏延的过失也不容忽视。

　　在魏延和诸葛亮的冲突中，诸葛亮有不可推脱的责任，甚至应该负主要责任，但魏延和众多出生入死的战友、同僚关系不好，就值得注意了。也许站在未来的立场上魏延没有错，但他的性格、他的言行在当今仍是吃不开的。

魏延的问题在心理学上叫作"自我服务偏见"。美国心理学家戴维·迈尔斯在他的著作《社会心理学》中，对自我服务偏见的定义为：当我们加工和自我有关的信息时，会出现一种潜在的偏见。我们会一边轻易地为自己的失败开脱，一边欣然接受成功的赞誉。在很多情况下，我们都认为自己比别人好。这种自我美化的感觉使多数人陶醉于自己优秀的一面，而只是偶尔瞥见自己阴暗的一面。

通俗地说，这是人们在加工和自我有关的信息时会出现的一种潜在的偏见。人们常常从好的方面来看待自己，当取得一些成功时常常会归因于自己，而在做了错事之后则怨天尤人，多归因于外在因素，即把功劳归于自己，把错误推给别人。

澳大利亚的一位心理学家曾对任职于某家公司的经理级高级管理人员的自我认知度做过一个调查，结果发现，90%的高级管理人员对自己成就的评价超过对普通同事的评价。其中，86%的人对自己工作业绩的评价高于公司的平均水平，只有1%的人认为自己的业绩低于公司的平均水平。

一个人的自我服务偏见如果过分突出，就会引起同事的不满和怨恨，造成同事关系紧张，到了一定关头就会爆发而引起恶果。魏延就是如此。他不注意同事间的关系，不注意与领导的关系，自恃勇武，只用业绩来说话，只凭本事说话，他和黄忠本是患难之交，但为了争夺入川之功，竟和黄忠闹红了脸。虽然这种争功是光明磊落的，但容易吃亏。结果，虽然他本事很大、功劳很高，但同事都对他心怀怨恨、暗中不满，机会一到，明枪暗箭杀你没商量。

魏延确实很优秀，但诸葛亮一开始就对他有偏见，一直在打压防范魏延，使他产生了逆反心理。魏延的处境一直有生死之患，但他不仅不知道保护自己，还把自己的位置摆得过高。人大都会高估自己的本事和贡献，据此推知，人们对自己圈子里的人，特别是对自己推崇信任的人也会做出过高的评估。

由于竞争等原因，对于和自己关系一般甚至不好的同事，可能就更容易看到其缺点、问题及不足。为了搞好同事关系，特别是与领导搞好关系，往往需要谦虚做人、低调处事，特别是在有所忌讳的情况下更是如此。在这个方面，司马懿是做得相当到位的，他不仅谋略过人，而且为曹魏集团屡立大功、屡献奇谋。关羽水淹七军威震华夏之后，曹操欲迁都避其锋芒。司马懿则劝曹操联吴抗关，结果大获成功，局面大改。刘备集团开始走向衰败，孙、刘两家相互消耗。但司马懿一直小心翼翼，如履薄冰，使得曹操及其同僚无过可寻、无隙可击，终于逐步壮大了势力，掌握了曹魏大权，最终取而代之。

还有一位和魏延一样的"失败者"叫许攸。他原来是袁绍的谋士，在官渡之战双方相持的关键时刻，他献妙计给袁绍得不到采用反而受到呵斥和猜疑，不得已投奔危在旦夕的曹操，帮助曹操转败为胜、转危为安，获得了官渡决战的胜利。之后又向曹操献计决漳河之水以淹冀州，帮助其顺利攻占北方重镇冀州城，为曹操统一北方立下了汗马功劳。曹操率众将入冀州城时"将入城门，许攸纵马近前，以鞭指城门而呼操曰：'阿瞒，汝不得我，安得入此门？'操大笑。众将闻言，俱怀不平。"

许攸可能因为过去在袁绍集团多受打压，郁郁不得志，何况人的内心总是希望受到赏识，因此这次乘机发泄，不知收敛。许攸在投奔曹操时，机敏的曹操感觉到这是否极泰来了，"跣足出迎""先拜于地"，狂喜之下，不成体统。深知曹军正处于千钧一发之际的许攸，凭借其绝密情报和奇谋妙策，笑骂曹操说："世人皆言孟德奸雄，今果然也。"又大大咧咧地告诫曹操："明公以孤军抗大敌，而不求急胜之方，此取死之道也。攸有一策，不过三日，使袁绍百万之众，不战自破。明公还肯听否？"结果曹操欣然采纳许攸的计谋，转败为胜。

按照官场文化，许攸的言行是危险招祸的，但大敌当前的曹操，破格厚待许攸，大胜之后的曹操，心情喜悦，只能对许攸的无礼言行大笑了之。但许攸不知见好就收，也不顾及众将士血战努力的事实，看不到这毕竟是团队合作获得的成功，也是英明统帅曹操果断决策的成果。许攸纵然有才有识，但遇到袁绍这样的领导人也一筹莫展，他只看到自己在其中所起的作用和所取得的成绩，目中无人，狂妄自大。后来又在冀州东门遇见了猛将许褚，不知天高地厚且被成功冲昏了头脑的许攸对许褚说："汝等无我，安能出入此门乎？"

你看，虽说一笔写不出两个"许"字，但粗鲁勇猛的许褚岂能受得了许攸的窝囊气？何况许攸在扬扬得意蔑视曹操的时候，众将领已经"俱怀不平"了，只是碍着曹操在场没有和许攸理论。视死如归的许褚在无人干预的情况下岂会默默承受许攸的数落，于是代表众将领和广大士卒反驳许攸道："吾等千生万死，身冒血战，夺得城池，汝安敢夸口！"然而不知道生死退让的许攸仍不醒悟，进而辱骂许褚等将领只不过是"何足道哉"的匹夫，惹得许褚大怒而杀之。许褚的行为，可能正中曹操的下怀，但无论如何这一回不是曹操的阴谋诡计，不是和诸葛亮杀魏延一样处心积虑的行动计划。许攸的悲剧，更能够提醒我们混迹职场不要自我感觉太好，不要自我评价太高，要注意领导和同事的感受，当心无意之中招来麻烦甚至灾祸。

2022 年 6 月 9 日

"官二代"阿斗为什么扶不起来

——可怕的感觉让人不怕不行

心理学家麦基在《可怕的错觉》中提出了一个概念：你看到的只是你想看到的。

当一个人内心充满某种情绪时，心里就会带上强烈的个人偏好暗示，继而会导致主体从客体中去佐证。

你相信什么，就能看到什么。

简单来说：你看到的是你想看到的，你想到的是你想想到的。

当你想看到神灵庇佑、救星下凡的时候，你就会看到神灵、救星的无所不能、大爱大护，帮你脱离苦难。

刘禅，小名阿斗，是刘备的儿子。刘备是蜀汉的先主，开国皇帝；刘禅是蜀汉的后主，亡国皇帝。刘禅的条件可比刘备好多了，但他不仅不能使蜀汉事业发扬光大，还葬送了蜀汉事业，并留下了"扶不起的阿斗"这样的骂名，成为"不中用""烂泥巴扶不上墙"的代名词。

刘禅登基不仅有两川之地以及云、贵、甘肃等地盘，还有诸葛亮、赵云、魏延等优秀人才相佐。他的经历也不简单：不仅"根正苗红"，是"官二代"，还在幼儿时代就经历了长坂坡的激荡风云、长江上的惊涛骇浪，不比电影中的传奇人物的经历逊色半分。想必赵云等人也没少和他讲这些"革命"往事，对其进行正面教育。刘禅不仅肢体健全，头脑也正常得很。他即位之后，用人唯贤，用人不疑，沿着刘先主的"革命"路线继续前进，"凡一应朝廷选法、钱粮、词讼等事，皆听诸葛丞相裁处"，不搞干扰破坏。司马懿趁刘备新丧之机，建议曹丕分五路兵马讨伐蜀国，人马共计 50 万之多，一时"黑云压城城欲摧"，刘禅亲至相府，"下车步行，独进第三重门，见诸葛亮独倚竹杖，在小池边观鱼。后主在后立久，乃徐徐而言曰：'丞相安乐否？'"如此这般，礼节上是很到位的。诸葛亮上《出师表》要求北伐，刘禅览表曰："相父南征，远涉艰难，方始回都，坐未安席，今又欲北征，恐劳神思。"刘禅听到赵云去世的消息后，放声大哭曰："朕昔年幼，非子龙则死于乱军之中矣！"即下诏追赠赵云为大将军，谥封顺平侯，敕葬于成都锦屏山之东；建立庙堂，四时享祭。

刘禅的问题出在哪里呢？

出在沉湎酒色、贪图享乐。

一国之主有了这个爱好，自然有"能人"投其所好，而宦官是最精于此道的。这个投其所好的宦官是黄皓，他在深得刘禅欢心之后，自然会影响其用人和决策，进而影响国运。结果在劳苦功高的大将军姜维于祁山主动攻打邓艾之际，刘禅一日三诏催其班师回朝，姜维回到成都后，力劝刘禅以张让、赵高等宦官作乱为借鉴，早杀黄皓，恢复中原。刘禅却不相信一个宦官真那么可怕，他笑着说："黄皓乃趋走小臣，纵使专权，亦无能为。"等到钟会、邓艾分别率大军讨伐蜀国，蜀国危在旦夕，刘禅接到姜维的告急文表后，乃问黄皓"如之奈何"，黄皓则说："此乃姜维欲立功名，故上此表。陛下宽心，勿生疑虑。臣闻城中有一师婆，供奉一神，能知吉凶，可召来问之。"刘禅听了黄皓的话，召来了师婆。

后主从其言，于后殿陈设香花纸烛、享祭礼物，令黄皓用小车请入宫中，坐于龙床之上。后主焚香祝毕，师婆忽然披发跣足，就殿上跳跃数十遍，盘旋于案上。皓曰："此神人降矣。陛下可退左右，亲祷之。"后主尽退侍臣，再拜祝之。师婆大叫曰："吾乃西川土神也。陛下欣乐太平，何为求问他事？数年之后，魏国疆土亦归陛下矣。陛下切勿忧虑。"言讫，昏倒于地，半晌方苏。后主大喜，重加赏赐。

刘禅听信师婆之言，于是每日只在宫中饮宴欢乐。

大敌当前，危在旦夕，一国之主刘禅为什么不相信忠孝两全、文武双全、劳苦功高、久经沙场的国之栋梁，诸葛亮亲自选定、精心培育的接班人姜维，而相信一个只会溜须拍马的"趋走小臣"呢？这是因为刘禅不愿意看到有人为立功名无事生非、夸大敌情，闹得他心神不安。刘禅想的是天下太平，终生享乐，他不愿吃苦乃至生死相搏，这就只能依靠神灵了。黄皓为他推荐了师婆，师婆则劝他享受太平。"数年之后，魏国疆土亦归陛下矣。"这么简单而又极其美好的事情，刘禅多么喜欢，何苦那么辛苦，劳师动众、惊心动魄的呢？所以刘禅对师婆重加赏赐，对黄皓更加信任依赖，与姜维这种"纠缠鬼"就渐行渐远了。

及至蜀被魏灭，完全证实了黄皓欺君误国，姜维之言才是真实可信的。诸葛亮的后人诸葛瞻及姜维等人也战死。取代了蜀国的司马昭也"因黄皓蠹国害民，令武士押出市曹"，将黄皓凌迟处死。这一回刘禅应该后悔反思了吧？事情已经完全清楚明白了，至少他也应该给姜维等忠心耿耿的文臣武将一个说法吧？可是结果很无奈，刘禅丝毫没有反思己过。继续过着欢乐的生活，以至于给子孙后代留下了一句名言："此间乐，不思蜀也。"后人将其演变成一条成语"乐不思蜀"。无论如何，刘禅也算是一位"立言"之人了。

面对刘禅亡国后的嬉笑自若，连灭其国、夺其地的司马昭也忍不住对贾充说："人之无情，乃至于此！虽使诸葛诸葛亮在，亦不能辅之久全，何况姜维乎"？这就说明：刘禅的错误甚为明显，但是刘禅就是对众所周知的铁打事实视若无睹，对悲惨的亡国之祸毫不痛惜。为什么呢？因为刘禅并不在乎这些事情，他在乎的是快活地生活，他想要的就是快乐、快活，如此则足矣，而姜维那群讨厌鬼长期破坏他的幸福生活，给他找麻烦。这都是刘禅不愿看到的事情。你看到的都是你想看到的，换言之，你不想看到的就会视若无睹，一带而过，会找种种理由"消除"你所说的问题。

作为一国之主，当然不想亡国，即使是纵欲享乐的皇帝，也会希望国运长久，而你要想国运长久，就必须有一定的心理承受能力，能够把握大局，多角度思考问题，勇于正视现实，对于你不想看到的问题也要勇敢、耐心地看一看。

明白了吗？麦基的概念很重要，你看到的可能是假象，你想到的、深信的可能是谬误，这只不过是你想看到的、想想到的而已。为了不犯刘禅那样愚蠢的错误，你得学会换位思考，还得学会换位观察，你得重视常识和逻辑，对于你不想看到的、不想想到的事情也要静下心来看一看、想一想，经常自我反思。

2020 年 4 月 22 日

掌握天下大权的曹爽为什么有灭族之祸

——警惕约拿情结

　　"约拿情结"是美国著名心理学家马斯洛提出的一个心理学名词。约拿情结说的是一种人对于成长的恐惧，它认为人不仅会害怕失败，也会害怕成功。在机遇面前会有自我逃避、退后畏缩的心态。对自己，逃避成长，拒绝承担使命；对他人，嫉妒别人的优秀和成功，幸灾乐祸于别人遇到挫折和失败。

　　约拿情结是具有一定普遍性的心理现象。曹操和刘备煮酒论英雄，刘备说益州刘璋是英雄，曹操则说刘璋是"守户之犬"，不是英雄，并逐一否定刘备提出的一系列英雄人物，对袁术、袁绍、刘表、孙策、张绣、张鲁、韩遂等皆不以为然，然后提出了自己的英雄标准："夫英雄者，胸怀大志，腹有良谋，有包藏宇宙之机，吞吐天地之志也。"

　　曹操心目中的英雄是没有约拿情结，勇于追求、敢于成功的人物，而不是当下资本雄厚、财大气粗的权贵。后来司马懿发动兵变，对曹爽发动突然袭击，却使曹爽势力更加强大，其心腹智囊桓范又混出洛阳城，直奔曹爽，使司马懿大吃一惊！但司马懿的太尉蒋济深知曹爽只是一个花花公子，胸无大志。他说："驽马恋栈豆，必不能用也。"结果不出蒋济所料，曹爽拒绝了桓范"请天子幸许都，调外兵以讨司马懿"的正确建议，交出兵权，以保富贵，最终兄弟被斩，三族被灭。

　　倘若曹爽没有约拿情结，敢于承担使命，司马懿势单力薄、师出无名，是非常危险的。但是曹爽没有这种英雄气概，经不住司马懿的花言巧语，就乖乖地退后畏缩了。曹爽的悲剧命运说明政治家有约拿情结是非常危险的。

在曹爽之前，早有血淋淋的教训！曹操率大军南下到达樊城，刘表之子刘琮率荆襄九郡人马投降曹操，蔡瑁、张允代刘琮拜见曹操，刘琮部将王威密告刘琮说："将军既降，玄德又走，曹操必懈弛无备。愿将军奋整奇兵，设于险处击之，操可获矣。获操则威震天下，中原虽广，可传檄而定。此难遇之机，不可失也。"

王威的妙计，无论是在战略上、战术上还是战机上都绝妙可行，倘能付诸实施，至少又要上演一场濮阳遇吕布、华容逢关羽的好戏，但刘琮并非不聪明，而是苟且偷安、得过且过，有严重的约拿情结，未能采纳王威的妙计，最终合家被曹操所杀。

如果要抛弃约拿情结，就必须敢作敢为、敢担风险，承受压力和孤独，打破习惯思维和行为习惯，这对于没有独当一面的经验和成功体验，没有追求和志向，长期坐享其成的人来说是一件不容易做到的事情。他们往往会选择一种比上不足比下有余的方案，以避免风险和麻烦。结果却往往事与愿违，使自己越来越被动。普通人员虽然没有政治要员面临的风险大，但也可能温水煮青蛙，出路越来越小。"取法乎上，得乎其中；取法乎中，得乎其下"，这是经验之谈，是智者、强者的智慧。

刘表、刘璋的下场虽然没有刘琮、曹爽那么悲惨，但也落得一世骂名，刘表还应为家族的悲剧命运承担一定的责任。

人的气质、气概与先天有关，也与后天环境和修炼有关。刘琮接替刘表时才 14 岁，从小条件优越，而其父母亲都缺少进取之心，周边环境不利于其成长。刘璋、刘表虽在位已久，但无拼搏经历，依靠皇亲血缘各霸一方，只是虚度了大好年华，并未获得相应的成长。这些人都是苟且偷安，早已养成约拿情结，值得后人警醒。自强者，天必助之；自弱者，人必攻之。在巨大的政治利益面前，逆水行舟，不进则退。混迹于商场和官场中的人士不可无视丛林法则。哪来的退后一步路自宽？

英雄之所以成为英雄，是因为英雄不甘于平庸；平庸者之所以平庸，是因为其缺少成为英雄的意愿。有些人以条件不好、资金不足等客观条件为借口，不肯进取；然而，多少条件优越者会被时代的浪潮淘汰，被淘汰的更多是本来也可以获得成功的人物，本来可以成为英雄而又具有约拿情结的懦夫。他们不会理解：人人皆可为尧舜。

2020 年 4 月 13 日

马蝇效应与刘备髀肉复生

再懒惰的马，只要身上有马蝇叮咬，都会立即抖擞起精神，飞快地奔跑，这就是所谓的"马蝇效应"。

"马蝇效应"源于美国总统林肯的一段有趣经历。

林肯少年时和他的兄弟在肯塔基老家的一个农场里犁玉米地。林肯吆马，他的兄弟扶犁，而那匹马很懒，慢慢腾腾地走走停停。可是，有一段时间马却走得飞快。林肯感到奇怪，到了地头后，他发现有一只很大的马蝇叮在马身上，就随手把马蝇打落了。看到马蝇被打落了，他的兄弟就抱怨说："哎呀，你为什么要打掉它，正是那家伙使马快起来的啊！"

林肯对马蝇效应的应用是他反其道而行之：自找麻烦，从而提高效率。用中国的一句歇后语来说就是"穿蓑衣救火——引火上身"。并非自然地、被动地被"马蝇"叮咬，而是不顾劝阻，主动地招纳安排自己的政敌蔡思进入内阁担任财政部部长，从而使内阁高效地工作。

后来日本本田技研工业株式会社创始人本田宗一郎受"马蝇效应"启发，也在公司内部安排"马蝇"，自找麻烦，提高了公司的效益。

"马蝇效应"在中国也是古来有之。在《三国演义》里也有，而且颇为感人，但这些故事不是领军人特意制造的，而是自然产生的。

刘备百折不挠、自强不息、奋力拼搏、永远进取的精神深受人们认可，这于内是自身素质，于外也离不开"马蝇"的"叮咬"。《三国演义》第 34 回中刘备及少量亲信寄居荆州。主人刘表与刘备同属汉室宗亲，对刘备待之甚厚。一日又设席款待，席间刘备如厕，"因见己身髀肉复生，亦不觉潸然流泪。少顷复入席，表见玄德有泪容，怪问之。玄德长叹曰：'备往常身不离鞍，髀肉皆散，今久不骑，髀里肉生。日月蹉跎，老将至矣，而功业不建，是以悲耳！'"

刘备这个故事颇为感人，可以说体现了刘备一生的核心精神——居安思危、只争朝夕。这个故事、这种精神的背景就是"马蝇效应"。刘备虽然贵为荆州之主刘表的座上宾，表面上高高在上，又有关羽、张飞、赵云等人辅佐，但其日子过得并不安稳。刘表本人不思进取，刘备在荆州难以有较大的发展空间，即使刘备苟且处世，刘表的妻子蔡夫人也不能相容。蔡夫人的弟弟蔡瑁掌管荆州水军，蔡瑁在刘备欲投刘表之际当众劝刘表斩刘备而亲曹操，虽未被刘表采纳，却使蔡夫人对刘备防范甚深。蔡夫人"素疑玄德，凡遇玄德与表叙论，必来窃听"。刘备告诉刘表其"潸然流泪"的原因后又冲动失言，窃听后的蔡夫人遂劝刘表铲除刘备。刘表并未听从，蔡瑁又设计相害，幸亏刘备的卢马腾空飞过檀溪方才使其脱险，这真是惊心动魄！

在刘表集团，除了得过且过的刘表尚厚待刘备，不得势的刘表长子刘琦亲近刘备以外，实力派的蔡氏宗亲都是"叮咬"刘备的"马蝇"，使得刘备日夜不安。在投靠刘表之前，刘备也是颠沛流离，从没有过上安生日子，桃园三结义后虽小有成就，但在张飞鞭打督邮后缴印远奔；十八路诸侯讨伐董卓、关羽刚立斩华雄大功，却受袁术轻薄，最终散伙而归；后来又"先从吕布，后事曹操，近投袁绍，皆不克终"（蔡瑁语，《三国演义》第 31 回）。可以说刘备一直被"马蝇"叮咬不停，历经坎坷，再加上刘备素有大志，自然也就自强不息了。

2023 年 4 月 17 日

马蝇效应与三分一统

"王濬楼船下益州，金陵王气黯然收。"晋帝司马炎完成了统一大业，群臣皆贺。司马炎感慨流涕说："此羊太傅之功也，惜其不亲见耳！"

羊太傅即晋都督羊祜，未及晋兵伐吴已亡故。羊太傅既然未统兵伐吴，为何享此盛誉和荣耀？他究竟做了什么呢？晋帝如此感谢他，他又该感谢谁呢？

我们从羊祜的所作所为和心理学的马蝇效应原理可知，羊祜的成功应该感谢他的劲敌陆抗。

陆抗是东吴名将陆逊的后人。三国后期，吴主孙皓大兴土木、利令智昏，"凶暴日甚，酷溺酒色"，诛杀贤臣、劳民伤财、妄想统一。大约是受陆逊的影响，吴主孙皓命陆抗兵屯江口，以图襄阳。晋主司马炎也因吴主不修德政、专行无道，而遣羊祜镇守襄阳，伺机伐吴。陆、羊二人棋逢对手、将遇良才，展开了一场别具一格的对抗。

羊祜到任后，"减戍逻之卒，用以垦田八百馀顷"。通过裁军减员、发展农业生产，数十倍地增加了粮食库存。羊祜在军中也轻装简从，不披铠甲，还任由降晋吴兵归吴，吴晋边界一派祥和气氛。有一次，羊祜一部将发现吴兵皆懈怠，建议羊祜："乘其无备而袭之，必获大胜。"羊祜却高度赞扬陆抗，拒绝其出兵建议，他还说："此人为将，我等只可自守，候其内有变，方可图取。若不审时势而轻进，此取败之道也。"

羊祜敬重陆抗，以礼相待，双方打猎，互不犯境，至晚归营，羊祜又命凡是吴兵先射中的猎物，全部送归吴营，"吴人皆悦"。陆抗则敬陈年佳酿一壶，以谢羊祜。羊祜部将陈元担心酒有毒，劝羊祜慎饮，羊祜却毫无疑虑，一饮而尽，结果安然无恙。不久后陆抗患病，羊祜听说后托人送上合成熟药。吴将都怀疑此药有毒，只有陆抗不疑，服而病愈，"众将皆拜贺"。

陆、羊两位对手，你敬我一尺，我敬你一丈，简直是惺惺相惜；但两人客观上毕竟是军事敌手，是你死我活的关系，都希望能将对方取而代之。正如羊祜临终所言："臣死矣，不敢不尽愚诚。"陆抗也只是守候时机而一举攻之而已。羊祜就这样评价过陆抗："汝众人小觑陆抗耶？此人足智多谋，日前吴主命之攻拔西陵，斩了步阐及其将士数十人，吾救之无及。"可惜陆抗昏庸的主君不能理解陆抗的苦心，怀疑他通敌，罢其兵权，降职司马，最终走向败亡。而羊祜得到敌我上下的敬重，"南州百姓闻羊祜死，罢市而哭，江南守边将士（吴国），亦皆哭泣"。

每读《三国演义》至此（第 120 回），笔者总觉得尸山血海的《三国演义》还是有一点人道主义精神的。它没有一味地鼓吹不获全胜绝不收兵的斗争精神，没有提倡和敌人一决生死的精神，而是尊重值得尊重的敌手，强大自我，该放松时则放松，该出手时才出手。通过对敌手的了解、学习、尊重，提高自己，走向强大。对于敌手也不是一味地漫骂、污蔑、造谣、攻击，而是有一定的客观精神和人道主义精神。曹操占领冀州后设灵堂哭祭袁绍，诸葛亮哭祭周瑜泪如泉涌，感人落泪。你如果觉得那都是虚情假意，也哭一回试试，如果你也能让竞争对手感动得落泪，那笔者绝对服了你！

从马蝇效应来讲，马蝇是令人讨厌的家伙，它不仅使马不得安宁，还会吸它的血，有损它的健康，迫使其疯狂劳作。这对马不公平，所以使人于心不忍，为马打抱不平。但马归于安逸之后，又会习惯平庸，失去动力，不能发挥潜力，成为千里马。

马和马蝇的矛盾属于"敌我矛盾"，而不属于"人民内部矛盾"。马属于劳动人民阵营，马蝇属于贪得无厌、不劳而获的剥削阶级。然而，我们通过一些优秀马匹的成功可以发现：马蝇对于马的成长、成功具有重要的鞭策作用，催使马尽情发挥潜能，努力摆脱马蝇的干扰、袭击、剥削、压迫，从而创造了自己的光辉成就。

陆抗和羊祜的对峙、相持、相争具有马和马蝇关系的属性。陆、羊相争和其他军事相争的表象不同、形态不同，如同"形而下"和"形而上"的不同，但本质上仍然是你死我活的军事相争，但高手过招与众不同，二人争出了水平，争出了境界，争出了品味，争出了人情味，甚至是人道主义，体现了厚德载物、以德服人的精神。司马炎统一三国后，对于三位亡国之主也是尊重宽厚的，"以礼待之"。

春秋时期的军事斗争尊重游戏规则，美国的南北战争、"二战"中都有许多尊重军事对手的案例，《三国演义》也一再体现了这种精神。《三国演义》的最后一场重要战役也体现了这种现代文明精神，笔者也以此战役作为本书的最后一个案例来诠释本书的最后一个心理学原理，希望读者体察笔者的良苦用心。

2024 年 4 月 15 日

附　录

事半功倍，一石二鸟

——试论用心理学解读《三国演义》的意义

　　《三国演义》一书以及与其相关的电视连续剧、电影、评书、连环画、动漫等，以各种形式展示的三国故事在我国民间有着巨大的影响力，可谓家喻户晓、深入人心。很多中国人可能没有读过《孙子兵法》《道德经》《论语》等著作，也可能根本不了解《周易》等"四书五经"的具体内容，但几乎没有人不知道《三国演义》的人物和故事。

　　心理学是新兴的学科，十几年来，心理学在我国的传播和普及力度越来越大，呈现出一片繁荣景象。学习心理学、了解心理学的人越来越多，心理学显然将在我国持续发展、趋于普及。

　　用现代理论解读家喻户晓的经典著作可以取得更好的效果，这种效果用"事半功倍"来表述是不够的。中国人需要加强对心理学知识的学习和了解，也需要对国学有更深入的把握和理解。用心理学来解读《三国演义》就能够起到这种一举两得的效果。它不仅有益于心理学的应用和传播普及，还能够使《三国演义》研究取得出人意料的新成果。

　　具体说来，至少有下面六点好处。

一

　　《三国演义》中许多家喻户晓的生动故事可以直接用心理学定律、效应、原理来解读，成为心理学的教材和案例，《三国演义》就是一本心理学精彩故事集。

草船借箭和空城计都是脍炙人口的经典故事，体现了诸葛亮的大智大勇，从心理学的角度来看，诸葛亮是如何骗过久经沙场的曹操和司马懿的呢？

诸葛亮草船借箭的成功，是利用了心理学中的思维定势，他料定曹操不敢派水军前来交战，只会对船放箭，因此安闲地和鲁肃在船中喝酒，以待雾散后收箭。

空城计则是利用了权威效应。诸葛亮一生谨慎，"不曾弄险"，因此他以虚对实，吓跑了司马懿15万大军。死诸葛吓走活司马利用的也是心理学中的权威效应。

二

反过来说，心理学中的各种效应、定律、原理往往又可以在《三国演义》中找到案例。

比如，刘备担心其身死后诸葛亮会重用马谡，耽误大事。后来诸葛亮果然选派马谡守街亭导致蜀汉全局被动，最后挥泪斩马谡。这就是著名的墨菲定律：如果坏事有可能发生，那它就一定会发生，并出现最大可能的恶果；如果你担心它发生，那它就更可能发生。

心理学中的木桶定律、投射效应、首应效应、刻板效应、手表定律、旁观者效应、马斯洛的需求层次理论、布朗定律、特里法则、约拿情结、行动原理、自尊原理、期望效应、重要效应、焦点效应、互惠原理、门槛效应、贝尔效应、人梯效应、鲇鱼效应、罗森塔尔效应、马太效应、海潮效应、奥卡姆剃刀定律、晕轮效应、喜好原理等基本理论在《三国演义》里都可以得到诠释，找到恰当的生动案例。

三

有些心理学著作通篇没有用心理学的定律、效应、原理和其他理论来进行探讨研究，而是就一些现象进行了心理学分析。《三国演义》中也有大量的故事暂时还找不到恰当的心理学理论进行分析探讨，但仍可以试对人物进行心理分析研究。这些故事里包含着丰富的心理学学问，不仅值得探讨，还有可能因此总结出新的心理学定律或效应，丰富心理学的内容。

四

用心理学原理解读《三国演义》可以使人耳目一新、视角一新，得到许许多多的新发现、新见解，甚至推翻、颠覆学术定论。

赤壁之战导致了三国鼎立格局的形成。曹操为什么会在赤壁之战中惨败呢？专家学者乃至普通的三国爱好者对此都有自己的看法，但是，如果我们用心理学来探讨其中原因，就会得出一个令人吃惊的结论：这一切只是因为曹操犯了一个绝大多数人都会犯的"小错误"。这个"小错误"就是曹操在意识到自己犯了错误之后没有主动承认错误，而是文过饰非。

曹操的错误在于中了周瑜的离间计，一时冲动，怒斩水军都督蔡瑁、副都督张允。当蔡瑁、张允的人头被呈在他的面前的时候，曹操恍然大悟：我中了周瑜的奸计！但是，他为了保全自己的面子、维护自己的威信，不肯向部下承认自己的过失，而是找了个借口：蔡、张二将不服从命令，必须砍头。于是曹操另选亲信，即不熟悉水战的毛玠、于禁担任水军都督，结果荆州人马心思各异、军心不稳，没人敢向曹操献计献策，没人敢说真话，任由曹操一错再错，导致诸葛亮草船借箭、庞统的连环计、周瑜的苦肉计得逞，最终周瑜火烧赤壁，天下三分。

曹操的错误就是违反了心理学中的特里法则。特里法则认为承认错误是力量的源泉，正视错误可以得到错误以外的东西。如果曹操向部下承认了错斩蔡瑁、张允的错误，并优抚善待蔡瑁、张允的家属，在蔡瑁、张允的荆州队伍中挑选人才担任水军都督，加以善待，局面会大为不同。曹操就能得到错误以外的东西，曹军新老人马将更加团结，战斗力会更强。周瑜、诸葛亮、庞统的计谋将难以得逞，曹操的威望应该会更高。

用心理学原理还可以重新理解刘备为什么会得到西川，曹操为什么错失西川，曹爽为什么败于司马懿，蜀汉为什么失去大势，十八路诸侯讨伐董卓为什么失败，袁绍集团人才济济为什么却不起作用，刘禅为什么相信宦官而致亡国……我们在这些老故事里会获得新发现。

五

用心理学研究《三国演义》有益于心理学在中国的传播与普及，有益于丰富并发展心理学的内容。

《三国演义》是中国人喜闻乐见、家喻户晓的国宝级经典之作，有广泛的社会基础，用《三国演义》的故事诠释心理学原理，无论是专家学者还是普通受众都更容易理解和接受。

六

用心理学解读《三国演义》有益于推动国人热爱读书，读精一本书。

中国人的阅读热情相对偏低，据百度数据显示，2018年中国人读书量为年人均4.67本，低于韩国（年人均11本）、法国（年人均14本）、日本（年人均40本）、德国（年人均47本）、俄罗斯（年人均55本）……而且大多数人读书多是浅阅读。做精一件事，读精一本书，是人生的一种境界和乐趣，心理学是一种有益、有趣、实用性强的新兴学科，用心理学解读《三国演义》能使读者饶有兴趣地从不同方面、多视角地理解消化《三国演义》，使读者更爱读书，更善于读书。

"有一百个读者，就有一百个哈姆雷特"。解读《三国演义》也是如此，因人而异，因时代、环境、心情、视角而异，"横看成岭侧成峰"，我们已经从文艺学、人才学、管理学、商战、逻辑等各个角度去解读《三国演义》，但当我们用心理学来解读《三国演义》后就会发现，这座神秘的学术殿堂原来如此有趣，令人神往，有助于增强国人的读书兴趣和水平。

20 世纪 80 年代开始，《三国演义》的研究进入了一个全新的历史时期，学术界、企业界都对《三国演义》投入了宝贵的研究热情。

人们多角度、多方位地解读《三国演义》，取得了累累硕果，但仍难免有缺失和不足。比如，忽略了用心理学来解读《三国演义》，缺少用一门学科的系统成果来研究《三国演义》的有益尝试。在媒体发达的互联网时代，我们用心理学来探讨《三国演义》，不仅可以取得许多新的成果，还可以通过新媒体手段使《三国演义》的研究成果更加普及，使《三国演义》的应用研究全面开花、结果。

2019 年 5 月 8 日

后　记

以往出书，我总是对自己的作品有很高的期待；但这一次不同，书稿还没送到出版社我就放弃了这些期待。现在出版这本书只是完成一件事情而已，而且不像过去那样追求完美、追求极致了，甚至连我自己都有些不满意，就把书稿马马虎虎交给了出版社。这本书又与我的职称、荣誉等无关，最多是为了满足所谓的成就感，似乎是有一些不负责任了。

我之所以出现这样的心态大约是因为自己老了，又还有许多的事情想去做，而可支配的时间、精力十分有限。近几年看到一些熟悉的故友陆续离去，内心伤感，常常想到自己有限的时间越来越少，于是想努力去做自己想做但还没有做的事情，这些事情应该更有价值，也就顾不得眼下的完美和极致了。比如，还是从心理学角度入手，就有比《三国演义》更值得去研究的课题，而我又有许多心得，这课题便是心理学与"脑残"，即用心理学来解读、拯救那些被"洗脑"而"致残"的人。从人生、社会、未来的角度考虑，致力于这样的课题研究无疑更有意义。

还有一个课题是：我从1975年开始服务于陶瓷行业，至今49年了，好歹为行业做了一些事情，感恩于行业的广泛认可，从不敢懈怠。但我还有一个心愿未曾实现，就是建造一座世界瓷宫。这是一个宏大的项目，令人难以想象，而我却一厢情愿、痴心以求，面临这生命倒计时的现实难免着急，甚至浮躁，有些像小猫钓鱼。

这两个课题都是高难度的课题，至今还不太可能去落实、去实现。但对于我来说至少也应该把自己可以做到的事情做好，何况我认为看似不可想象的事情或许可以一蹴而就。所以，这本《〈三国演义〉与墨菲定律》虽然还有大量的话题值得去讨论，有大量的心得和现成的材料、主题可写，我却不得不停下笔来，去应对公司的生存和发展问题，然后寻找机会完成自己的心愿。

但是，我还是会尽力去把《三国演义》研究这一课题做下去的。

喻镇荣

2024 年 3 月 20 日